文学回忆录

张抗抗

LITERARY MEMOIRS

Zhang Kangkang

张抗抗

张抗抗 著

SPM
南方出版传媒
广东人民出版社
·广州·

图书在版编目（CIP）数据

张抗抗文学回忆录 / 张抗抗著. — 广州：广东人民出版社，2019.1
（文学回忆录丛书）
ISBN 978-7-218-12620-3

Ⅰ. ①张… Ⅱ. ①张… Ⅲ. ①回忆录－中国－当代 Ⅳ. ① I251

中国版本图书馆 CIP 数据核字 (2018) 第 173319 号

Zhang Kangkang Wenxue Huiyilu
张抗抗文学回忆录
张抗抗　著

出 版 人：肖风华

丛书主编：陈思和
责任编辑：刘　宇　马妮璐
责任技编：周　杰　易志华
装帧设计：广　岛

出版发行：广东人民出版社
地　　址：广州市大沙头四马路 10 号（邮政编码：510102）
电　　话：（020）83798714（总编室）
传　　真：（020）83780199
网　　址：http://www.gdpph.com
印　　刷：山东临沂新华印刷物流集团有限责任公司
开　　本：880mm×1230mm　1/32
印　　张：10　　**字　　数**：220 千
版　　次：2019 年 1 月第 1 版　2019 年 1 月第 1 次印刷
定　　价：58.00 元

如发现印装质量问题，影响阅读，请与出版社（020－83795749）联系调换。
售书热线：（020）83795240

陈思和

总　序

20 世纪的中国社会大潮从启蒙到革命，从抗战到解放，从浩劫到反思，浩浩荡荡。在此语境下的文学思潮，其主体也表现为激情引导下的青春澎湃，一路呼啸。直到“文革”结束，中国文学才进入一个相对稳定、宽松而多元的年代。

1978 年初，我考进复旦大学中文系不久，同班同学卢新华写了一篇小说《伤痕》，一下子触动了全社会痛定思痛的神经，于是“伤痕文学”引起风潮。理论界还在那里忙着讨论什么“歌颂”还是“暴露”、“社会主义体制下会不会产生悲剧”等夹缠不清的话题时，广大人民群众已经呼啦一下通过了这部作品，由此开启了被称作“新时期文学”的方向。差不多在同一时间，思想解放运动中诞生的《今天》等一批民刊，被称作“朦胧诗”的新诗潮流开始在青年读者中广为流行，尽管不很确切，尽管引起了争论，但是“新的美学原则”由此得到普遍认可，改变了诗歌创作的路径。

1985 年，一批知青作家尝试从民间风俗文化描写入手，融汇传统审美特点与西方现代主义手法，以此改变文学与政治紧密捆绑的写作观念，兴起了蓬蓬勃勃的“寻根文学”，这一创作思潮对20世纪90年代作家们转向民间、坚持写实和人文理想，产生了直接的推动作用……

一晃，四十年弹指一挥间。这四十年来，虽然道路走得曲曲折折，但国家领导层面基本上遵守了解放思想、改革开放、不搞阶级斗争、中心工作转移到经济建设上等承诺。经济建设带来国家的强盛，大国和平崛起的赞声不断出现。这个时候，我常常想起地球上的另一块土地，欧洲欧罗巴，1871年巴黎公社起义被镇压下去以后，欧洲资本主义经济飞速发展，殖民政策给宗主国带来了广阔市场，国内经济发达，物质繁荣，人们陶醉在纸醉金迷的欲望追求之中，文学上流行了唯美主义、颓废主义等声色犬马的世纪末思潮。就在三十年后，法国作家罗曼·罗兰写出了《贝多芬传》，大声疾呼人类精神的追求。再过差不多十年，第一次世界大战突然爆发，又是罗曼·罗兰发表了《超越混乱之上》的精神宣言，强调在国别以上，应该追求人类共同的精神。作家在国人与敌人的咒骂声中获得了诺贝尔文学奖，但咒骂他的人，却在战争废墟上不得不收拾残瓦一片了。

文学是社会的良知，是人类历史的见证。文学在一个时期内可能会被误解、被咒骂甚至被威胁、被迫害，但是优秀文学的真正力量，仍然在于无畏地揭示真相，肯定真善美的理想，让人性中的虚伪、凶残、血腥、无耻都感到战栗与无趣。记得很多年以前，无意中看了一部电视剧，剧中汉景帝对晁错说：“老师啊，你告诉过我，对的事情总是对的，错的事情总是错的。可是，为什么现在明明对的事情却变成了错的？错的东西倒好像变成对的了？”于是，晁错被杀了。在临刑前，晁错对汉景帝说：“皇上，我还要说，对的，到最后还是对的；错的，到最后总是错的。”我想，两千年以前的对与错，现在已经一点也不重要了。但这样一种坚信自己是“对的”的理想，只有在文学作品里，才会被描写得那么生动，那么有生命力。这就是文学的不朽所在！

广东人民出版社推出的这套“文学回忆录”丛书，意在为研究20世纪下半叶的文学提供第一手的资料，收录当代作家有关文学创作的回忆与反思，以及在文学创作道路上对人生、社会和历史诸问题的思考。这是一个非常有意义的选题。四十年的文学道路和人的历史，将在这里“立此存照”，给当下一个见证，给未来一份信史，也给广大读者提供了一个多维度认知作家的好读本。

策划者向继东先生邀我为丛书作序。恭敬不如从命，于是想到了上面这些，并与本丛书作者与读者共勉。

2017年5月27日

于上海鱼焦了斋

自 序

大半生的岁月，在写作中流逝。留下的文字，是时间的证人。

寻常日子，回忆常常猝不及防袭来，丝缕状或条索状或碎片，无规则地发生蔓延。回忆是一个陷阱，将人诱入昏暗的隧道，徒劳地究根寻底。

而“文学回忆录”应该是理性和节制的，它是个人与文学关系的回顾与表述，意味着一次冷静的自我评判。

迄今为止，我已出版了一百种以上的各类文学著作，总计发表短、中、长篇小说和散文约七百万字。若是从1979年我正式调入黑龙江省作家协会从事专业写作起算，那么我的“从业”年龄已近四十年了。

经年累月，看似硕果累累，真正能够留下来的作品，却少而又少。无论怎样小心翼翼地倒计时，翻动的日历却令人心惊。半个世纪的文学梦，有如沙上筑塔，起步于愚昧年代的泥淖。三十岁以前的文字，如今几乎不忍卒读。渐醒渐悟的后半生，依然在一次次艰难的蝉蜕中挣扎，每一部新作品，都是精神与文学的极地重生。

细细梳理下来，我的文学五十年，大体可分成四个阶段：1972年—1979年的习作期；1979年—1989年的成长期；1990年—2002年的探索期；2002年—现今的成熟期。再往下，或许就该进入晚霜期了。

从这部书中可以看到，本人的作品以及文学观，晚至2000年以后，才算基本定型。

这部书中收录本人的文学随笔、创作谈、访谈录，都是过往历史的真实产物，尽管个人的回忆录，于历史、文学史而言，是如此轻微而渺小。但因它所印证的时代刻度，或许尚有一点儿文学史料的价值。

奔七的年龄，趁着头脑还算清醒，记下那些该记住的思和事，检审自己几十年的写作，于自己而言，是一次无忌无碍的剖析和矫正。

我幼年最早接触的是儿童文学和西方童话，阅读依年龄循序渐进，以至于“文革”时期我的情感思维依然滞留于童年的天真和少年的幼稚。十六七岁第一次阅读《红楼梦》和鲁迅，这些作品的“复杂性”令我颇感无趣。我的父母属于20世纪40年代的典型“文青”，把他们未能实现的文学梦想，嫁接到我的身上。母亲出生于江南小镇富裕开明人家，天性自由，拥有丰富的文学感觉和优美的文笔，我父亲慨叹说她本可以成为一个优秀的儿童文学作家，却在新中国成立后“被迫夭折”。我和母亲血脉相通，植入了她部分的文学基因，但在20世纪60年代社会环境的严厉制约下，减持了多半。较之国内几位十几岁才读到第一本小说、成年后却一举写出了惊天杰作的乡村作家而言，我在人生的任何一个阶段都没有显示出超天赋的文学才华。发表于1962年第12期《少年文艺》杂志“少年习作”栏目的《我们学做小医生》及中学时代发表的几篇习作，仅仅是不算太差的作文，“早慧”是绝对没有的。在父母的影响下，我从小养成了阅读的习惯以及对文字的兴趣。(“文革”中我躲在家里读《静静的顿河》与屠格涅夫的系列小说)，觉得书籍总是慈爱宽厚地对我说：拿去吧，这里的一切都是你的。由于父母的“历史问题”所带来的政治歧视，我很早就学会自立与慎思，懂得此生能够接纳我的，唯有那些沉默的书籍；能够善待我的，只有那个隐藏在心里的“文学”。1969年初夏，我怀抱着文学之梦，自愿去北大荒“深入生活”。从文学绚丽的世界跌落到严酷的现实，是一次必然经历的文学劫难和错位。一无所有的孤寂中，文学成为唯一的精神慰藉。我开始在油灯下烛光下阅读，在炕沿上木箱上练习写作，记下每一天所见所闻。文学是我迷惘时的精神轮椅和依傍，并未奢望文学能改变命运，只乞求文学给予我冰冻的心以光和热。1972年，我在上海《解放日报》发表了小小说《灯》，自此开始了“文革”写作。历史的吊诡之处在于：曾让我迷途的文学，果然拯救了我；但我感激涕零地走近它，它却假借我的信任而强暴了我；它在给予我慰藉与温暖的同时，也收回了我的尊严；它以正当、正确的名义，诱使我交出了思想的自由作为发表作品的代价。那时候“作家”的称号虽然已被消灭，但“革命的文学”戴着革命的面具，以文学的崇高名义，要求我屈从宣传，顺应时代的潮流，我的文学起步就这样被纳入了体制的轨道。1975年10月，上海人民出版社出版了我的长篇处女作《分界线》，这部文字还算流畅，发行量巨大的知青小说，为我赢得了文学之路上最初的声名。

无论我可以有多少种理由为自己辩解：比如我渴望通过写作实现自己的价值、比如这部作品完全出于“自发”而非某种政治授意、比如文学不可能脱离当时那架庞大的宣传机器而独立存在、比如在那个蒙昧无知、信息封闭的年代，如何要求一个未谙世事的小女生具有分辨是非的火眼金睛呢？然而，当我在后来的岁月里一次次回头审视那些所谓的“作品”，我仍然会为自己感到羞愧。我知道它们经不起更多的追问：我为什么要主动去写这些“文学”呢？我少年时期读过的好书、血液里流动的那些文学因子都到哪儿去了？我是如何丧失了对真假善恶美丑的辨识力？若是正视自己，我必须承认，除了潜意识里对成功的向往、对虚荣的渴慕、对孤独的恐惧，还有本能的自我保护、趋利避害，平庸愚昧，以至于不自觉地用笔说假话……我如何能够轻易原谅自己？

1976年6月，我从上海回农场途经北京小住，了解到天安门“四五事件”的真相，大梦初醒。一年后的1977年6月，我从农场到哈尔滨市的黑龙江省艺术学校编剧专业学习（高考尚未恢复），直到毕业前夕，我再也没有发表作品。

作者自有个人立场，但文学绝不是工具，更不应当顺服于任何利益集团。懂得这一点虽然有点晚，但是够我一生遵循。

1977年上学后的两年，寒暑假我频繁去北京，与外界的信件来往也很密切。那两年是我的“凤凰涅槃”——1979年，我写出了新时期开始后的第一个短篇小说《爱的权利》，经茹志鹃老师推荐，发表在上海《收获》杂志第五期。那一年我29岁。紧接着我写了短篇小说《白罂粟》和《夏》，还有中篇小说《淡淡的晨雾》，表现了我内心萌动的人性之光，呼唤人的尊严。这一组作品意味着我与“文革”文化的告别，我的文学观得到了初步清理，也找到了“我”的存在价值。

80年代开初，1980年4月我到了北京，参加中国作家协会第五期“文学讲习所”（现今的鲁迅文学院）为期三个月的进修。严冬刚过，寒意未消，新旧暗流涌动波澜起伏，各种新思潮纷至沓来。学习期间，崇仰已久的多位前辈作家来文讲所授课：周扬、冯牧、萧军、丁玲、秦兆阳、曹禺、吴组缃、袁可嘉、王朝闻、沙汀、王蒙……大多是“文革”劫后余生的文学前辈，（再晚几年，其中大多数“文学大家”就再也见不到了。）也算是“最后的文学盛宴”。文学讲习所还为我们请来其他领域的专家开讲座，课余参加京城各种文学活动，休息日我去拜访了父母亲的一些老朋友，也交了不少新朋友，三个月时间安排得满满，加上同学间的交流，长了不少见识。“思想解放”也解放了文学，我觉得自己心里蛰伏的文学情愫和灵性全都被唤醒了。

1981年《收获》第三期发表了我的中篇小说《北极光》，大部分读者认为这部作品表现了青年一代在新时期的迷惘和希望。实际上当时我受存在主义思潮的影响，试图在作品中探讨现实的“无”和观念的“有”之间的关系。那时已有部分西方新思潮译作面世，从港台带进来的弗洛伊德、尼采繁体字书籍，为我打开了一个从未涉足的潜意识王国，与此同时，我也在“异化”理论中找到了时代变革的思想依据。那几年新书新思潮新观念如此密集，犹如一批批轰炸机运来重磅炮弹，落地后掀起的石浪土渣，与文学界的激烈争议释放的烟雾混在一起，沙尘滚滚令人窒息。当时出版的所有先锋文学译作我几乎都读了，尤其喜爱加缪和卡夫卡。我已敏感到文学又一次“告别”即将到来——告别“革命”也告别过往的自己。那不是单纯的文学技巧之变，而是意识和观念之变，是走向开放的中国文学绕不过去的山峦。这些振聋发聩的新理念极大地影响了我后来的创作。1986年6月，作家出版社出版了我的长篇小说《隐形伴侣》，这部小说以亦真亦幻、现实与意识流交错的个人叙事，表现人对自身善恶的辨识，它超越了“知青文学”的苦难和伤痕，进入到对“人”本质的探究。这是我在新时期重要的代表作，也是我文学道路上的里程碑。2017年，《隐形伴侣》三十周年纪念版的精装本面世，也许说明了这部书至今还有残存的读者，对此我颇感欣慰。80年代中后期，寻根文学、先锋小说、“文化热”已渐成气候，我对此多有关注。然而，以文学的样式回归传统文化，已有太多的作家在努力，我志不在此。我关心的不是如何写作，而是我如何“成长”。我要“解决”内心太多的困惑疑虑，搞清楚自己应该成为什么样的人。老知青原本就没有太多“知识”和“文化”，如果连“思想”都没有，我们就真的一无所有了。

回顾80年代我的写作“成长期”，用“蝉蜕”两个字来形容最为贴切。我犹如在不断地蜕壳，脱去了笨重的冬装，换上了轻爽的夏装，再穿上华丽的秋装……更重要的是，我心里的“硬茧”开始软化，“茧子”里的蛹开始化蝶，意味着我的作品从形式到内容的双重蜕变。

90年代在寒风霜雪中来临。对于我本人来说，唯一令人兴奋的事情，是“换笔”学习电脑写作。我并没有那么高瞻远瞩地意识到一个高科技信息时代即将到来，而是由于我写作的稿面总是很凌乱，每改一稿都需要誊抄，我担心今后抄写稿子的人可能越来越不容易找到了，看来使用电脑更为简便。老作家吴越老师，还有韶华老师的儿子周海虹（现中央音乐学院副院长）是我学电脑“自然码”的指导老师。我尝试用电脑写了一部儿童文学中篇小说《七彩圆盘》，能够熟练打字之后，又写了不少散文，并开始酝酿一部新的长篇小说《赤彤丹朱》。

这部小说故事背景在20世纪20年代的江南水乡——上海——浙西天目山——杭州等地展开，直至1979年结束。以“女儿”的视角，用不同于传统小说的叙述方式和文体结构，讲述了父辈的历史以及“我”对历史的反思。描述了一对“红色恋人”从参加“革命”到被“革命”拒斥，在长达半个世纪的时间里的坎坷经历。小说的构思将叙述者与被叙述的“母亲”合为一体，表现出真切同步的生命体验，写出了历史烙刻在“我”身上的那个样子。这一段惨痛而凄楚的记忆，早已超越了家族的命运，被赋予审美与思考的价值。内容涉及对“抗战”“牺牲”“爱情”“背叛”“阶级”“动机”“文革”“家族”“血缘”“人性”“冤案”“真相”等诸多词汇的解构与颠覆。

小说酝酿多年，90年代中期，我终于找到了那个大家熟悉的“红”色，成为贯通全书、聚焦故事的“天眼”。在中国丰富的语言文字中，每一种颜色的色性、色素和色调，都可用特定的单字来加以区别。比如“赤”字，意指略带暗色的红；“彤”指红色中透出亮丽的光泽；“丹”是艳红，蓬勃而热烈，但色泽稍稍浅淡；“朱”——大红、正红，在中国文化系谱中，是皇权、豪门的象征。将四个不同的红字排列组合，便构成一幅悲壮而恐怖的历史景观；“赤彤丹朱”四个红色的汉字垂叠交错，彼此挤压，奏出一首哀婉凄凉的红色变奏曲。在那块猩红色的底版上，留下了辨不清颜色的血迹与泪痕；最后演化成一个现代的红色神话。尽管风暴与神话最终被岁月消解，但心灵的创痛仍与沉重的历史同在。

小说的构思时间较长，但写作很顺畅，1994年交稿，1995年5月《赤彤丹朱》由人民文学出版社出版，获得多方好评。此时商品经济的大潮已汹涌而至，辽宁“布老虎丛书”推出了长篇系列，旨在倡导文学性较强而又好看耐读的小说。我应出版社的诚意相邀加入该丛书，有自己的多方考虑：即将到来的市场经济，是中国计划经济重大的转型期，我们这些多年活跃在“体制内”的作家应当持欢迎支持的态度，而不应该置身事外。中外文学史上那些优秀的作家和经典作品，以其文学魅力长期受到市场欢迎，以引领市场来征服读者。我一直对美术感兴趣，多年来积累了很多艺术家的生活故事，若是以一幅幅可视的绘画来表现爱情，让读者参与想象，将是一次何等美好新奇的艺术实践，也将更新文学作品糜旧的爱情语言。我的电脑写作在这时候发挥了巨大的作用，文思泉喷，只用了几个月时间就完成了长篇初稿，加上修改时间，1996年初交稿，为此我累得大病一场。1996年5月《情爱画廊》由“布老虎丛书”出版，在各地签售大受读者欢迎，也引发了批评界有关理想主义和浪漫主义的激烈争议。

20世纪90年代，我已有了文体创新的自觉，不愿意让自己的创作风格停留在80年代或过早定型，更不能容忍思想与形式的重复。为此我在90年代初期和末期创作的多部中短篇小说，如《因陀罗的网》《沙暴》《斜厦》《残忍》《银河》等，始终在寻求叙事方式和语言的变化和创新。如今回首，我既庆幸其中有些作品获得了较大突破，也为自己写作的仓促抱憾。有些题材假若能想得更透彻、打磨得更精致再发表，效果想必会更好些吧。我们总是在事后才会恍然大悟，自己为哪些可有可无的作品浪费了宝贵的时间。

也因此，我将90年代的创作，称为“探索期”。

那些或长或短，或大或小的小说和散文，是岁月的证物，留在我的文学之路上。我面对它们，犹如看着生命骨血的一块块结晶体。那时的“我”是什么样子，作品就是什么样子，无法重写或修改了。

此生我只写过一个剧本，是我70年代在艺术学校学习戏剧创作的作业。尽管我中学时代就开始接触舞台表演，但我缺乏戏剧创作才华，这个剧本并不成功。

所以，散文就成为不得不说一说的话题。

从我发表于80年代那些引起关注的散文《橄榄》《地下森林断想》《峨眉山启示录》等，到90年代以后的《牡丹的拒绝》《仰不愧于天》《雾天目》《红树林思绪》《无法抚慰的岁月》《感悟珍珠港》《走过莺声地板》《骑兵军飓风》等篇，应该承认自己还是写了一些有意思的散文和随笔。散文坦诚率真，行文散淡散漫，无须搭建故事人物合理的逻辑关系并进行虚构和编织；散文总有属于自己的独特发现，散文之眼的目光，射向事物的深处；以散文特有的精致与优雅的语言，来传递表达自己的发现和感受。若说小说中的“我”隐没在故事后面，那么散文就是一个站在前台的“真我”。小说若是“旁白”，散文就是“独白”。小说和散文两种体裁的妙处，让人各有所爱。

新世纪开初至今，又十几年过去。我的写作真正进入了“成熟期”。

2002年，我出版了长篇小说《作女》。此前我很少写作“女性文学”，我曾说过，当“人”的尊严还没有得到的时候，谈何女性之尊。到了新世纪初，我终于有一点时间和心情，用小说来表达自己的女性观。我很高兴自己能够提炼出“作女”这一现代都市女性的特质，以此来表现女性的生命力和创造力。

《作女》是一个句号，意味着我对形式、对市场的探索就此可以告一段落了。我已年过五十，应该去写自己真正想写的作品了。新世纪是我文学之路的新开端，因为我知道自己应该做什么，为此我已准备了五十年。

从2006年开始创作前的准备：搜集资料、读书、补充采访、提纲……这些工作整整持续了一年多。以至我从2007年夏天才开始这部新长篇的初稿。我似乎对自己的要求过高，而对这部长篇的难度估计不足，一稿二稿出来，对结构不满，推倒重来重起炉灶。三稿的构思终于有了较大突破，我所要表达的内容，与创新的文体达成了高度默契。然后是人物性格、叙事语言、细节打磨，一次次修改，四稿、五稿、六稿……

一部三卷本、百万字的长篇小说，用去我整整十年时光。

无论它将在未来什么时候出版，它都是我这一生中最重要的作品。

——为什么会有20世纪80年代？它究竟是什么样子？它给后人留下了什么？

历史拒绝遗忘。文学是拒绝遗忘的最好方式。

一个作家一生的作品，不同阶段的艺术风格会有很多的变化。但一定会有一个不变的内核，那个从童年时期就困扰她、迫使她思考的东西，像一粒种子，顽强地沉默着，在岁月里悄悄长大，终有一日，修成正果。

人各有志。

在我大半生的写作中，“写什么”和“怎么写”，永远是同样重要的。如果一个作家不知道自己究竟要“写什么”，任何精心设计的“怎么写”，都如同写在水上。我愿以一个写作者的悲悯之心，与读者分享对人自身以及对世界的认识。对于我来说，身前的赞誉非我所欲，身后的文名亦非我所系；写作不是我的全部生命，而是我人生的一个组成部分。我在文学中日臻完美，从而成为一个丰富的人、一个合格的公民、一个有尊严的作者。

借《文学回忆录》的“自序”，梳理自己半个世纪的文学之路。

坦率说，我对自己的作品满意的不多，最满意的作品尚未出版，但我对自己的人生态度很满意。我热爱生活，善待他人，我思我悟我读我写——今天的这个“我”，就是我想要得到的最好的作品。

目录

文学观

文学路

文学谈

文学观

我写《北极光》

《北极光》是一部以主人公思想性格发展为主要线索进行构思的小说，主人公思想发展的几个主要关节点，左右着整部小说故事情节的跌宕起伏。因此，把握这几个关节点，对于整体来说是至关重要的。《北极光》的关节点主要表现在陆芩芩所遇三个不同类型的男青年后所产生的几次大的思想动荡及发展变化。第一次是在业余大学教室里碰到费渊，费渊对社会深刻的剖析及慷慨激昂的言词吸引了她，她不自觉地将傅云祥与费渊作了比较。小说一开头就铺垫了芩芩对傅云祥的不满，于是她才产生了想同费渊交谈、请教的愿望。这时候的芩芩，思想处于从麻木到清醒、从盲目到深思的变化的前兆，这种即将到来的急骤思想变化，为小说的故事发展铺设了一个深而湍急的漩涡。陆芩芩并非偶遇费渊后才不爱傅云祥，而是同费渊的交谈接触帮助她意识到了自己一直以来苦恼的根由。她需求的恰是精神上的援助。如果说，芩芩在小说的后半部分，从曾储身上看到了自己追求的人生希望所在，使她认识到同一个自己所不爱的人勉强生活在一起，是一种对他人和自己不负责任的和不道德的行为；那么这种不道德行为所给予她的痛苦，实际上已超越了担负同傅云祥决裂所招致的“不道德”的指责带来的苦恼，以及如果为了维持虚伪的道德而对傅云祥继续隐瞒自己的思想，赋予他虚假的感情造成真正的不道德行为的痛苦。当然，究竟是哪一种道德观念更符合社会的发展规律，尚有待于芩芩和她的朋友们，在这个发生着巨大变化的时代里，进一步被实践检验。

第二个关节点是曾储的出现，使芩芩在费渊之外又看到了另一种人。他充满生气和热情，对社会上不合理现象的批判不耽于口头，而是付诸实际、平凡、具体的行动。芩芩在选择自己人生道路的十字路口，必然会对她所能遇到的年轻朋友新鲜的思想见解发生兴趣，渴望能从中得到解答或是解脱。曾储为她推开了一扇新的大门，引她站到一个较之牢骚和不满、叹息和批评之上的新的高度来看待现实人生和所处的时代。于是小说在这里又发生了分叉，进入了三种不同的青年人所代表的三种不同的人生哲学的思想线纵横交错的较量阶段。芩芩的内心由此面临着更为复杂、激烈的斗争。她尽管已明确地看到了自己不应当苟且于原来的生活，产生了强烈的挣扎、挽救自己的愿望，以至导致了照相馆出逃这一场灵魂的搏斗。但她在纷繁的社会思潮面前，却陷入了更深的迷茫和惆怅之中，一度表现为她对费渊寄托的希望，以及对极端个人主义和马克思主义关于人的价值理论的区别辨析不清。

这两次大的起伏已将小说推进到了第三阶段，即芩芩对费渊的失望和对曾储更深入、全面的认识。这也是全书关键性的关节点和转折点。一次无可奈何的呼唤所得到的冷酷无情的回声，终于让芩苓看到了费渊自私的本质和扭曲的心灵。她又一次校正了自己人生的罗盘，从苦闷和狭隘中走出来，在曾储与他的伙伴们身上找到了生活的希望，从而走向了更广阔的世界。假如没有这一次具体而又尖锐的矛盾对费渊的考察和检验，芩芩也许还难以做出清醒的判断，恐怕也难以在较短的时间内正确地认识曾储这样朴实平凡的青年的价值。没有比较就没有鉴别，而相同的经历、年龄和遭遇的人之间的差异更有助于揭示事物的本质。芩芩对三个青年逐步的认识过程，也是芩芩的思想演变、发展、完善的过程。这些关节点的串联构成的线条，就成为《北极光》构思的主体。

在我读过的为数很少的文艺理论著作中，艺术大师和前辈作家告诉我们，小说创作的基本要求是反映人的社会活动，也就是说，表现人们在做什么和怎么做。古今中外的文学作品中所展现的丰富多彩的人物形象，大抵可以归结为这六个字所提出的要求。

然而今天的读者似乎已不满足仅仅表现人物做什么和怎么做，他们希望知道人物为什么这样做以及他们究竟怎么想。我理解这是现代社会经济文化发展的必然结果。就我国来说，除了人民群众思维能力、欣赏趣味、文化修养的普遍提高之外，还有十年动乱所造成青年的信仰危机、社会生活的复杂化等多方面的原因。当人们感到自身的苦闷在生活中无法排解时，他们希求在小说中寻找出路。刚刚跨入人生大门的青年读者尤其如此。他们中的许多人处于苦思之中。因此，反映当代人生活的作品是不可能回避这种客观现实的。已有越来越多的作品致力表现人物“为什么”这样做和“怎么想”。并将过去传统写法中表现“怎么想”所采用的潜台词变成直接的心理描写和内心世界详尽淋漓的刻画。所以，目前有些作家借鉴“意识流”手法的某些作品受到读者欢迎。

《北极光》亦是一次剖析人物心理的粗浅的尝试。首先，一部小说的表现形式取决于它的内容。《北极光》是一部以反映当代青年对人生、理想的思索、追求为主题的小说，通过芩芩对三个抱不同人生态度的青年的选择，体现她对生活道路的抉择。前面已经谈到芩芩的思想发展线。当一部小说不以描写丰富、精彩的故事和人物的外部动作为主要目的时，自然反映各种人物的精神、思维活动就成为它的主要内容。

《北极光》中“怎样想”的具体表现，是以主人公陆芩芩的心理活动为圆心的。但这种心理活动的描写，如果全部处理成国外现代派不连贯的、跳跃式的“意识流”写法，不仅有违于中国广大读者的传统习惯，难以读懂，而且也容易使人物失之于玄虚空泛。比较的结果，我以为选择目前这种叙述与内心独白相结合、人物的思想性格发展推动情节发展的互相兼顾的方法较为自然合理。当然，心理描写的手法是多样的，在《北极光》中，芩芩的心理活动有时是剖析自己灵魂的回想；有时是对他人合乎逻辑的猜想、推想；有时是触景生情的联想；有幻想、苦思冥想、扪心自问……还有一种“想象对话”，例如：

> 他似乎也在默默地注视着她。他在嘲笑她吗？嘲笑她刚才的眼泪，或者是想问：“你从哪里来呢？以前我怎么没见过你？”“我也没见过你呀。”“噢，我知道，你是业大日语班的，借附中的教室。”“我也知道了，你是这个大学的学生，虽然你没有戴校徽，可我会看……”“你刚才为什么哭呢？”“不，没

有，我没有哭。”“哭了，我听见的，你有什么伤心事？”“伤心事？没有没有，什么也没有。我很快乐，我就要结婚了。人家介绍我认识他，他对我很满意，他家里对我也很满意，我对他——没有什么可挑剔的……不不，不是这样的，你不知道，一点儿也不知道，一句话是讲不清楚的，你别问了，我不认识你……”

以下紧接着的一段，费渊什么也没有说，苓苓从想象中醒悟过来，同他重新开始交谈。这一段想象对话，实际上将此时此地两个人的身份、彼此的心境和基本性格特征，都一起交代清楚了。

这几种不同方式的心理描写交织成苓苓内心丰富而剧烈的思维活动。目的在于由此激起读者心中的波澜，击中读者的心弦。如果苓苓所想，恰是一部分读者所想；苓苓所思，亦能引起部分读者所思，那么便达到了作者主观愿望与客观效果的统一。

当然，作者所想与读者所想毕竟还是有距离的，并不能以作者所想代替读者所想。《北极光》有几处理念大于形象、思想多于行动的败笔，以“想”淹没了“行”，人物就难免有单薄之感了。

一些批评家在谈到我以往的小说时，认为其中有一大不足，就是对人物的褒贬过于鲜明。我自己也深感刻画人物最大的难度，在于写出每一个人的思想性格的复杂性和客观性。因为每个人都处于复杂的社会环境之中，每个人都在不同的矛盾下生活，而人物在作品中的行动，正是这种种社会矛盾的反映。每个人都不可能是绝对正确或生来丑恶的。一个基本倾向好的人，难免不犯错误；而一个已被社会毁坏的人，也可能依着一定的条件向另一个方面转化。用辩证唯物主义的方法论看问题，应该认识到我们笔下创造的每一个人不但应当具有强烈的时代气息，而且每一个人的气息应当是不相同的，同一个人身上也不只有单单的一种气息。只有本身充满矛盾的人物才是真实可信的活生生的人。

《北极光》发表以后，争议较多的人物是陆芩芩。芩芩究竟是怎样一个人？有的人说她朝三暮四，喜新厌旧；有的人说她放任自流，利己主义；有人说她是个中间人物，既不崇高，也不优秀；但也有人说她单纯美好，充满了对理想的追求。还有许多人写信给我说，她们在陆芩芩身上看到了自己，《北极光》中的四个青年形象正是我们这一代人命运的缩影。

我们是否来看一下芩芩在小说中所处的社会环境。

《北极光》第四章的开头有这样一段话：

> ……当 1980 年隆冬的严寒笼罩了这个城市的时候，由于河床的突然开阔所给人带来的朦胧而又忽远忽近的前景，青年们所苦恼和寻觅的，就远比四年前要更丰富深广了……

一个新旧交替的时期，十年浩劫所遗留下来的种种后果，其中突出表现为青年一代自我否定与重新确立自我的思考、迷茫、彷徨的混乱状态，以及经济建设所面临的重重困难，为有志于改革的开拓者们铺开了一个新的战场。陈旧的意识、传统观念正在逐渐地被质疑、摈弃之中；先进的、健康而又充满生气的思想正在蓬勃生长、壮大，渗透到各个领域中去。在这样一个特定的历史时期中，广大青年对因袭的旧习深恶痛绝；对新鲜的思想观念如饥似渴；然而，由于他们的信念未曾如老一辈人那样在长期的斗争中经受反复的磨炼，而在生活中丧失对“真善美”的希望，似乎要比失望更多，于是出现了种种疑惑，苦于寻不到自己起步的路口。三中全会确立我党的方针路线，为我国走向四化指引了一条宽广的大道，每个中国公民都充满了这种美好的憧憬。但是否每个人都能走上这条路，同时代的潮头一起前进，是否每个人都能找到通往自己心灵的小径，显然是差异甚大。正是在这样一个复杂的社会大背景下，才出现了作品中所刻画的几种不同的青年形象。

我们的同代人“老三届”，经历的磨难较多、觉醒较早。到1980年，思想演变大部分完成。三十岁上下的这批青年，思想基本定型，费渊和曾储是两个不同的代表。他们在生活中得出了各自的结论，并将这种理论付诸自己的实践。傅云祥也是如此。当然思想的成熟与否并不能以年龄划分，不少年长的同志写信给我谈到岑岑执着的追求时说，好像写的是他自己。但除了费渊、曾储、傅云祥以外，现实生活中大量存在的，还有像岑岑这样处于自身命运（例如恋爱、婚姻、工作等人生重大问题）的选择关口的刚刚踏上社会不久的青年，她们看见了一些丑恶，却是片面的；感到了痛苦，却是短暂的；立下了向上的志愿，却是摇摆的；对人生的思考，还是肤浅的……她们在时代的感召下，有奋发成才的愿望，但又无时不受到社会和自身的束缚。她们在挣扎中、在搏斗中、在寻求中，沉沉浮浮，飘忽不定。有时似乎找到了自己的目标，但有时那目标又被薄雾弥盖，甚至自己也看不清脚下的路。这是过去的历史和今天的现实所提供的“规定情景”。因此，从朦胧到清晰、从彷徨到觉醒、从寻求到投身，这就是陆岑岑的性格基调，也是《北极光》的性格基调。陆芩芩是人生理想的追求者，也是《北极光》的出发点。没有陆芩芩，就没有《北极光》；陆芩芩如果是一个坚定的现实主义者，也无须苦苦寻找北极光了。

所以我无意在《北极光》中塑造可供效法的当代英雄的形象，我只是塑造了几个普普通通的当代青年，让青年读者自己去比较鉴别。傅云祥绝不是一无是处，费渊也有所长，我无须贬低或丑化他们。即使曾储，作为我心目中较为理想的人物，亦有缺点和不足。我试图写出每一个青年今天存在的历史必然性。傅的庸俗、费的自私都有其形成的深刻的社会原因。他们有令人同情的一面，但这种生活准则是否正确，笔者的态度也是十分清楚的。我写《北极光》，内心深处抱着一种美好的祝愿，愿青年们能在理想的召唤下，看到希望，加强自信力，从而由彷徨、犹豫、朦胧走向光明。

比较是一个中性词，任何人、任何时代、任何事物都需要比较。重要的是比较的标准。

人们心目中憧憬的理想、希望，当不表现为一个时期中须努力达到的具体目的时，当然是抽象的，或许说是朦胧的，不像傅云祥要找一个好工作或打一件新式家具那么明确。希望常常就广义而言，只是心灵深处对于未来美好的向往。精神和物质既不能截然分开，又不能混为一谈。美好的社会应该有土豆加牛肉（以前连这个也不予承认，当然需要拨乱反正），但土豆加牛肉决不等于美好社会。

同样，男女之间的感情、心与心的呼唤，当尚未落实为某一具体对象时，自然也是朦胧，甚至是虚幻的。（除非这个人所要求的配偶，是一个附有工资数目、身材尺寸、父母职业、本人工种的条件详而又详的说明清单。）茫茫人海，芩芩的社交又如此有限，她如何为自己设计出一个标准爱人的模式来呢？她在寻求中只能依据自己在同对方接触了解中的直感来做出判断。当对方的形象逐渐清晰起来，岑岑的人生追求和感情追求也就随之明朗起来。虚飘恰是心灵苦闷和不甘沉沦的反映，由虚到实，由飘到定，正是岑岑弄懂北极光的真正含义的过程，也是她成长的必由之路。有的人连什么是爱情小说都没有搞清楚，或者说并不认真研究作品的主题，也不尊重原作的真实，就主观武断地下结论，这种做法确实令人遗憾。

似乎因为我们传统的文学作品很少用一些处于复杂的矛盾心理状态的人物作为主人公，所以人们对这种尝试有点少见多怪。可在我收到的大量的《北极光》读者来信中，青年们谈得最多的，恰恰是陆岑岑。他们在她身上看到自己的影子，在她的内心世界找到与自己心灵相通之处。有一封读者来信这样写道："您笔下的岑岑（她的经历、思想、性格、追求）真实自然、毫无雕琢的痕迹，我与她似曾相识。她的故事经您的笔跃然纸上，确实震撼了不少当代青年的心。"

我们的当代文学作品既需要塑造真实可信的先进青年、优秀工农和知识分子形象，也非常需要深入了解、关心反映大量处于中间状态中的人物。不可能要求经历过十年动乱的青年一代的思想信念那么坚定单纯，而只能影响、帮助他们尽可能克服自身的弱点，一步步接近真理。我将继续探求这些有追求而不知如何追求者的心理。

那么文学作品中的社会主义新人形象是否就应是那么一往无前、所向披靡呢？

关于这个问题，我还没有想透。但我一直在想：新人是不应该有什么固定的概念和模式的，而主要应该看她（他）的思想主流所反映和代表的是否属于社会的进步潮流；其次，他们的所作所为应当带有新时代的鲜明特征，区别于其他时代，含有正向未来迈进中的新思想的萌芽。新人绝不是一个单单的“好人”，更不是“完人”，而是勇于探索、努力实践、敢于创造的活生生的人。他们的成长充满了曲折，其中包括同自身斗争。很难设想“新人”会在某一天早上突然从天上掉下来。成长为新人的过程正是我们千千万万普通干部、群众、青年在思索中奋起、扬弃陈旧意识的束缚、不断锤炼更新，从而脱颖而出的过程。所以，新人也常常处于自己内心的矛盾和与环境的冲突之中。但是他终于冲破了，胜利了，于是他成为新人。由于新人不可避免地带有他从旧的废墟上走过，来不及拂去的征尘，由于新人留有同旧习俗搏击的伤痕，所以新人的思想性格也应是复杂的，甚至会重新陷入难以解决的矛盾之中。但是他仍然奋战、搏击。或胜或败，几经磨难，他又站在一个新的高度上俯瞰人生和社会。事实上，每一个新人的诞生都付出了巨大的代价，有的时候他们甚至不被理解，有的时候他们也表现出明显的缺点。但是他们既敢于否定旧观念，也敢于否定自己；既敢于建设新世界，也敢于建树新的自我。而这个“新”的观念，是建立在继承与批判、延续与扬弃的双重意义上的。

曾储这个人物，我自己是不满意的。没有写好的原因是否可以归咎于对上述的正反两方面的新人特征重视不够。而芩芩，是否就不具备新人因素呢？处在她这样的“过渡时期”中的青年，是否恰恰正是在灵魂的反复搏斗中脱胎为新人呢？这是一个有待创作实践进一步探讨的有意义的问题。王安忆的《新来的教练》和蒋子龙的《赤橙黄绿青蓝紫》，我以为在塑造新人形象的尝试上取得了成功的经验。

我去年在文学讲习所学习时，席卷全国的关于“人生观”的大讨论，以及我周围的青年们对这场讨论的态度，使我萌生了要写一部探索当代青年的小说。“北极光”作为一种奇幻的意象，有如电光火石在我脑中掠过，起初我只以为是找到了一种寄托，把它作为希望的象征；到动笔时我发现自己被笼罩在一种美的气氛中，我被这种气氛所感染，以至努力渲染了北极光奇异的美感，也进一步探讨了它内涵的哲理。

对于“北极光”意象的具体处理，是通过几种不同的方式交错进行的，其中有对北极光外观的直接描写；有对北极光物理原理的解释；还有芩芩内心对北极光的想象。然而更重要的是，芩芩对她所遇到的三个不同的男青年三次不同程度的“考核”，得到的三种不同的回答。芩芩对北极光理解的加深，也是对生活、理想的认识的加深、对自己信念的坚定。北极光寄寓了作者对人生的希望，在作品中她把这种希望带给读者，也创造了小说的意境。这说明并非需要意境才有北极光，而是因为有北极光才创造了意境。任何形式和艺术手法都由其内容的需要所决定。

小说的意境某种程度还可以帮助人物表达更丰富的思想感情，使之含蓄、深沉、难忘、简洁，同时也富于形象感。当然文学作品的美感并不单由意境来提供，更多的是蕴含于人物本身的精神品格之中。

在我将要结束这篇札记的时候，我又收到了一叠信件，其中有一封来自四川成都的薄薄的航空挂号信，我把它抄录在这里，作为这篇文章的结束语：

渴望看到北极光的人：

注意：2月7日（星期日）的电视节目19:30世界各地：北极光。请收看！（你最好看彩色电视。）我们可能一辈子都不能看到北极光的，尽管我们是那样地想看到她。让我们一起在电视屏幕上看到她——美丽的北极光！

也同陆芩芩（或者干脆就说是同你）一样从小渴求看到北极光的一个青年：黄喜春，1982.2.3.

芩芩终于懂得，见到见不到北极光是其次，重要的是在生活中找到自己的位置，即使不能发光也能发热。无论你此生是否能见到北极光，它作为一种“美好”希望的象征，永远存在于人的心灵深处。

1982年2月10日于哈尔滨

隐形的自我

近年来，我越来越多地思索人究竟是什么；人为什么无法摆脱那种由生俱来、由死而终的痛苦？真善美作为一种美学理想照耀人类，然而三者是否真正达到过内在的和谐？人人都追求真实，但真实为什么永远悬在天边的地平线上？这是一种日益为现代人所困惑、所焦虑的关于人的存在本质的苦恼。在一次次反复思考中，我萌生了为人的灵魂写一部小说的愿望。我想同我的读者一起来认识自身。《隐形伴侣》不仅仅反映了“文革”时期北大荒的知青生活，也涉及了对爱情与婚姻道德观念的探讨，尽管我的小说在取材上涉及以上几个方面，但我更希望它是一个大容量和高密度的载体，在一个更大的心理空间中，完成对自身的超越。这里并没有此岸对彼岸的输送，只有天空对大地的俯瞰。这种超越并非为了什么实用的目的，而是为了在超越的过程中，作家的精神主体由此到达充分自由的境界。在文学强调本体，淡化意义的今天，文学有可能成为贩运私货的载体。语言的叙事过程，不可能脱离它的内容，即由语言构成的全部生活形象而孤立存在。文学如果不是为了体现人的内心对命运的悲剧体验和反抗意识，文学是否可能被创造出来又存在下去？如果我们能够在自己以往既定的长篇小说观念中，进行一次“定向爆破”，然后再来分析研究当代长篇小说的变化和趋势，我们就会发现，长篇心理小说恰恰是当代人的观念以及文学的观念的一次重大变革的产物。

《隐形伴侣》始写于1984年春天，当时知青小说刚从悲壮的英雄主义赞歌中逐渐冷却下来，很少有人对那样一种已经被反复描摹的生活感兴趣。但我却决定着手来做这件耽搁已久的工作，好几年时间里，我一直在咀嚼那段独特的经历，而迟迟未敢轻易下笔。因为我不希望自己步人后尘。如果没有在文学上有真正属于我的发现，一种对于历史、社会和人的更深刻的观察透视，创作一部平庸之作毫无意义。

自然，“文革”十年是一个过程，“知青运动”也是一个过程，那个恋爱、结婚又离婚的故事，也是一个过程。可以写成历史画卷、史诗、全景式的浩繁巨著。似乎由长篇小说的本体特性所决定，它应比中短篇更多地担负起反映社会、时代的重大事件的责任，对人与社会、人与自然的冲突进行全方位扫描。但是，我们也恰恰是从这样一种传统的长篇模式中，逐渐感悟到“真正作为组成社会、改造自然的主体的人，却异化在文学堆砌建构的那个物理世界之中”。我们强调刻画生动的人物性格，而忽略人物内心活动的揭示，重视人物与社会的冲突行动而轻视人的自身的内部矛盾。尽管行动和性格为我们提供形象，但形象的立体性是否仅仅由此两维表层结构组成？形象的深层结构是什么？形象的内核或形而上的东西又是什么？以至于我们塑造了许许多多人物，人物的命运及其善恶却可以无一例外地在人的阶级性、社会性中得到解释。或归结于社会制度或社会环境。说得偏激一点，文学在被恢复名誉的人文主义思想旗帜下，塑造了人，又毁灭了人，重新创造了人，又扭曲了人——文学帮助人粉饰自己、蒙蔽自己、伪装自己。使得人无法真实地、客观地、公正地认识自身。

20世纪初，西方学者关于人的潜意识的发现和论述，成为二次世界大战中人类疯狂互相残杀的注脚。“潜意识”论对文艺复兴时代以来，认为人是宇宙间至高无上的杰作的人道主义思想提出了质疑。

进入到20世纪80年代，中国当代文学终于开始了对人自身、人本质的深层反思与自省。人的主体意识逐渐觉醒。当人们终于发现人在理性的约束之外，时时都有另一种干扰着自己行动的内心冲动时，终于认识到恶并非人的性格缺陷，而是一种人性的基本事实。人们开始承认人的心理潜结构，并试图探索这一禁区，于是就产生了对“心理小说”或“心态小说”的探索。

近年来的科学研究成果，越来越有力地证明：微观世界的许多新的突破，导致了既往宏观理论的危机。人对于宇宙的认识不断达到新的高度的同时，对人体基因和细胞的分析研究也逐渐进入新的阶段。客观世界和主观世界这一对曾被沿用已久的哲学概念，即将被物理世界和心理世界所替代。显然这是一个大的进步。但是在科学手段可以测定各种反映心理状态的生理数据的今天，心理世界应该被认为由物理的和心理的两个方面组成。正如外界对于人来说是客体，然而精神的人审视肉体的人时，后者又成为前者的客体。心态小说便在这样的前提下，融汇人的情绪、心境、思虑、感觉及欲望等各种基于生理因素之上产生的心理现象，创造出一个巨大的心灵空间，从而构成一种新的丰富而复杂的文学现象。

《隐形伴侣》似乎述说了这样一个简单的故事：女主人公在北大荒农场与一个知青同乡，也就是小说的男主人公相爱、结婚，婚后由于发现了男主人公软弱、惰怠、消极等等性格缺陷，还有她最不能容忍的撒谎的品质恶习之后，毅然离开了他。可以说女主人公自幼最大的理想是人的真诚，她为了维护真诚而抛弃了爱情，但她恰恰在离婚之后寻求自主之路时，发现自己原来也是虚伪的，发现自己在那些不自觉的谎言中隐藏的“恶念”，发现了周围的人们几乎无一例外地用各种不同的谎言保护自己和防卫别人……她在极度的痛苦与迷惘中，对以往奉若神明的理想信念发出了诘问，并且开始领悟到她的一位后来患精神分裂的知青朋友所说过的，每个人身上都有一个同自己不断作对、另一个自己所不认识的“自我”的隐喻。当她认识到绝对真实只是人类理性的一种自我满足和伦理需要时，她才真正开始接近真实。与女主人公中途分手的男主人公却是一个独特的人物，他在经历了那场浩劫中的政治欺骗之后，便开始对真实有了一种别样的理解。在他看来，一个不承认、不允许人表现私欲的理性的社会，压抑摧毁人的本性，因而使人们内心积淀的后天无意识，在先天无意识的反抗下变得更加残酷。他在这个肮脏的人生人海中浮沉，唯一的出路是以恶抗恶。正因为他敢于正视内心那些按照自己的快乐原则派生的所谓邪恶，他才认定一个能够说出自己丑恶的人，就已经在一定程度上超越了恶。他情愿放纵自己的隐形伴侣，即使受到惩罚——来换取灵魂的自由。也绝不像那个正直清白的知青战友，毁于精神的极度压抑而导致的精神分裂症。

在贯穿小说始终的男女主人公以及其他知青之间感情、性格、思想冲突中，除了今天被称为“潜意识”的那部分强烈的生命冲动所引起的人的种种不安之处，还有积淀于人类理性意识中的良知、道德、人格等等心理机制所形成的强大的“集体无意识”，残酷无情地压抑了的人的本性欲望。这种历史形成的观念，已经成为一种非自觉的现实原则，甚至成为遗传基因，参与人的无意识，压迫本我。正是这种被无意识透明的外壳紧紧钳制、约束而几乎被扼杀、窒息的潜意识的挣扎与抗争，才构成了人生永难摆脱的另一个“我”——那个令人恐惧和震颤的“隐形伴侣”。

这便是我们这代人走过的心路历程。如果话题回到知青文学上来，那么也许可以由此窥探到知青文学正被开掘的暗角。正是由于这种严厉的、坦然的自审，使我们对于在一个虚伪的环境中成长起来的整整一代人的行为依据有了起码的了解，对于那个年代的一切悲剧的本源，追溯到了一个新的深度，因而对现实的未来，也有了真正符合人性的追求和祈盼。

是否可以认为，当代心理小说中的自审性反思，已经从对“自尊”或“自大”型的民族性格，民族性忏悔意识，上升为非民族、非阶级、非党派国籍的人性内省，在对人的显意识与潜意识的双重艺术表现中，真正体现人的主体意识的张扬，而非宗教“原罪”的内心谴责。忏悔和自审，绝非一个概念，忏悔是对罪恶恐惧的情感追悔，自审是对罪恶的认识，是经历了从非人化到神化最后回到人化的“怪圈”之后自我的重新获得和确立。

需要特别指出的是，弗洛伊德的精神分析法和潜意识理论，作为 20 世纪的重大科研成果之一，固然在某种意义上可以堪称人类第二次尝食禁果，并对现代社会的精神活动如文学、绘画、戏剧、哲学产生一系列巨大影响，尤其对心理小说的发展，做出了开拓性贡献。但潜意识毕竟是一种科学的发现而不是艺术本身。我在小说中表现了潜意识，然而潜意识并不简单等同于“隐形伴侣”中隐现的那另一个“我”。“隐形伴侣”不是一种观念，而是一个个具体生动的艺术形象。只是在心态小说中，它区别于一般小说中的以描写外部活动为主的人物实体，而虚化为一种气体般自由流动于想象、感觉、梦境、情绪空间之中的思维形象。正如水加热后的表现形式不再是水珠而是蒸发的气体，潜意识的水珠在我的小说中，变成为每个人所不能认清的隐形伴侣那样一种看不见的，但确实存在的气状物质一样。谁能说水就是汽？谁又能说对汽的描写不可以成为具象呢？在《隐形伴侣》中，我一直在摸索由隐意识支配的那一个“隐我”的独特表现手法，无论在生活里还是在小说中，这个“隐我”是无处不在的，只有将隐意识与“隐我”，显意识与“显我”之间纵横交错、极为复杂的四边关系组合成一个外在世界形象与内在精神体验多向统一的审美机制，才能在一个广阔的心理场中建立起心态小说特殊的魅力。如果将隐意识自然准确地外化为艺术形象，那么心态小说的内涵和外延都可以大大拓展。

在创作过程中，曾经使我十分困惑的有这样一个问题：心理小说究竟是文学形式的分类，还是审美、哲学或内容本身？

“隐形伴侣”是在小说基本完成之后才被确定的一个题目。它的第一稿的前六章在写出之后就被我自己作废了。那时我还没有找到一种相应的小说形式来构架我积累的素材。我所期待表现的人思维、心态的层次性，在一种规定性很强的叙事模式中全部粘合成一个平面。这一段的彷徨持续了几个月。我越来越强烈地意识到，没有小说形式的具体突破，就不会有小说内容的深化。我必须为自己描写心态为目的的小说，创造一种特有结构方式和语言方式。正如无所不知的叙事者主宰的全方位小说受命于传统的审美原则，而新小说的创作亦决定于现代意识对艺术形式的理解。那种简单地把形式看成是内容的依附，或看成是可以离开内容单独鉴别的表象，都是对形式的一种扭曲。从文学本体论出发，文学形式的突破便是文学内在的突破。新的文学形式的诞生便是一种新观念的诞生。形式不是外衣，而是人的体态、身材、皮肤的有机结合，是血肉之躯的组成部分。小说的自审性，要求采用内心独白、联想、幻觉、梦境、白日梦、感觉等多种表现形式，小说的叙述角度始终跟随着男女主人公，以他们为中心，不断向外蔓延，又回到中心再重新放射出去，在心态与情节的杂糅中完成我的整体结构。

从我采用这种现实描写与梦境意象、隐喻交替进行的手法开始，我觉得至少我写完这部作品之前，再也找不到比它自由和贴切的形式了。我们在生活中常常可以遇到这样的情况，即我们所想的与所说的，并不能完全一致；我们想的是这样一句话，而说出来却是另一句话。我们白天理智而冷静地处理了一件事，而在夜晚的梦中却梦见完全相反的、令人难堪的情形。我们时时拖延抵制着某一件事，却说不出反对它的理由；我们由甲事物莫名其妙地联想到了乙事物，却不识两者之间的内在联系究竟是什么；我们千方百计为某人的错误辩护或激烈地攻击某一人的错误，却终于发现自己原来也有着相同的念头……如此种种发生在“显我”与“隐我”、“显意识”与“隐意识”四体之间微妙的心理活动，在小说的叙述部分不断穿插出现，在非理性的梦意识中又往往用反现实的形式加以强化。尽管小说情节的时空次序是依照生活逻辑的发展层次递进的，但在人物的心理时间上，却大量表现为非逻辑的跳跃。即便几乎占全书三分之一的梦境——白日梦的描述，也可分为几种不同的心理层次。例如以荒诞的形式将人物与现实生活中遭到压抑的心理，在梦中尽情宣泄出来；可以是大脑对于外部世界反映的局部变形，也可能是记忆残片的飞扬，或是理性所不敢正视的对性的渴望和对死的恐惧……如此种种，构成一个复杂的心理结构，也许可为读者提供在探胜的好奇中穿越人的心理迷宫的钥匙。另外，语言句式也打破了传统小说叙述的规范，而是在心理时空交替的内在规律下重新组合。语言不再是单一的现在时或需要说明的过去时，它只要开始工作，便是一种可以跟随人的活动任意摆弄的魔方。不需要再对读者注释“他想”“他想起”“他梦见”“他觉得”……而让读者自己区分和剥离每一种句式的结构层次。语言不再作为小说的工具，而是一种充满弹性和立体感的直接审美对象。

再也不要把意识流作为一种手法来借鉴。意识流是西方现代心理学对人的意识活动重新评估的产物。它的写作方法源于哲学和思维科学的突破，源于潜意识的发现。潜意识与显意识的交织、相撞，形成了意识空间貌似盲目而实质上彼此密切勾连的心理流程，在这股所谓随心所欲流动的思维过程中，人的潜在的心理意识常常成为真正的主人。所以，只要人的潜意识尚未被充分认识，意识流作为一种人对自己的存在和头脑中通过的真实思想、情感的真实反映决不会过时。正如它实际上至今并未被我们真正接受和运用过，所以它不是追求时髦的产物。

直到我写完《隐形伴侣》，我仍然没有弄清心理小说的定义。但在我的创作实践中，我似乎有一种神秘体验——没有一种小说比心理小说更具有形式和内涵的不可分性。当它对意识的层次有了自觉的把握时，它便得到了相宜的形式。而当它对意识的层次有了看似模糊混沌却又是真实细致的描述时，它才真正具有扎实的心理内容。

尽管我在这部小说中，如此强调刻画人本性中的恶欲同人类真善美理想不可调和的矛盾，我却并不认为人对自身的剖析只对个人有意义；也不认为人的潜意识中那些利己原则，即所谓“恶”欲的解剖是一种消极或是绝望。恰恰相反，消极颓废的绝望往往都不是因为认识了罪恶而引起的，而是虚假的真善美引起的。人只有深刻地了解理性与兽性如何发生冲突，最后怎样达成妥协之后，人才能为自己设计和规定一个相对合理的社会。人也只有真正认识了“恶”，才能驾驭“恶”。看透潜意识的真正目的在于同潜意识谈判，建立起“显我”与“隐我”之间的协调机制，从而达到内心的平衡，找到通向“超我”的途径。

当然，人的潜意识离不开人的社会性独立存在，而是必须架构在坚实的生活土壤上。由于篇幅和题目的局限，《隐形伴侣》的复杂社会背景同人物心理的关系，就不赘述了。

“艺”不可说

他一边咳嗽着，一边费力地爬上四层楼，坐下来仍然气喘吁吁。他的白发在早春的寒潮中瑟瑟颤抖，一双疲倦的眼睛里却闪烁着未泯的童心。他切切地望着你，难以启齿却笃笃定定地相信着你不会拒绝。

面对这样一位老编辑，你能对他说：我不——么？不，我不能。我不能是因为我不忍。我不忍是因为很久很久以前我就认识他。很久很久以前我站在艺术海洋的岸边，虔诚地呼唤载我下海的舢板与帆，那时他们还年轻。如今我在海上漂流已久，对茫茫天涯的波涛充满恐惧。然而我听见了衰老的橹声，从险恶的礁石边掠过，我仍忍不住探出头去。我不忍是因为我已隐忍太多。

于是我身不由己地说，行！说出这个字时我浑身浸透了崇高感。那片失却了纯净失却了湛蓝的海洋，如今覆盖着廉价的通俗读物，到处浮游着失控的油污。却尚有《艺术世界》这本薄薄的杂志，犹如洪荒中的一叶方舟，在险风恶浪中左避右闪、我行我素地行走。

但当那橹声渐渐消失时，我终于发现我的不忍却还因为另一个不能。这个不能已在我头顶萦绕多时，小心翼翼地提醒着我的肤浅与无知。

一直以来我对“谈艺”固执地抱着一种敬而远之的戒备。我总认为小说之“艺”是不可谈的，犹如一个谜底之于猜谜人，或是菜谱之于食客。几年来，我曾写过一些“文学创作谈”，但我明白那其实只不过是一个个肤浅的脚印儿罢了。行动的实体应是小说本身而非即行即变的方法。我不相信作者能够把自己创作过程中，那些最细微最隐秘最复杂最灵感的奥妙，用语言，用逻辑，用道，用法，完整而准确地表达出来。当你的心灵与情感全然倾注于笔下时，你根本无法按照事前的规定，依样画葫芦地如法炮制。你只能听其自然地顺流而下，把自己积攒的人生经验和个人品性，外化为小说的构想和叙述方式。由于人类目前的科学手段，尚无法对文学创作的整个思维程序进行全面监测和录制，因而我总觉得我们所侃侃而谈的那些写作经验，只不过是一种合乎推理的幻觉与想象而已。

也许我已表明，我是把作品看作自己的一种存在方式。自己的或他人的存在方式，均难以教授或传人，甚至难以剖析难以自知。我总是坚持说，小说不是“做”出来的，而是作者本人的经历与气质浑然天成的契合。小说若谈艺，则匠气，则做作。所谓“艺”有工艺手艺武艺技艺，都是具体的实践；而艺术之“艺”，却是一个抽象，抽象到哲学美学社会学心理学人类学。如禅一般只可参悟不可释解的。

这样的故弄玄虚，抑或是为了掩饰我自己其实并无艺可谈的窘迫；抑或是对文学抱着至圣的神秘而误入歧途？都有可能。但我在时尚的风潮中，读过的那些诸如告诉人们什么是什么，什么不是什么的谈小说作法的文章，却使我陷入了较先前的迷惑更为固执的疑虑。

我常觉得自己在倏忽中活过了几个世纪。明天与昨天纵横叠架，时空错位。人们用A证明B，又用B证明C，却无法证明自己到底是什么。我犹如站在一条刚解冻的大江边，注视着冰块咔咔崩裂、互相分离，想过江的人拥挤着从这块冰上跳到另一块冰上，几乎每块冰都轮流成为每个人的跳板，几乎每个人都拥有一块冰，然而冰块却一边流动一边销蚀了。

所以我不能谈艺。无艺可谈。艺术观说到最后仍是一个认识世界的方法，我尚未有自己的系统，我不配将那鸡零狗碎去混乱我的读者。尽管我为大江冰河的破碎奔流激动不安，我甚至希望整个艺术世界都崩溃一回，我却宁可当冰块流尽的时候，徒手从冰冷的水中游过去。

春寒到秋凉，半年匆匆过去。当电话里又响起那个千里迢迢而来的咳嗽的声音，我恍然记起这拖欠太久的短文，终于明白这“不能”的文章已不可逃脱。先前的“不忍”重又卷纸而来。不忍是比不能更为强大的，我无从拒绝。

我在稿纸前木然。我竟然怀疑在这个世界上，究竟是否真有“艺术世界”这个独立的空间，艺术究竟在地球的大气、土地与熔岩的多层空间的哪一层驻足？它究竟属于艺术家，还是劳动者，还是食利者阶层？它是横向还是竖立，是圆圈还是三角？它真的可能避开现世的一切痛苦与灾难，一尘不染地莺歌燕舞吗？

我曾几次流连于欧美国家的公墓，几乎每一座墓茔与墓碑的设计，都再现了墓中长眠之人的整整一生。他因自己墓地的个性而复生。在那里，死亡才最终完成了艺术的构架，艺术不是生活的点缀与装饰。艺术因死亡的实现达到某种能指。在那样的震惊与肃然中，我彻悟艺术决不仅仅只是它自身。

所以如果有人对你说，你除了谈艺术外别无选择，你会受宠若惊么？你会有那样的心境与情绪，乖乖地自命清高么？我不知道。

满目疮痍的地球上，石油管道泄漏已成了海洋的头号公害，我亦乞盼着艺术海洋中，忽现一处尚未被污染的世外桃源，能让我休养生息。然而却只有眼前的荒岛与荆棘。我既已放弃了谈艺的资格，想必是准备就在这荒地上寂寞地垦殖下去，荒凉土地只识得寂寞这原始的犁铧。

1989 年之前，我曾在欧洲见过一个湖，据说那湖的一端有一条名叫德里姆的河流入，但它汇入湖中之后却穿越了那湖，又在湖的另一端重新出现而流向异地。据地理学考证，证明德里姆河在湖中始终是以河的形式存在的，它始终没有与湖泊真正融汇。它始终是它自己。

于是我看见了艺术女神踮着脚尖，轻轻行走在这条奇特的河流的浪花上。

黄土地和绿文化

有一次，听到楼下一群十二三岁男孩在吼着一首歌。曲子很熟悉，是亚运会期间流行的《亚洲雄风》，但歌词却好像走了样。我问他们在唱些什么，他们挺起劲地唱给我听：

我们亚洲，山是秃秃的头；我们亚洲，树都砍光了；我们亚洲，河流都污染了……

我说，原来的歌词不是这样的啊。他们回答说，是我们自己改的，我们愿意这样改。你说，是这么回事对吧？

我默然走开。以后的许多日子里，那几句稚拙而诚实的歌词，反反复复地侵扰着我。

我惊讶的不是他们在改动的歌词里，如此无情地描写了亚洲。而是他们对自己所处的环境状态，已有了一种朦胧的意识。

我们亚洲，我们亚洲大大小小的国家，那些正在腾飞、正在跃居世界先进行列的国家；欧美诸国，即便是已经很富很发达的地区，都有一个曾经很穷、很落后的过去。

因着这个过去，为了不再穷不再落后，我们把安身立命的土地资源作为抵押。时间一天天流逝，财富不断地被重新分配。人类已失去了耐心。为了以往贫困的耻辱，为了眼前及时行乐的荣光，我们只好出售未来，提前去领取这块土地尚未有能力支付的利息。

这几年，随着经济的高速发展，自然环境被毁坏的程度亦正同步递增。触目惊心的所见所闻，以及各种已被大大压缩了的统计数字，犹如警笛一次次拉响。地球悲哀而愤怒的诉说不绝于耳。我们生活在一个堆满了钢铁水泥或许还有珠宝，然而却是破败而荒废的园子里。令人窒息的污浊空气，正一日日向我们逼近。作为地球人，我们谁也无法逃脱。

五年前我写过一篇燕山石化公司如何节能、节电、节水的报告文学，叫作:《只有一个地球》。

去年我写过一个短篇小说《月亮归来》，写一个返城后的知青，在一个春天里，看见公园的湖上有一只野鸭子，带着它刚刚孵出来的一群小鸭，很艰难地生长着，然后小鸭一只只地减少下去，最后母鸭和小鸭终于都不见了的故事，引起他对自己若干年前的往事痛苦的回忆。“文革”以及知青上山下乡运动，是继“大跃进”以后，又一次对自然环境的大浩劫和大破坏。他们在饥饿的状态下，不顾一切地捕捉天鹅，甚至天鹅蛋、乳燕和幼鸭……吃尽了所有可以食用的动物和飞禽。而面对尚未觉悟又重蹈覆辙的今人，他沉重地忏悔和歉疚，在现实中却找不到弥补和挽回过失的机会。

今年第三期《小说界》杂志，发表了我另一个中篇小说《沙暴》(1993年第四期《中篇小说选刊》转载)。写了一个曾在内蒙古草原插队的知青辛建生，当年有一手好枪法。知青们为了返城和得到招工升学的机会，纷纷设法猎杀生活在高寒地区的老鹰，然后把老鹰裸露的鹰爪剁下，作为治疗风湿病的珍奇偏方，用来“走后门”打通回城的关系，辛建生也在射猎老鹰这草原之王的快乐中，得到极大的满足。然而，老鹰被捕杀殆尽后，草原鼠的天敌便随之消失，草原鼠开始肆无忌惮地吞噬草原，毁坏草场，草原失去了老鹰的保护，草原沙化像瘟疫般迅速蔓延。到知青们临走时，昔日的草场已不复存在，祖祖辈辈生活在草原上的牧民，只好赶着牛车，迁徙到遥远的深山里去了……而十几年以后，在一场袭击京城的沙暴中，辛建生重逢当年的知青战友，听说南方市场上鹰爪的价格昂贵。虽然辛建生多年来一直对自己当年打老鹰的行为深感悔恨，但生活的窘迫、看不到前途的工作和钱欲、物欲还有周围环境的压力，他在经历了如同沙暴一般混沌猛烈的心理搏斗后，终于接受了同伴的建议，决定重新拿起猎枪，利用自己仅剩的打枪“技能”去草原猎鹰，以便使自己一家能同别人一样迅速地富起来，在一个沙暴平息的早晨，辛建生和他的“战友”，驱车茫然开往草原……

辛建生从过去的错误中走出来。回忆与忏悔的沉重，最终却仍然被眼前的实利所诱惑所导引所消解。他无法回避、无法抗拒、无法抵御。人是环境的产物，而环境又被人的欲望所支配、所奴役、所改变着。这便是人类的灾难之源。

于是作为地球所孕育的最高等生命的人，唯一的出路只能无限地榨取和盘剥他的母亲——过去我们为巩固一个红色的穷国而牺牲她；今日我们为了改变这个红色的穷国而加倍地掠夺她；一个历史的罪过导致了纠正错误的新的罪过；贫困导致抛弃贫困的疯狂。糟糕的是，我们总是以明日作为代价。

《沙暴》的交叉结构，试图表现人处于过去与未来之间难以挣脱的困境，亦即理性与欲望较量的尴尬。今天我们所处的环境，实际上已具有自然与人文的双重身份。辛建生游移于、徘徊于一种畸形发展的人文环境中，选择的结果只能是人性、文化和自然环境的一并丧失。

中国人面临的将是环境和人的共同焦虑。旧体制在毁坏自然的同时，恰恰也剥夺了地球最重要最精华的资源——人的创造力和人的综合文化素质。而这种资源再生的过程，就成为环境对人不断的惩处和报复。人在毁坏环境的同时也毁坏了人自身。人与环境最终也许将共生共灭、同归于尽。然而，一个相对合理、公正、民主、自由，能得到民众拥戴的人文环境，是否多少还可对挽救自然环境，发生对应的作用力？

所以说，环境意识是一种文化。而这本来属于全世界人的绿色文化，在黄土地上，黄河边上的栽培，显得尤其艰难。

“红罂粟”题解

收入“红罂粟丛书”的中篇集《钟点人》的六个中篇小说，都是近年的新作。

回过头看，我这些所谓女性作家的小说，几乎都不是“专一”地描写女性生活的。就连作品中的主人公，也大多数并非女性。

心里由此生出几分忐忑、几分疑惑、几分惭愧。

似乎愧对女作家这一特定的身份；更愧对这套由十几位中青年女作家组成的“红罂粟”大型系列丛书（由河北教育出版社出版）。

不写女人的女作家还叫什么女作家？性别有没有错乱啊？

越发地惶恐不安。

这些年来，觉醒了的老中青三代中国女人们，大彻大悟地发现自己原来根本不懂得女人是什么。甚至可以说根本不知道应该怎样做女人——如若连女人都不懂怎样做女人，又怎么能让男人们懂得呢？女人们已经重复了几十年的“男女平等”，可谓慷慨激昂义正词严，却又恰恰在那些空洞而紊乱的梦想中，矫枉过正地剥蚀了自己的天性；用男人和女人共同编织的谎言，心甘情愿地损伤了丧失了女人的温柔美丽和自由。当男女间平等的权利，被男女间不平等的义务掩盖和篡改时，女人成为一个与男人无差别的符号，女人的不幸便愈加深重。

——回到“女人”去。做一个真的女人、好的女人、完整的女人、幸福的女人，是今日中国女人幡然恍悟的奋斗目标。服饰的觉醒、情感的觉醒、择业的觉醒、面容的觉醒，还有钱包、化妆品和性……

在这场声势浩大、持久深入的90年代中国妇女自发自觉的“运动”中，却有我这么一个女作家，依然写着那些很不女人的小说。

不仅很不女人，而且越来越多地写男人。

也许真是应该把她开除出女作家队伍了。

好在她自己曾在多年前就说过：她首先是一个作家，然后才是女作家。

——那有什么不同呢？有人窃笑。所以她的声音微乎其微。

她在80年代中期还说过：中国的当代文学，也许最敏感的不是“暴露文学”，而是“女性文学”。要写出这个时代真正的妇女文学，我们还须经历漫长而艰苦的努力。因为这个民族的历史积淀中，封建专制文化的基因太深厚，也太顽固。她对于所谓的妇女解放，似乎抱着很不乐观的态度。

十年过去，她当年的感叹，被时间的流水冲得七零八落。生活和事实，缓慢而又无情地修正着她那些妄断的结语。商品大潮和市场经济的洪流，轻而易举便推倒了围堵“女性文学”的那截高墙，冲垮了女性天地的种种禁区。一大批以描写女性生活和女性心理为主体的文学作品，已经披荆斩棘初露锋芒，跨越雷池覆盖图书市场。

许多以揭示女性深层内心世界、描写女性自我意识、反映女性与社会的矛盾见长的年轻女作家，已在文坛脱颖而出，让读者怦然心动。

她喜欢那些作品。

读过后她发现，自己至少有一点并没有搞错：

当那些曾经束缚着女人的种种旧传统、旧习俗、旧道德，在革命历史的演变和发展中，逐渐无可奈何地崩塌、消解时，以往那种人为的妇女解放运动，显得多么简单、生硬和事半功倍。妇女解放不可能完全依靠以行政措施提高妇女地位的方式实现。女性的解放首先取决于“人”的解放；取决于社会结构和意识形态的整体变革和进步。

再次回头。她觉得自己作品中的那些男人，其实是女人的一面镜子。

女人读懂男人时，女人也读懂了自己。

只有当男人和女人都能真正像一个大写的“人”一般生活，女人才能成为真正的女人。

只有当男人和女人都快乐时，女人才会有真正的快乐。

所以在她看来，也许唯有“人”的话，是男人和女人“性沟”间永远的渡船和桥梁。

她从这座桥上走过去，走进了“红罂粟丛书”。

当然这肯定只是一个偶然的巧合——许多年前，她曾写下过一组题为“白罂粟”“红罂粟”“黄罂粟”的短篇小说系列。《白罂粟》写了一个被劳改释放的老人；《黄罂粟》写的是一个男青年收藏粮票的故事；独有那篇《红罂粟》，其中写到一个女知青干部，她把兵团职工用作治病的罂粟水，变成了一桩政治事件，女知青因此被提拔为兵团首长，像红罂粟一样红得发紫。《红罂粟》后来成为作者的一个短篇小说集的书名。

罂粟花，花瓣薄如蝉翼，四圈镶有黑色天然裙边，娓娓迎风颔首。红白黄紫色彩斑斓绚丽，妖冶迷人。凋谢后，花蒂处有果实，可取白浆作药，用于镇痛消炎，但多服成瘾，即为毒品。

“红罂粟丛书”——是不是一次勇敢的自我正视呢？或是率真的自省、坦诚的自我剖析等等。不仅对女人、女作家，还有女性文学。

但愿在当代女作家的笔下，女人不再仅仅是爱情的玫瑰、是纯洁的莲花、是娴静的幽兰、是孤傲的冬梅，这一切一切使男人爽心悦目、为男人寄托真善美的精神依赖。女人为什么不是红罂粟，是夹竹桃？就像男人有可能是含羞草、臭椿或是常青的松柏一样。

从“红罂粟丛书”起始，是否意味着传统意义上的女性文学——以诉说女人苦难、争取女性权利、反抗男性中心社会为己任的女性文学，正在发生着由外向内的某种嬗变。

于是，“回到女人去”，“重新学会做女人”，这些今日女性梦中的渴望，对于女性文学的发展来说，亦将是一次新的契机。我曾在多年以前对“红罂粟”发生过兴趣，借着“红罂粟丛书”，我再说：在良药和毒品之间，没有绝对的界限。

红色变奏曲

在中国丰富奇绝的语言文字中，红色不单纯表现为绝对或笼统的“红”。“红”的色性、色素、色调、色感，可以用另一些单独的汉字，来加以区别。例如：赤——略带暗色的红；彤——红中透出亮丽光泽；丹——艳红，色泽略略浅淡，蓬勃而热烈；朱——大红、正红，是皇权与豪贵的象征。

这几种不同程度、不同风格、不同性质的红色，组合在一起，构成了一幅强烈、浓郁、绚烂辉煌的立体景观。

或者说，是一个封闭的同类变异颜色板块。

远看，那红色遮天蔽日，如云如雾如河流如海洋，覆盖了天空和大地；英国皇室与中国历代帝王均推崇红色，红色承袭了帝制的传统，被赋予革命的内容，然后吞没了其他所有颜色，荣升为理想的全权代表。理想的乌托邦被至高无上地膜拜时，红色成为一切颜色的统治与主宰。它具有不可抗拒的排他性，不允许兼容与并存。

近看，红色板块呈现出复杂而多变的纹路走向，各种异类异形异源的红色互相纠缠与厮杀；亮的暗下去、暗的亮起来；红极而发紫、红透而生疑、红衰而变黑、红褪而无色，在那块似红非红的底版上，留下的是辨不清颜色的血迹与泪痕。

作为一个21世纪的中国人，恐怕没有比对红色更熟悉、更敏感的颜色了。从红色理想至红色风暴，最后演化为一个现代的红色神话。

变异的红色究竟因何而来？缘何而生？由何而去？

红色本没有罪过。我们都曾迷恋过、崇仰过红色。当它染红鲜花、洇湿彩霞之时，红色何其壮丽，红颜红粉何等诱人，而赤胆丹心更令人神往。

然而，假如人世只有红色这一种色彩，假如铺天盖地的红色笼罩了独霸了整个缤纷的地球，那么世界会是什么情形呢？

那四个红色的汉字垂叠交错，相互勾连又彼此挤压，从红字的缝隙中，产生出多少无声无色无形状的故事，故事被历史沉重地驮起，化作了一首哀婉悲凉的红色变奏曲。音符的聚合中，我们都曾发出过虔诚而怪诞的和声，尽管善意而无意。如今演奏虽然已经结束，刺耳的余音依旧让人心悸。那个年代虽然已离我们远去，风暴与神话都已被时间消解，然而烙刻在红色背景上的血迹和血痕，却与历史同在。

只不过是想一层层、一缕缕、一丝丝、一片片，从很久以前开始，对红色做一次重访、一次还原、一次剥离、一次解构。由于红色已成为令人无法否认、无从逃避的胎记，我只能将自己与母亲合为一体，以求得更为真切的同步体验。这种叙述与叙述人一体化的写法，是我在设计这部由三个中篇，一个长篇结构而成的长篇小说《赤彤丹朱》时，自然而然地产生的。它甚至很难说是方法或手段，而是一个整体构思。试图在作者的参与介入中，传递出一种对于红色更为立体、更具现代意味的认知。

用书页压缩成的时间

十六年。四百万字。从 1979 年开始发表的作品开始计算的，至 1995 年底。短、中、长篇小说加散文随笔，三十余种单行本和专集。

若是把自己十多年来的作品，从头到尾细细梳理一遍 ——就像在冬天的菜窖干活，将储存的冬菜的烂帮黄叶一层层丢弃；或是像苗圃的花匠，剪拔那些已经死去的枯枝，使得依然活着的生命越发鲜明茁壮；然后按着写作时间的先后、按体裁的分类，将它们重新组合排列，那真是一件值得一做的事情。

于是就出现了一条流向清晰的河。

一条弯曲却可辨可识的路。

或者说，那是用书页压缩、凝聚而成的时间、人生和历史。

那是一个被浓缩了但依然真实的生命过程。

把岁月淘汰和过滤后，沉淀下来的作品，捧给关注你的读者 ——这是出版文集吸引我的地方。

面对自己十六年来的心血，虽是敝帚自珍，却更是下手无情。到最后，四百万字只剩下了一百五十万字，被砍去了几乎三分之二。

那些被保留的，不敢说是精品，也不能说是最好或较好的，但至少得有一定的代表性。是我创作道路上一步一磕的脚印，是水准涨落的标杆，是每一条岔口、每一个弯道的探险纪录；或许偶有异峰突起，继而又低谷深渊；时而奔驰流泻，时而滞重羁绊；勿说才情勿说风格个性，人们若是在字里行间读出我的艰辛、我的心意，便已知足了。

那些被删去的，不提也罢。有的是当年的激情之作，回头再看已是时过境迁；有的探索与尝试，却显得多少有些勉为其难；还有匆匆急就、应付稿债的粗陋之作；还有力不从心的好高骛远……重新阅读它们时，一次次脸红一次次羞赧，更多的是惭愧，愧疚自己居然制造了那么多的废品。严格说，是文字和语言的垃圾。

编选文集的愉悦尚未到来，率先到达的却是审视自己的痛苦。

若是能有资格出版全集，我当然愿意把自己的全部作品，无论好坏优劣，无一遗漏统统收入、坦率裸露于众人，一任后人评说。然而这不可能，不可能是因为我们没有权利以自己曾经的幼稚作借口，去浪费读者的时间。

篇目的选择十分艰难，许多次反复，许多次迟疑，就此忍痛割爱了。

而校订这最终选入的五卷本一百五十万字，更是一次阅读的苦旅。

前期的作品在语言上有一种忍无可忍的直白与粗糙。既然结构和人物都已是永久性定型，唯有文字尚可略作补救。有些句子读得自己大汗淋漓，万不得已提笔掩拙，终是改不胜改；面对稿页无地自容地扼腕：那真是我吗？那时我怎么竟然会写出这样糟糕的文字？

那时是一条小溪，清澈见底。锐敏的思想激流在文中翻滚，却掩不住浅水中的杂草乱石。

后来那溪流淌着淌着便混浊起来，流成了一条河的模样。河床渐宽渐深，水流朦胧了、厚重了，似能载舟行船、掀涛作浪了。回首溪边那曾经清丽的风光，心里哀哀地叹息：那真是我吗？可惜我再也写不出那样纯净纯情的语句了……

却不知道这究竟是好，还是不好。是应该这样，还是本来就是这样的。

80年代后期到90年代的作品，除了错字以外，基本保持原样了。

走完这长长一路，眼见着自己头顶这一只青涩的果子，在十六年的时间里，慢慢地熟了起来。

许多年中，所有的好时光，就这样在写着小说和散文的日子里，飞快地逝去了。这样的日子也许可以持续一辈子的。

那是一种很寂寞的人生。我说的是一种真正的寂寞。是心的寂寞。

如果是心的寂寞，便没有时间和地点。一个人独处的时候，只和自己的思想做伴，很充实，很适宜；许多人的时候，却时时地感到落寂和惆怅，也许很孤独，很忧郁。有人说那是当众孤独。当众孤独并非是故作姿态，而是出于无奈；寂寞不是自寻烦恼，而是与生俱来；寂寞不是心情，而是一种状态。寂寞是一道绝缘的隔离层，隔绝喧嚣与世俗；寂寞是一台过滤器，沉淀浮躁与时尚。

写作的人在写作中享受寂寞。书籍和文学都是寂寞的产物。

我依然时常怀念许多年来那些心无杂物的安静日子。并非不甘于寂寞，而是不愿失去寂寞。寂寞不应是一种被动，而是一种主动。在固守的寂寞之中你会发现，你即使除了寂寞身边一无所有，你仍拥有一份写作的人最不可缺的心底的自由。

在寂寞中期待着文坛开放而宽容、中心与边缘并行、主流与非主流共存的多元状态。面对无数次失望与重振，我们终于已变得无话可说。要紧的仍是把自己的事情做好，你若无法要求别人，那么你唯一能够要求的便只有自己了。

要求一个作家的自律。

如今，在难以超越的意识禁锢和商业实利泛滥的夹缝中生存的写作人，绝望与出击似乎都已无济于事。我们不妨时时问一声自己：你还能否守住？

重读若干年中自己写下的那些至心至情的话语，无论是幼稚还是练达，是传统还是现代，茫然而苛刻的自省中，悠然浮上一丝欣慰，为的是自己终究仍拥有一份为人为文的真诚。

尽管真诚已是一个很不时髦的词汇。尽管真诚已被世故的阴影覆盖。

时时也不得不疑惑：若是真把这个世界和人，透心透肝地看了个彻底，那还有什么可值得一写的呢？就怎么还能有写作的心情和欲望呢？

曾经写过和以后还将写下去，多半是因为不明白。一生都在问着为什么。然后把自己想过的，说出来给别人听；也把自己想不清楚的，写出来再给别人去想；许多时候，像是把别人的事情弄得明白些了，却仍是永远弄不懂有关自己的事情。于是写作就成为人生和生命的一种依赖、一种存在的必然方式。

如果仅仅是为了美文本身，就像为了让人欣赏美的形体、皮肤和肌肉，为了新奇的形式感觉，我不知道自己是否还能写作。

人类的进化和变异，是从骨骼开始的。当血肉之躯不复存在时，最后留下的只是坚硬的骨骼。当然，还有灵魂。但灵魂是不可妄谈的。灵魂可以寄存、托生，可以飘飞出窍，可以升天入地。而普通人能触能感的，只有血肉深处的骨骼。

骨骼支撑着生命，使人能够站立起来。

骨骼即便碾磨成齑粉，也化为钙质。一个人缺钙易患软骨病或是骨折，另一种病态，就是卑躬屈膝或是奴颜媚骨了。今天中国的写作人，一边面临市场之海洋，一边背负思想之沙漠——腹背被围，何当自立？

所以心里永远仰慕着山峰。山是大地的脊骨，是世界的梁柱。当然，不是平原上兀然一峰独秀，看上去雄伟陡峭，实际海拔却依然很低的那种；而是高原上逶迤的群山其中，悄然挺拔的小小一座山峰。

于是，最后决定还是把文集改称为“自选集”吧。给自己留一点天空。

1996 年

人性的暗河

《残忍》可以说是一部出乎我意料的作品。

因为我在写作之初，并没有想到自己会这么“残忍”。

写到结尾处，连我本人也已不寒而栗。我之战栗在于自己原本对于“残忍”那些朦胧的感觉，最后在小说中脱离了人的行为，变成一种不受法律审判和道德约束、无形无状无罪恶无廉耻感觉的欲念。

虽然那只是一个从知青中听来的故事，但据说绝对真实。很多年里我始终在琢磨着这件事情，内心持续的震惊与恐惧，使我无从落笔。

后来它慢慢沉淀、渐渐舒缓。像一条地下的暗河，耐心地躲藏着隐伏着，渗过坚硬的岩石，沿着地壳中的空洞和缝隙，固执地开凿着自己的通道。当它再次到达我的笔端时，水声轰鸣，来势凶猛，山岩被冲开了巨大的缺口，地层深处豁然开朗，阳光和水流疯狂地拥抱，跃向悬崖下的深潭。

人性中那些亘古不变的因素，诸如人性之残忍，千百年来，始终遵循着它自身的轨迹，在地下或地面运行。当人与人之间的冲突无可调解之时，残忍便露出它血腥暴行的本相，赤膊上阵；而在另一种相持、牵制的社会关系和社会秩序下，残忍被抑制和收敛，“隐居”于每个人的意识深处，仅仅成为一种进退可守的心理威胁。

几十年中，我们恰好经历了这样一个起伏动荡的时期。我们已将人性这双面怪兽的种种表演一一过目，从中辨别、体验自己作为人的共同基因。正视罪恶本身也是一种近于残忍的自虐，但我们已别无出路。

一些追溯往昔的知青题材小说，已成为那段历史的注释。然而这并非是文学的功能。即使被那一时期生活造就了的知青作家们，已进入所谓的“后知青题材”创作，知青小说仍然不会仅仅在试图阐述历史的层面上拓展。这一代人最终的艰难在于我们已不再是知青，却无以摆脱地继续保留着那一过于陈旧久远的身份；更悲哀的也许是，当我们以“知青”的名义回到各自的出发地，那一座座经济与文化的中心城市时，才明白面对这个飞速发展的时代，“知识青年”原来竟没有多少知识，更没有真正意义上的文化可面对未来。

从小说《残忍》的艺术构思上，也许可以看出，它一直在用一种回旋曲式的结构方式，寻找着历史与现实之间的那条搭襻，故事似乎始终在退着往回走，企图走向从前的记忆。但回首之途却又始终被另一种力量所阻隔和反弹，每一步都步步逼问着事实的真相和原委。就像一条崇山峻岭中的公路，蜿蜒而下，你必须无数次经过“之”字形相距不远的路口，但却不能直接抵达。如果说，叙述一个正在发生的故事，就像盘旋的上山之路，须开足马力，一鼓作气；而倒叙一个已经发生的故事，却须捏闸空挡，小心谨慎地慢慢滑行。每个弯角都是万劫不复的深渊，故事每一处被反复追问的内在逻辑，都是路边的护栏和垒石。

我喜欢用这种方法写作。它不像在平地和公路上行驶那么一览无余、畅快淋漓，但它有高地和低谷的落差，在审美上造成类似三维空间的立体感。

小说语言的品性亦由此而来，从作品叙述风格建立的一开始就被决定了。它必须有足够的韧性来承载这种盘旋式的滑行，它只能粗粝、质地坚实，而非流畅、光洁，它甚至常常设置阻力，对车轮实行难以察觉的小小“颠覆”，以使文本在话语摩擦的声响中，产生出抑扬顿挫的韵味。

小说人物在故事进行中轮流失踪，也许象征着人性美善的丧失和缺损；也许可以理解为罪恶的临时撤退和暂时缺席。然而正义的重新占领，却以罪恶的更为极端的表现形式——残忍作为代价。正义因此变得畸形而狭隘，人物的每一次失踪，都意味着人对自我徒劳的重新寻找。

但无论如何，人性中深藏的“残忍”，在外部环境激化恶化的条件下，被迫付诸精心策划的复仇行动；而当社会秩序恢复正常之后，那些抑或更为“残忍”的欲念，却因无法量刑，缺少证据而逍遥法外。我难以判定，也难以断言，那种导致残忍行为的社会环境，与那种惩治暴行，却容忍罪恶欲念的社会形态，究竟哪一种更适合人的生存？我只知道一个自由的社会只追究行为而宽待欲念，只要欲念未曾逾越行为界限，法律永远只有一个假设的对手。

《残忍》写于我的长篇小说《情爱画廊》完成后的1997年。从理想的云端遥窥视人性的暗角，美好与丑陋的巨大反差令我的心理失落失衡。但我已懂得，欲念的残忍有时候比行为更残忍。道德法庭由良心主持审判，将在每个人心中无限期开庭审理。但那是这部小说以外的话题。

星星不相映

长篇小说《情爱画廊》完成后，已是秋天了。紧接着就写了这部中篇小说《银河》。

秋天的夜空被凉爽的秋风揩得明明朗朗。站在阳台上，眼看着湛蓝色的夜幕，不动声色地往茫茫苍穹悠悠悬浮上去。一道银灰色的洪峰骤然漫过我们头顶，汩汩水声来自天际，忽明忽暗的水珠，密集得几乎没有呼吸的空隙……

那是银河。确切说，是银河星云。

每次遥望银河，慨叹星际宇宙之浩渺与神秘莫测后，便是对人世沧桑的无比惶恐。

也许正因为银河星云已活了近于永恒的岁月，所以，神话中那个牛郎织女王母娘娘与银河的传说，已显得过于老旧和古远。假如地上的人类果真归属于天上的星宿，那么，今日银河必定在讲述着种种世纪末的故事。

其实，牛郎织女原本就无须王母娘娘用头钗将其隔阻于银河两岸，因为银河星云中看似密集聚合的星星们，彼此都相距着几亿几十亿光年。

每颗星都是一个孤独寂寞的个体。星光相映而老死不相往来。

那个秋夜的星空中，身边一个个男友与女友，忽而都从脑中浮跃出来。未婚的、离婚的、正在离婚的、抱定独身的、年轻的和不算太老的……在都市茫茫人海中，他（她）们每个人，都有良好的文化素养、职业与外貌。以往的感情挫折已渐渐平息，每个人都渴望着重新去爱与被爱、期待着温柔之乡的降临。然而，一次次约会，新结识的伴侣来而复去，留下的更多却是失望和厌倦。无论是爱情还是婚姻，如流星划过长空，稍纵即逝。

《银河》这部小说，坦率地说，是我许多次试图将那些孤星般游荡的男友女友们撮合在一起，却没有一次如愿，没有一次成功，在经历了无数次“失败”后，充满遗憾的记录。

既是以“银河”为题，小说的构思与故事结构自然也就参照“银河”的散状形态或“银河”化了。化作一粒粒独来独往、漂游于都市的喧嚣与尘埃之中，循守自己轨迹运行的冷星。互相不愿屈就难以沟通，无法苟且甚至无法相容——三个男人与三个女人，都顽强地按照自己的观念、自己的意志生活着。

如今已入冬，银河高远凄清。寂寂之中，读者也许能从《银河》中读出无声的题外之意。我是否要用文字来编织另一条银河，读者自会明白。面对我那些空怀情爱，却又无处寄存的友人，我也许抱着一丝自己亦无勇气承认的感念：当世上的男人与女人不必抱群抱团、相濡以沫地挣扎度日，不必依附，不必凑合，不必为金钱、为住房、为一大堆纠缠不清的社会关系，而违心地将自己捆绑在婚床上；每个男人与女人都拥有一方自己自由的精神天地，只将爱情当作一种超然于物欲之外的人生追求，当作太阳下山以后，自赏自娱的另一种世间风景，那么这个社会是否多少有了一点儿改观呢？

银河之下，情爱故事每天都在发生，而男人与女人灵肉的完美结合，如星星相映，大地就有了暗夜中的一丝微光。

打开自己那间屋的门窗

英国女作家维吉尼亚·伍尔芙说：女人要有一间自己的屋。

这间属于自己的屋，自然是女性独立的标志。因为我们首先要有一定的经济实力，将这间屋子租下来或买下来。在这个有锁的房间里，我们身心独处不受打扰，也可以随时约会想见的客人；在自己的房间里，我们能够随心所欲做自己喜欢的事情，包括拉上窗帘写作。

自己的一间屋，象征着现代女性所渴望的自由空间。但是，女人拥有了自己的一间屋之后，那是否就是我们全部的生活呢？

按我个人的理解，那间屋的含义会更立体些。它并不意味着女人要把自己关在里面，并不意味着一种与世隔绝的姿态。它不是一个牢笼，不是一个封闭的禁地。那间屋当然有一扇通往外界的门，可以使我们来来往往，出出进进，随时出门走到广阔的田野山川去。那间屋还有一扇巨大的玻璃窗，阳光可以充分地照射进来。若是站在窗前，我们的视线可以望见云彩、飞鸟，以及很远的地方。这扇可关可合的门与窗，是女人在安静长久地使用这间屋子的时候，与外界保持联系的渠道。

借用这间屋和门窗的关系，我希望自己已经基本上表达了现代女性的生存理想，以及我本人对女性写作的态度。

西方女权主义的发展道路，同中国20世纪的女性主义曲折历程，恰好走了一种倒置相反的方向。当西方妇女还在争取女性基本权益的初始阶段，新中国的建立，即以革命的名义立法保障了妇女就业、生育等基本权利。由于对封建历史上“男尊女卑”的传统观念反抗，使我们对“男女都一样”的人格地位平等，具有强烈的渴望；但是到了20世纪70年代，所谓的“男女平等”完全被政治化了，“男女都一样”作为革命的工具被强化到极端，女性的特质被逐步清除，承担起男性的角色。

这种抹杀性别差异、权利与人性的分离所产生的直接后果，造成了中国妇女在很长一段时间内的严重异化。改革开放后，在中国本土逐渐生长起来的女性主义，开始对“男女都一样”这种特定历史条件下被扭曲的文化思维与模式进行了全方位的质疑与挑战，希望找回中国女性的特质。在文学创作上，表现为新一代女性作家对自身情感和心理的重新关注。新时期文学中，那些当时最活跃的女作家们，作为女性意识最早的觉醒者，塑造了一系列新女性的文学形象，为后来的女性文学发展开凿了最初的通道。

20世纪90年代以后的女性文本，开始着力去描述和表现男人和女人“不一样”的那些生命基因。她们从女性立场去判断外界事物、用女性的眼光感知生活、用女性的话语表述内心情感。女性作家天生具有非常敏感和细腻的感受力，能够对那些被男性忽略的极为细小的事物做出反应。今天的新锐女作家群体，像春天的花朵一样遍地开放，形成了中国当代文学的一道绮丽的景观。20 世纪 80 年代之前那种残酷的非人的政治风暴止息后，被抛在舢板或小舟上的女人，开始在阳光下长驱直入自我与个性的绿岛。作品中的性爱描写，从身体进入精神的层面，被寄予审美的厚望。性活动以及女性自我赋权的“身体写作”，已被视为女性价值实现以及女性解放的重要途径。市场经济正在逐步消解着“父权”，但与此同时，顽固的“夫”权却正“变脸”为商业的面孔，现代女性所面对的生存境遇、婚姻和性关系，在女性文本中都展现出更为丰富的姿态。

是性别的差异让我们回到了女性写作。这种女性的视角，我理解为“自己的一间屋”。这是一个立足点，也就是说，这间屋子是一个充满了女性色彩的心灵空间。用伍尔芙的话说：“人只需走进任何街道的任何一个房间，便可感到女性的那种极为复杂的力量整个地扑面而来……须知这几百万年以来，妇女一直是坐在屋子里的，因而到此刻连墙壁都渗透着她们的创造力。”所以，当我们打开门窗时，那些微妙细致柔软活跃的女性元素，就会从门窗里飘散开去，使得外面的空气也充满了甘甜的女性气息。如果没有这间屋，我们就没有一个属于自己的居所；如果没有这间屋子安顿我们的心灵，我们会寻寻觅觅无所依傍，目光散乱无序。女性视角是我们与生俱来的身体感官，更是一种把握人生与文学的独特能力。也可以说，是一种女性潜意识宣泄流通的出口。

然而，新的悖论也无情地随之而至：如果说女人只能并且只应该从事“小女人”或“私人化”写作，岂不是承认文学的宏大叙事只是一种男性写作的特权？如果女性所关怀的世界只有身体和性，只有爱情和自我，那么是否等于印证了历史上男性对女性的歧视，而将男女共有的天下拱手相让了？如果说在商业时代的文化消费中，女人的身体本来就被男性当成一种性工具和性对象，那么，女性的身体写作，是否会成为对“男性窥视”的自觉迎合？

由此将引发更多的问题：女性主义是否是女性写作的唯一选择？女性意识是否应该覆盖女作家关注人生的全部目光？若是女性文学像残疾人运动会那样，建立一种仅供自己欣赏的独立评判系统和标准，又如何去打破以男性为中心的社会秩序？过于狭隘的女性立场所带来的局限性，恰恰会使我们的作品大大减弱对男性的影响度，如果一个女作家能够关注自身以外更为广阔的世界，岂不是将获得更多与男性平等发言的机会？

我们真的需要一种所谓的“主义”来框定女性写作吗？

我曾说过，1985 年之前中国没有成形的女性文学，因为女性文学所应当包含的女性性心理、性意识以及各种女性经验，在当时都是不可涉足的禁区。事实上，在很长的一个历史阶段，女性只是一个被借用的人物外壳，作品中的女性意识是被抑制和贬损的。20 世纪 80 年代初的思想启蒙，为中国的女性文学发展扫清了思想障碍，只有当“人”的尊严被重新确立之后，女性文学或女性主义从此才有了安身立命之处。到了 20 世纪 80 年后期，更多的年轻女作家们，才有可能在一个相对开放的外部环境下，在解除了大一统的政治压力和计划经济的束缚，在多元文化状态下，轻松地折返女性自身。这是中国女性文学逐渐走向成熟的一个不可忽略的历史条件。但这并不意味着，对于女性写作，应当单独建立一种完全不同于男性写作的评判标准；更不能认为，在文学这个男女共享的领域里，应当割出一块封闭的领地来专供女人游戏。

在我看来，这种画地为牢的文学分类，构成了女性写作的误区。

我想简单地陈述一下自己的写作道路，借此盘点整合自己的思路。

我在1950年出生于杭州的一个知识分子家庭，从小受到良好的教育和文学熏陶。我的阅读开始得很早，小学和中学的作文一直得到老师好评。1966年“文化大革命”开始，学业中断，1969年我离开杭州，到黑龙江一个农场上山下乡。在农场劳动八年，1972年开始发表关于知青生活的作品，1977年到哈尔滨学习戏剧创作。从1979年至今，发表了大约四五百万字的小说和散文作品。

新时期文学之初，“文革”留在人们心上的伤痕，促人猛醒，催人发问。真实的生活渴望并呼唤着文学真实的诉说，人们试图通过文学寻求人的尊严与价值，文学成为作者与读者共同的精神出路。因而，我的短篇小说《爱的权利》《夏》《白罂粟》，中篇小说《淡淡的晨雾》《北极光》《塔》，发表后受到比较广泛的关注。从20世纪80年代中期至90年代中期，新时期文学进入了实验阶段，出现了许多带有前卫和先锋色彩的新小说。我在对人性重新认识的基础上写作了长篇小说《隐形伴侣》(1986年出版)。还有中篇小说《第四世界》《因陀罗的网》《沙暴》，短篇小说《流行病》《无序十题》《斜厦》等，这些作品吸收并借鉴了一部分西方现代主义的创作方法，试图丰富自己的艺术个性。至20世纪90年代中期，市场经济逐步建立起以读者的需求为依托的运行机制，中国当代文学的道路被整体性拓宽，文学的多元化格局基本成形，多种文学风格和艺术思潮的作品各领风骚。1995年我出版了长篇小说《赤彤丹朱》，表现年轻一代对历史的再认识和对中国老一辈知识分子命运的重新思考。1996年，出版了长篇小说《情爱画廊》，意在表现物质化和商业化的时代，人对爱与美、对自由精神的渴求。我的三部长篇小说，可以说反映了我在时代进程中，对社会和自我认识的三个阶段。《隐形伴侣》是对我们这一代人个人身份的清理；《赤彤丹朱》是对体制的反省，对历史的忧患；而《情爱画廊》是面对20世纪90年代市场的挑战所做出的积极尝试。近两年来，我写作了中篇小说《残忍》《银河》以及“工作人”系列，内容扩展至城乡边缘，写作风格回归于平实与朴素……

若是以我个人体验来探讨这些，我想说的是，在我的生命中，性别苦恼实际上很少对我构成心理威胁，我忽略是因为我早已超越了那个阶段。我对“女性意识”一直有着本能的认同，那是天然的没有受到破坏的东西，它融合在我的血液中，成为我生命的基本元素，而不是一种防卫或出击的武器。引述一位女性主义学者的话来印证我的分析，那就是：一个从不把男权放在眼里的女性，通常不会成为一个女性主义者。在我的作品中，我的兴趣早已不在男女关系的对峙，以及对男性的“指控”上了，我更关心的是“自由”——这种自由的完全获得，必定与男性世界密切相关，也就是说，只要男性或女性有一方觉得不自由，两性和谐与人的自由就无法真正实现。

需要特别说明的是，我以上的发言，绝没有对当下的女性文学有任何贬抑的意思。在一个多元文化并存的状态下，女性文学应是千姿百态的，每个人的创作个性都需要得到充分的尊重和理解。我的忧虑来自于当下的某种性别屏蔽意识，我认为将那些纯粹描述女性生活的作品当成女性写作的范本，是狭隘的；更不赞成女性批评那种“削足适履”的批评方法，将女性立场这一原本模糊的概念，作为衡量文学作品优劣的标尺。

我比较认同女性写作中应当更为自觉地运用女性视角这一说法——在我们自己的一间屋子里，安静地思考与自省。用思想的火把光芒，照亮自己的灵魂的深沉悲悯以及肤浅虚荣；我们会在作品中说出女人的美丽或是平凡，聪慧或是愚昧对自己究竟意味着什么。然后，拉开窗帘，敞开我们的门窗，让新鲜的风吹进来，让明亮的阳光透进来。我们将走到外面广阔的天地去，用女人的心去感受除了男人和女人的关系之外，人与现实世界的更为复杂的关系；并将我们的眼光放射出去，看到高山、大海和更远的地方。我们将在女人优美的文体与语言表述中，传递出女人深切柔情的社会关怀、人文关怀与人类关怀。我们将在自己的那间屋里，书写男人与女人共同的历史，创造有利于自己和整个世界的文学。

正因为每个女人都会按照自己的愿望、审美品格和实际需求来选择和布置自己的那间屋，所以每个女作家“自己的那间屋”，都会呈现出迥然不同的模样。有的房间会寂静无声，有的房间终日里摇滚乐如雷轰鸣，有的房间里挂满了漂亮的衣裙，有的房间主人或许有收藏陶瓷或是匕首的爱好，有的人把墙刷成白色、粉色、绿色、蓝色或是黑色，有人贴壁纸，也有人用木板装饰成一个森林小屋。所以，女人在自己的那间屋子里书写的文本，当然是异彩纷呈、风格各异的。因此，我十分赞成伍尔芙所说的：“在文学创作中，如果以任何方式有意识地以女人的身份来说话，那么对她来说将是毁灭性的。”写作是一种精神活动，在文学创作中，真正主宰着我们的，是艺术个性和艺术创造力。因为每个人个性的差异，实际上远远大于性别的差异。我仍愿意用伍尔芙的话来做本文的结尾，她曾这样说：“保持自我比任何别的事情都更为重要。”

带我去哪里？

“请带我走”——是一个悬疑句。谁将带我走？要去哪里？我为什么希望被人带走？我难道需要被别人带走吗？我是否真的会跟那个人走？最后究竟是谁带走了谁？

这个过程中，有可能发生的一切，其实就连我自己，也不完全明白。

是故事，或者说是生活本身，引领着我的思维与笔，在行走。

他和她，究竟要去哪里呢？

或者说，去哪里都无所谓，重要的是——不能停留。

我们一直在试图往前走。前方或尽头，究竟是什么在等待，我们并不真正清楚。那是人类难以把握的未来，我们只是希望和期待，它也许或者至少能比昨天好些。

所以时不时需要回头看看。阳光若从前面来，只有回头才能清楚地看见自己的影子。

许多年过去，多少往事都被湮没了，我却始终无法忘记那些故事。岁月像是一条被荒草掩埋的小径，直觉告诉我，拨开那些荆条杂草走下去，前面一定曾有废墟与人迹。尽管那个年代似乎已经十分遥远，却又分明就在眼前。回忆往事不都是为了怀旧，而是因为往事仍在继续，从未在根本上了断结束。所谓的知青题材小说，不仅没有穷尽，也许才刚刚开始——那是由于我们对自己和历史的认识，始终在寻找新的起点。

近年来，晨起晚练的人们，流行一种“倒着走”的运动方式。就像后退那样地倒走，以增强腿力和躯体的平衡能力，据说对身体十分有益。说是倒走，其实只有走路的人知道，自己只是以脊背对着目标前行罢了，方向却没有改变。也可以理解为用眼睛查看自己走过的路——倒走、反走与正着前行，明明同一条路，眼中的景观感觉确实是不大一样的。

有时候，我觉得那些零散的故事，像东一块西一块的石头一般横在路上，或者是像楔子、钉子一样，卯在我们生活的夹缝里，让你无法绕过去。它们不具备长篇小说的连贯性和起伏性，甚至连相关的逻辑性都差不多磨灭殆尽了。虽然它们已被岁月切割成一截一截的，散失或躲藏在城市街道的拐角。我仍试图寻找在历史与现实之间，那一条条隐蔽的通道。每个生命个体都无法重活一次，就像火箭助进器，在空中燃烧产生巨大的能量，然后分离、融化，变成灰烬。而呼啸挺进的卫星，已被送上太空，在天际遨游。

也许还有一种可能：最终谁也没有能带走谁，“我”和“他”都在自己的轨道上孤独而固执地运行，然后窄路相逢，殊途同归。我不想也不可能带走我的读者，我只希望同他们一起走。

为“作”字正名

长篇小说《作女》将由台湾九歌出版社出版，一本书能获得更多的读者，总是让人高兴的。自1998年台湾业强出版社出版我的长篇小说《情爱画廊》、散文集《女人的极地》，继2001年台湾宏文馆出版我的随笔集《女人向前走》以后，《作女》是我在台湾出版的第四本书。

海峡有岸书作舟，作者与读者，都是一条书船上的人。

对于台湾读者来说，“作女”也许是一个陌生的“外来”语词，但书中所写的现代“作女”生活，应是多数人或许都曾遇到过的身边之人之事。

在中国许多地方（上海、江浙、山东、北京、天津、东北）的方言中，把那类不安分守己的女人，有违常规、自不量力的那些行为——统称为“作”。

“作”字，念平声，在汉语词汇的发展变化中，也许同源于“兴风作浪”“犯上作乱”“作孽”“作恶”的那个“作”。到了当下，还有“作秀”的“作”。“作”字专指女性，(很少有人指责说男人“作”。)“作”立足于男性价值标准，是男性强加于女人、带有贬义的动词。在我们以往的文化概念中，“作”是一个坏词儿。

我想为“作”字正名。对于现代社会，“作”其实是一个好词儿。

好作品不仅要吸引读者的眼球，更应触动读者的神经。

进入21世纪的自由经济时代，城市女性的境遇发生了深刻的变化。商业和物质的极大丰富，为女性带来了更多的发展机会，同时也使女性面临着来自外部世界，以及女性自身的严峻挑战。

近20年来，我发现在自己周围，有许多女性朋友，越来越不安于以往那种传统的生活方式，她们的行为常常不合情理，为追求个人的情感取向以及事业选择的新鲜感，不断地折腾放弃；她们不认命、不知足、不甘心，对于生活不再是被动无奈的承受，而是主动的出击和挑衅。她们更注重个人的价值实现和精神享受，为此不惜一次次碰壁、一次次受伤，直到头破血流，筋疲力尽……

我把这样的女人，誉为“作女”。

在我看来，如今“作女”的横空出世，是女性的自我肯定、自我宣泄、自我拯救的别样方式；是现代女性在新的历史条件下，对自己能力的检测与发问。“作女”作为中国20世纪90年代至21世纪的新现象，恰恰是中国女性解放的标志之一。女性的进一步解放，无法跨越女性个体盲目和狂热地“作”的这一历史阶段。

“作女”群体的崛起与涌现，绝不是一种偶然的现象，而是社会发展变革的必然。社会的进步诱发了女性强烈的“作”欲。这是对几千年男权社会，所制定的种种戒律和道德规范的颠覆与反抗。封建社会的文化传统和纲常伦理，在商业时代的逐渐弱化，给女性带来了巨大的飞翔空间与更多的梦想。

由于女性整体能力和素质不足，女性身体和生理的局限性，使得女人只能以冒险精神和非常规的做法，对压抑束缚她们的一切做出本能抑或是极端的反应。她们的力气不够顶开头上沉重的盖板，所以只能一点点拱动，拱动就成为女人“作”的姿态与形状，恰如女人的身体曲线。“作”的欲望来自女人的身体深处，是女人与自己进行的持久战争。

由于女性的性别特质，她们的行为带有强烈的感性色彩，她们通常被感性所支配，往往做出非理性的情感判断。这是“作”的生理依据。“作女”不一定可爱，有时甚至令人讨厌。但一个社会若是缺少“作女”，我们的生活就会减少许多活力和色彩。

“作”的过程会使女人获得心理上的种种快感，爆发出强大的内在冲击力。“作女”不同于“女强人”，她们并不看重最终目标，只希望通过“作”来使自己的人生有声有色。所以小说的女主角卓尔说：我“作”故我在。

一部分“作女”的成功与获利，具有示范效应，吸引了更多的“作女”。“作女”不一定能“作”成功，但不“作”的女人多半不能成功。机会与灾难，通常同时降临在“作女”头上。

“作女”也有极大的负面影响，女性对自我的过度张扬，造成家庭的不稳定以至解体，具有极大的破坏性，女性为此将付出相当惨痛的代价。一部分走火入魔的“作女”，甚至会走向犯罪。我对“作女”们抱着赞赏认同，却又不得不时时为她们提心吊胆的矛盾心情。

那些较低层面、低水平的“胡作非为”，暂时不在本书的关注和描述之列。

“作女”群体实际上由各个性情迥异的“作女”个体组成。

“作女”没有年龄限制——少女、少妇、中年、老年，只要想“作”，随时都可以“作”。她们其中有的人为物质生活而“作”，有的为精神追求而“作”；有人是先天性自发的“作”，有人是后天被迫的“作”；有人是阵发性间歇性的“作”，有人是持久性锲而不舍的“作”；有的真“作”，有的假“作”；有的明“作”，有的暗“作”；有的狂“作”，有的蔫“作”。尽管表现形式千姿百态，但本质上的共同之处在于：女性解放全靠我们自己。

如今，看看我们周围的女人，无论是在大陆本土，还是在台湾，大家会发现“作女”们真是比比皆是。“作女”的故事实在太多了，不胜枚举。本书并非是“作女”大全，只是写出了一个名叫卓尔的女人和她的女友们，生气勃勃却又屡遭挫败的生活。我相信，这本书也是为台湾女人而写。但愿台湾的男性读者也能因此对今日女性多一点儿了解，并有所获益。

与此同时，我对那些温柔贤淑、勤恳敬业的女人，依然心怀敬意。

我为什么写作

你为什么写作？

当然是因为喜欢。

除了写作，你从未喜欢过别的吗？

不，小时候我有许多爱好，比如曾经很想当医生或是演员什么的，后来发现，我既不擅长与人打交道，也没有表演才能，长大后终于明白了，唯一适合我的是写作。

为什么唯有写作适合你？

这是一种个体劳动，你生活在自己的内心世界里，不需要每时每刻都去违心地与人周旋；而且写作这件事情总是做不完的，可以让我有耐心地度过一生；再说，也没有其他任何一种事情，能为我提供这样一种相对自由的心理空间。

什么叫心理空间？

就是有这样一个地方，能把你的情感和灵魂安放进去，并且任凭它们在里面震荡翻滚、战栗挤压，收缩或舒展，然后酿造成思想的汁液，从笔端流出。

那为什么只是相对自由的呢？

他人以及自身的局限，都是自由中止的疆界。严酷和混乱的外部世界，逼迫你走向内心去寻求自由。写作促使你发问，任由你想象，这对于一个缺少自由精神的民族来说，至少是一条呼吸的通道，让人不至于太窒息。

为什么是发问呢？

因为我总是不明白。对人、对己、对过去、对以后，我常常处在疑惑和焦虑之中，只好通过发问来梳理和慰藉自己。

为什么还要想象呢？

因为一再追问下去，答案是不妙的，人就坚持不住了。人需要解脱，需要逃避，还需要有力气挣扎。何况，人类的想象原本就是艺术之母，艺术由想象而繁衍。

你认为写作是挣扎和解脱吗？

做一个不很恰当的比喻，这有点像自我救赎。我从来不相信一个连自己的灵魂都不能拯救的人，有资格去拯救别人。如果一个人戴着沉重的精神桎梏和锁链，却总是想着要去解放全人类，实在有点滑稽。

这么说，你是把写作当作自救来看的吗？

至少首先是自救，所以我的写作更多的是来自我亲历的苦难和欢乐，然后是我周围的人和事。这种种生命体验的思考中产生个人意志和思想，最终在某个具体的文学作品的完成过程中逐步实现。于是写作就成为人生和生命的一种依赖，一种别无选择的存在方式。

你认为个人意志很重要吗？

不，如果仅仅作为我个人的意志，它并不重要。重要的是因为它同时表达出另一些人的愿望和想法。我在作品中表现的那些人生痛苦，不完全是我个人的，而是属于一部分人的。写作是一种个人行为，但作品却会得到公众和读者的呼应。

如果没有得到预期的呼应呢？

我十分感谢多年来那么多读者对我真诚的支持，也已习惯了误解和隔阂。一种真正具有个性的写作，有力量拒绝平庸和流俗。我依然会按照自己对生活的理解去写作。我活着，我爱我恨我想我写，这就足够了。

你为什么没有谈到小说艺术对于你的吸引力呢？

文学不是蜡像，外表栩栩如生而内里空洞无物。艺术之博大精深，常让我觉得文学之奥妙不可妄谈。写作让我们入迷，正因为它永远处于一种变幻无定的奇思异想和创造之中。如果把写作当作手艺来做，我宁可放弃。如果仅仅为了美文本身，我不知道自己是否还能写作。

2003 年

芝麻的震颤

有个笑话说，某个穷酸秀才去茶馆，买了一个芝麻烧饼就茶，饼面上有几粒芝麻掉在桌上，不舍，便用手指蘸着茶水在桌上写字，趁机将几粒芝麻一粒粒捻起，“写”进了嘴里。却发现还有掉在桌缝里的几粒芝麻，心不甘，找个借口愤然在桌上猛击一掌，将那几粒芝麻拍了出来，终于粒粒“归仓”。

后人常拿这粒芝麻说事儿。嘲讽的是连一粒芝麻都不肯放过的吝啬者，或者是惯耍小聪明的人。由此可见芝麻之小、可见芝麻之不起眼、可见芝麻之不“该”被如此煞费苦心、可见芝麻这样细微的颗粒是极易被忽视的。一阵风、一道缝隙，芝麻都可能被湮灭被覆盖。

那个笑话的出发点，原本说的是一粒芝麻的可有可无。但在那个特定的语境中，芝麻却又同时成为举足轻重的代码与象征。

如今家中的桌子上很少有缝隙。有一日，我对着光亮的桌面呆坐，这一粒极小极轻的芝麻，突然从我脑子的缝隙里，被一阵不易察觉的轻风吹了出来。我清晰地看见了它——粘在新出炉的热烧饼上或是被碾成了黏稠的芝麻酱、喷香的麻油，还有香甜可口的黑芝麻糊……芝麻原本无处不在，尽管它几乎如同小蚂蚁一般微不足道。

其实它也许早就从干透的籽荚里迸裂出来，躲藏在生活的皱褶里，然后在某些角落悄悄行走。就像在城市街巷的缝隙里，那些来自乡村的打工仔，艰难地挣扎并艰难地成长着。

每天每日，有许多新的信息涌入我们的眼睛和头脑。生活在不断重复的同时，又不断被刷新。我们或是将其删除并遗忘，或是筛选和提取；只有那些在一个瞬间曾经令人心动的细节、人的命运、某些故事的片段，最后进入了文学创作。

《芝麻》的写作源起，恰是因其渺小，因而被打动。打动是一种心灵的战栗，就像弦乐的共鸣，与怜悯或同情不是一回事。怜悯和同情是居高临下的，其实将自己置身事外。

关注"芝麻"已经很久了。从身边、周围的人，朝夕相处之中，点点滴滴地积累沉淀。那是一个自然而然的过程，是作为一个"人"的存在，对他人的理解与关怀，也许是一份起码的良心使然，这个过程甚至与写作无关。

近年来，我读到一些描写乡村与城市关系的小说。在城市的边缘与暗处，拥堵散落着那么多来自外省的打工者，多是由于贫穷，或是由于失去了土地、怀揣着改变命运的一线希望，蜷缩在城市狭窄的屋檐下。在那些作品中，城市大多作为一种缺乏人性、冷酷无情的符码出现，城市的形象是恐怖而可憎的，城市意味着剥夺、戕害、压迫与吞噬。被迫进入城市谋生的打工者，在逐渐失却了原本的淳朴（愚昧？）品行之后，在交付出自己的体力（惰性？）与健康之后，却被城市所毁坏所扭曲，就像甘甜的西瓜被吃完后扔掉的西瓜皮那样。

那么，事实上，有没有另一种相反的或是不同的情形呢？除了被丢弃的西瓜皮香蕉皮和橘子皮之外，还有没有从乡村田园移植到城市的街心花园和草坪，而后悄然成长起来的树木和花朵？若是稍稍留意，我们会看见那些通过外出而为家乡新添了房屋与电器农机具，并在城市的竞争中变得聪慧勤奋、积极向上、见多识广的务工人群，在改变自己的同时也正在改变着乡村的积习。芝麻开花节节高——意指那些正在生长并具有成长性的事物。

一粒新鲜而饱满的芝麻，就这样从陷落的桌缝里自己跳出来。其实，那早已不是一粒芝麻，而是一把芝麻。小说中所有的细节、语言、人物性格，都是从生活中那些不引人注意的角落，像捡拾芝麻一般，小心地收集而成。小说并无整体性的情节，只由“孕检”那根若隐若现的芝麻秆，穿起一嘟噜一嘟噜的芝麻荚。而“芝麻”正在经历着的城市生活与她对旧日乡村的回忆，形成了类似叶序中两叶对生的交互对应结构。芝麻是原生态的果实，而文学作品所需做的，是把一粒粒饱含油性的芝麻，一遍一遍地细细碾磨，做成麻酱或是香油。

鸟善走也善飞

小说写到21世纪，究竟还能怎么写？

谁也不敢怀疑：怎么写，比写什么更重要。

问题在于，什么叫作“怎么写”？

某一种奇特的叙述方式？无人使用过的小说结构？绝对陌生或新鲜的人物？絮繁累赘到无限重复、复制的语言？

如此等等，曾经，几乎让我困惑到无法动笔。

但我们必须不断给自己出难题、必须挑战、必须创造，创造出前无古人后无来者的小说奇迹。然而，世界上究竟是否真会有这样的奇迹？

就像“鸟善走，还是善飞”这个命题——听起来，这好像是一个伪命题，怎么会有不善飞的鸟呢？既不善飞，为什么还要叫作鸟呢？但事实上，偏偏就有不善飞的鸟。它从远古进化至今，变成了不必飞行而以步行代飞的鸟。这是没有办法的。不善飞而善走的鸟，仍是一种鸟。这就是鸟与鸟的不同之处——鸵鸟。

鸵鸟擅长在地面疾走炫技，而与天空无缘。

怎么写——写到最后，如果变成了一只不善飞的鸟，那么，在鸟类中，它肯定具有了与众不同的品性。同时，它也忘记（或是回避）了自己作为鸟的特性。

当然，在我的那篇小说中，讲的不是这个内容。我的故事本来想说，如果鸟不会飞，快走也能到达目的地。现在我把这只不会飞的鸟借来用一用，不小心就用成了另一个意思。

通常，我们写小说的人，就面临如上的困境和悖论。

所以，我只能牢牢记住这一点：我无论“怎样写”，最终都是为了把我心里那个“什么什么”写出来、写到位，让人看完以后，至少会掩卷想一想。我在任何时候，都不会忘记自己究竟要写什么，写的是什么。如果写小说的时候，一心想的是在地上走来走去地展示冠翅上的羽毛、表演跳跃的姿态、发出婉转的鸟鸣，而最终不能展翅飞到天上去，那么，这只善走的鸟，只能作为一种独特的观赏动物，终究难以让我们实现飞翔之梦。

无论怎么写，前方都有天空在召唤。那是超拔于地面之上的气流，也是我们“为什么”要写“这一个”而不是“那一个”的原因。

有了这个心理依据，我才会知道，怎样才能最贴切地表达出那个“什么”。

若是我们吸引读者在小说中穿过了故事和语言的华丽、曲折的长廊，走到尽头，最后却被他们发现廊内外均空无一物，那么，怎么“说”，也都是白说了。

我仍然老老实实地滑翔，让风渐渐托起羽翼，然后起飞。

2007 年 6 月于北京

散文是一种独白

我们并不总是生活在“小说”的情境里，也不可能生活在电视连续剧里，更不可能生活在电影里。日子很平常，大多数时候，没有情节。

让生活的步子停一停，让紧张的节奏慢一慢。我们需要悠然看一看四周，需要安静想一想自己。

那样的心境下，就有了散文和随笔。

大概因为我不是一个专心沉湎于小说世界中的人，不是一个无条件热爱虚构故事的人。就像一个上着软件编程课的学生，目光偶尔从屏幕上游移开去，顷刻就被窗外的蓝天与飞鸟吸引了……

那个瞬间，有新鲜的凉风和奇异的花香袭来，不再用文字讲述或编织别人的故事，而是记下自己亲身感受的即时风景。

你被这些活的事物所吸引，或喜或哀或忧或怒，或震惊或沉吟，或疑虑或诘问——那是与你自身存在相关的思绪，是一种撞击或触动内心的情感；它们更真实、更贴切，散文的世界里，文字与心灵之间一无阻隔，思维与表述相融一体。

在我看来。散文不仅仅是一种区别于小说的文体，而是一种审美趣味、一种心灵境界、一种人生哲思。若是在我们的生活中，常有美妙的“散文时刻”来临，那是何等的惊喜与惬意。其实每个人都拥有属于自己的一片草地（或树林），用以静思、沉醉、遐想、反省……

在这个意义上，散文近似于不断句的诗歌。好散文，源于诗的意象。

它区别于诗歌之处，在于它行文的自由与松弛，却是“松而不散”，“散而不疏”。尽管散文不需要遵从诗歌严格的音韵节律，但好散文的文字语言，当如诗歌般简练精致。与读者分享散文，分享的应是那一份诚实与凝练之美。

“随笔”看似随意，简言闲笔信手拈来，不拘一格有感而发——随笔的文体自由，纵横驰骋信马由缰；然而，随笔却又是最不能“随便”的——笔下论及之人之事，必得言之有物，即便务虚之笔，材质也仍瓷实；下笔的切入点更应如刻刀般准确，落笔之处，不说力透纸背，每一笔都有沉重的分量。

人生无常，世事艰险，生活中总会遇到那么一些事情，自己苦苦琢磨，好像是有一些明白，便想要与别人分享；还有那么一些事情，终是不得其解，只好说出来，请别人帮忙一起来想；还有一些事情，或是感慨、感悟或被感动，或是值得记述或是心存忧思，为一个人、一件事、一种现象、一本书……文中的每一笔，都是不能也不需要虚构的，这些非虚构也非纪实性的文字，游走于小说、诗歌、散文、戏剧之间那个无限大的缝隙空间里的文字，就成为可随意书写，而又不可随意书写的随笔。

随笔较之散文而言，应该是更多一些思想的含量吧。

随笔，也可视为整理自己思绪的一种方式。我并没有刻意将散文与随笔分类，一则由于它们原本“难舍难分”，二则也希望给读者留下品析的空间。回头看这些作品，像是看着自己在岁月的流逝中留下的心痕。

曾有人问，你为什么用那么多时间来写散文呢？你把很多本可以写出好小说的工夫，都浪费在散文和随笔上了。即便在散文随笔上有很高的文学造诣，也很难成就“大师”。

“大师”？我问自己：我是为成为“大师”而写作，还是为成为“自己”而写作？我是为“青史留名”而写作，还是为“疏通”自己淤塞的心灵而写作？

也许，对于我来说，只有“自己”，是唯一重要的。“自己”意味着个人、个体、个性；意味着一个真切感受着世间的痛苦和欢乐的生命活体、一本热情地生活过、冷静地思索过而后留下的私人笔记。我虽然拒绝博客，但我理解并欣赏博客。我相信，博客的诞生，是由于人和人之间渴望精神交流，在那些琐碎的日常生活以及隐秘的心理活动中，寻求对话的可能。然后，人们变得越来越依赖于网络的存在，或在彼此互换的阅读中兴奋振作起来，或变得愈加寂寞孤独……

可惜，我不太习惯以那样的琐碎来表达自己，更没有多余的时间去博客奢侈。我依然按着自己通常的写作方式，在散文和随笔这些相对自由的文字中，在这些不需要精心虚构人物和情节的篇章中，给自己开一扇透气的窗户。很多次，我产生过奇妙的感觉：天黑下来，窗户关上了，灯光在屋子里亮着，投在玻璃上，四壁的玻璃忽然变成了多棱镜，从镜面上可以看见自己的眼睛在一眨一眨……

那么，小说就有点像哈哈镜了？外表的变形、夸张，只剩下内在的真实。

小说通常是在替别人说话、对别人说话；小说中的“我”，大隐隐于“故事”。如果说，小说的叙述者是生活的“旁白”，那么，散文、随笔便类似于“独白”了。在散文和随笔中，我是显形的，我只对自己说话——我行、我见、我读、我想、我爱、我恨……用坦诚率真的文字——我记下！

假如我始终把自己深藏在小说里，我会觉得憋闷、委屈、难受。所以我想方设法要攀上散文的救生圈，浮出水面来歇息。现在我终于把自己看透：我不是一条遨游于深海的大鱼，而是热爱海洋和陆地的一种两栖动物。

但愿读者能在这些散文和随笔中，看见我的喜悦、迷惘、虚静与忧思。其实，世上所有的人和人，在人性本质上，并没有太大的差别。我在本文开篇如此强调坦诚而真实的“自己”，恰恰是为了寻找自己和他人之间的“异”与“同”。因为，每一个独立而具有尊严的个体，都是构成我们理想中的公民社会的基石。

虽然深知自己至今仍然难以抵达我所向往的散文艺术和思想的境界，那种真正的大散文应有的洗练、简朴、优美的语言感觉和自由而严谨的文体结构，但我仍愿继续写下去。

情爱的审美理想

距 1996 年春风文艺出版社“布老虎丛书”出版我的长篇小说《情爱画廊》，至今已经过去了二十年。目前由当代中国出版社推出该书的第六种再版本，我颇感欣慰。

时间往往使生活中的爱情破碎或是变得麻木，但时间会留下那些关于爱情的美好文字，因为爱情原本就活在我们的梦想中。

梦想，是激发人类去创造生活、改变生活的一种基本动力。在这样一个物欲横流的商业时代，残存的爱情理想主义，多多少少能唤起人们对物质、财富、功利的质疑，填补人们的精神空白。也许能够抵御或是拒绝低俗与污浊，使心灵和情感得到些许净化。没有梦想的人生，即便富裕阔绰，也会显现出苍白的底色。

不同的阶层会有不同的理想——《情爱画廊》表达了一部分知识分子、一部分白领阶层、一部分艺术家，还有一部分向往高尚生活的普通人，心灵深处对爱情的向往与渴求。人类文明发展的历史，本身就是一个不断追求完美的过程。人性的天性是憧憬完美的。艺术的真实不能简单等同于生活真实。文学作品若是在“梦”的语境中表现、表达爱与美，会发现读者潜在的心理和审美需求，并将其内涵与外延得到拓展。

千百年来，爱与死是文学永恒的主题。进入21世纪，种种刻骨铭心、凄美决绝的爱情故事，仍然打动并征服着读者。尽管文学世界中的爱情版本永无穷尽之时，但作品中叙述与表达爱情的语言，似乎正在一日日枯竭与衰退。在这部小说中，我试图用艺术家的绘画语言，来替代小说中通常的文学叙述。当读者穿过这道长长的画廊，用眼睛欣赏那些被爱情催生同时又催生着爱情、诉说着爱情而同时又被爱情诉说的画面时，在那些绚丽的色彩、奇异的光线、怪诞的构图面前，你们是否同时能感觉到书中人物内心激情的震荡、喃喃絮语中的温情、深沉的苦痛以及最终战胜自我的理性光芒？

《情爱画廊》以女性的审美立场表达了“性”意识。在人类文明史上，“爱”与“性”始终是难舍难分，又若即若离的，它们时时呈分裂状态，又常常重叠与聚合。有爱的性与有性的爱；被爱所激发所驱动的情欲和“性”行为，两情相悦所创造的欢娱和快感，是超然于实利和世俗之上，生命中最美好、最壮丽的时刻之一。爱与性的同步，正是为了抵抗流行文化企图将“爱”与“性”拆解的浊流。书中的女主人公的身体之美，只有在成为自己精神象征的前提下才是有价值的。为了彻底摈弃父权历史强加给女性的文化遗传，女主人公舍弃了原有的家庭，离开了女儿，传统的“母性”和女人的“自我”发生了猛烈的冲突，亲密无间的母女关系不再构成文化意义上的承继关系，而是背离、中断，还原成生命独立的个体。如我的女主人公秦水虹那样具有现代精神的“女性美”，不再是被男性本位文化所掌控的女性形象，而是在今天开放的社会背景与生活形态中，重新苏醒的女性自我。

小说的故事发生在烟雨朦胧的江南小城与粗犷的北方都市之间。这也许隐伏着某些文化观念上的碰撞与交融。也许更为含蓄地表达了在今天这个变幻莫测的人世间，固守与行走、喧嚣与宁静、排斥与宽容、沉潜与浮漾的矛盾。

文化被历史和人塑造。20世纪持续至21世纪的“爱情”观大震荡，有助于社会的细胞更新和基因修复。我相信，两性关系平等和谐的理想，也将在这一过程中得到提升。更为人性化的书写，一定同人类灵魂深处的梦想有关。只是，它需要时时刷新。

《情爱画廊》在经历了二十年时间的淘洗与验证后，能够再次与读者见面，我很高兴。世界的变化太快，但书中的故事，依旧与我们心里的梦想悄然合辙。

2016年6月

双悬念解码

十年来，我一直牵绊在一部长篇小说中，并没有描述当代现实生活的写作计划。

《把灯光调亮》突如其来，事先毫无征兆，更无“预谋”。忽然有一天，它就像一个成熟的果子，自己从树上掉了下来。它不是“酝酿”出来的，而是自然生长而成。

作为一个写书的人，自然是天下好书的受惠者。在书店里，我是一个普通的顾客；面对茫茫书海，我是一名睁大眼睛的淘宝者；在那些痴狂的爱书人中，我排在队伍的末尾；在大多数情况下，我以读者和公民的身份出现，而不是一个写作者。我通常都不在书中自赏，而在书外踯躅。近年来我为实体书店的生存发展呼吁奔走据理力争，冷眼热肠忧心如焚，全然出于我对书籍的敬意。自己与图书的关系，是一个“书中书”的套环——我在书中，也在书外。但无论书里书外，好书终是在我之上。商业和电子时代，纸本图书风光不再，一本好书送达最终消费者手中，书业人殚精竭虑困惑坚守。

一家书店所接纳并输出的，不仅是书籍，而是一个民族的价值观与精神气象。沉默的书店，看似一目了然，其实一言难尽。

于是，那些琐琐碎碎的事情、状态、细节，就这样点点滴滴地积攒沉淀下来，蛰伏在我的笔记本里，从未将此当作文学素材。只因某一日的暗夜，眼前骤然亮起的一扇窗一盏灯、耳边掠过的一句话一声叹息，突然唤醒了沉睡的仓储。偶尔听到小说女主人公卢娜的原型人物，在不经意间讲述她的故事，好似无意中递给我一把钥匙，让我走进了书业人的心灵小世界。

写书的人来讲述书店，并不缺人物和细节。但书店毕竟过于安静内敛、书本惯于深藏不露，书店“成书”，情节难免单调乏味。这类题材的操作，更需要叙述技巧上的支撑。《把灯光调亮》开篇出现了一位身份不明的陌生人，由此牵引出书店女主人心里无法放下的少年伙伴、那个永无归期的模糊影像，亦是书籍与文化衰微的指代。这两个隐身于现场、潜伏于“事件”背后的人物，成为两条纵横交错的隐线，贯穿始终互为交织，引发并连缀女主人公的身世、性情及内心难以弃置的梦想，构成小说的双向悬念。小说悬念通常作为推动情节的润滑剂，亦如在电子文本设置密码，双悬念有如叙事的纵横经纬，导向终局究竟如何解码的阅读期盼。

其实，悬念应该是“有意味”的，悬念可以是小说的有机组成或小说本身。悬念有如峭壁悬垂交叉的藤蔓，纠缠着象征性的隐喻，通往密林不可测知的深处。《把灯光调亮》中女主人公卢娜多年等待的那位杳无音信的大学生，是否意味着商业化的态势中，文化的丧失及被边缘化的颓势？而那位身份不明的陌生人对于实体书店的眷顾及照应，是否意味着文化资源或可被重新整合的微茫希望？即此，文化的困境与困惑、爱书人的苦守与坚持；现世的“精神生命”与“世俗生命”相悖相斥的冲突与挣扎，都隐含其中了。小说的女主人公卢娜，一个平常的小城女子，白天卖书、夜里有梦。小说开篇的那个陌生人曾说：我想让书店活下去。至小说结尾，卢娜的老公对她说：假如你从此不开书店，恐怕就活不成了。这一头一尾的呼应，都关涉到了“生”与“死”的话题。现世的书店和卖书人那种相依相生的困境，隐现了“精神生命”与“世俗生命”，在这个物质时代，相悖相斥的冲突与挣扎。小说中“灯光”的反复出现，是一个具象的隐喻，灯光象征着夜行人对“光明”的渴望，而灯光却无法取代阳光。何况，灯光需要充足的电能、需要线路的“硬件”保障，于是，灯光的悬念便提供了想象与探究的空间。

悬念坚持到故事结尾，密码可由读者输入。并无惊天秘密，但也出乎意料。当读者的情感由此被触动的那一刻，文学的灯——亮了。

那一刻，由“生活”转换为“小说”的触点，不期而至。

文学“写什么”和“怎么写”，取决于作者在“想什么”。这关涉写作者与生活的关系以及对生活的态度。不敢妄谈“底层”与“小人物”，因为人类的精神底色，其实并无本质的差异。在这部小说里，作者似乎“生活在书中”。这里有两层交叉的含义：我们通常所说的那些日常“生活”，究竟是在书之上还是书之下？那些缺少书籍的生活，是否可以称之为真正的“生活”？如果书本（或文学）具有不可颠覆的精神性，那么，文学作品可为精神的生长与伸展，提供怎样的滋养？

当陌生人与卢娜等待的那个永远不回来的人，构成了一个首尾相衔的圆环时，所有的记忆存储都活过来。不仅仅是书店，而是人——如何在世态的改变中，坚守自己的梦想。也不仅仅是“关注现实”，而是关注一个民族的未来。因《小说选刊》之约，自我梳理并自行解码——我只是试图借助沉默的书籍，追索文化残存无几的“剩余价值”、追问世态的病相与病症、追填现代人的心灵空洞。

文学路

我怎样走上文学之路

在那如未经开发的原始森林一般错综复杂的生活里，每个人都可以找到自己的道路。有的人顺利找到了入口，有的人则经受了较多的挫折。看起来，似乎每一种生活道路都有偶然性，实际上却常常体现了带有规律性的必然。

我于 1950 年出生在杭州，9 个月还在吃奶的襁褓中，就随妈妈进了离西湖龙井不远的茅家埠的一幢小洋楼去接受“审查”，我的爸爸妈妈是 20 世纪 40 年代中期参加革命的知识分子，新中国成立后一直被一些莫须有的罪名纠缠不清。但即使在他们受到最不公平的待遇的时候，他们对党的信念还是始终不渝。这种精神从小给我留下了深刻的印象。

我很小时，他们就教我背诵普希金的诗。背熟了，我自己就信口胡编起来。据说我写过这样的诗：“太阳眯眯笑，老牛吃青草”，“路灯亮了，我和妈妈回家了”。尽管生活尽不宽裕，但玉泉植物园是我们全家星期天最爱去的地方。在厚实松软的草坪上铺上一块塑料布，吃着家里带来的简单的午餐，接受父亲关于植物知识的严格考试。记得在一个夏天的傍晚，我们在湖畔散步，水面上飞着许多黑色的东西，爸爸问我那是什么，我毫不犹豫地答道："是鸟。"爸爸生气了，严厉地批评了我的无知和粗心，告诉我傍晚湖面上飞的只有蝙蝠而不是笼统的"鸟"。我记住了这次批评，以后就逐渐养成了观察生活的习惯。

我很爱写作文，每次作文都很认真，也很爱读书，尤其是童话。记得小学三年级，我从妈妈枕头下偷偷找出刚出版的《苦菜花》看起来，还有高尔基的《人间》，很多大人的书，我看不懂也会坚持看完。优秀的作品能诱发人对文学的兴趣，当我沉浸在小说的悲喜之中时，整个灵魂都受到了冶炼，我开始觉得文学可以寄托和表达自己无穷无尽的思想和感情，我幻想长大后要写作，却没敢想象去当一个"作家"。小学五年级的时候，我的一篇作文《我们学做小医生》在上海的《少年文艺》上发表了，儿童文学作家任大霖老师给了我很大鼓舞，后来他一直关怀我帮助我，成为我创作上的启蒙老师。

应该说，我是带着搞文学的志向走向生活的。1969 年，我初中毕业后，自愿报名去了北大荒。上火车的时候，我的挎包里装着一本法捷耶夫的小说《青年近卫军》，当时月台上一片哭声，我没掉泪，好像看见远方铺满了鲜花。到了农场以后，我的练笔从写信开始，后来在小本子上写生活札记，再后来写一些短文。有一年我在科研田看管成熟的小麦，一边绕着小麦赶麻雀，一边拿着唐诗卡片背诵；宿舍没有桌子，我自己在外面捡了一张被人扔掉的小炕桌，桌子腿儿和桌面都没有被刨光，还带着木头的毛刺儿，很简陋很粗糙的那种。忘了我从哪儿找到一张印着鲁迅先生头像的画报纸，在画报纸下面垫上硬纸板，然后在鲁迅先生头像上，蒙了一层半透明的塑料薄膜，变成了一张像样的“书桌”。每天下工后，我蜷腿在炕上，在小书桌上读书写东西，觉得很满足很幸福。到了夏天，宿舍屋顶漏雨了，我在铺位上支起了塑料的顶篷，还坐在书桌下面写字，后来这个顶篷也漏了，雨水落在摇晃的小木桌上，钻进塑料薄膜下的“鲁迅先生”的头发里去了。有一年冬天，我们去小兴安岭十八道林场的山沟里清理山林里的杂树。我听说深山里伐木的楞场上，装车工人喊的号子特别好听，就忍不住在休息日独自一人跑到公路上，搭了一辆拉原木的大卡车进了深山，在一座楞堆前，又冷又饿地冻了一个多小时，直到听清了抬大木头的工人喊号子的每一句“歌词”，再恳求卡车师傅顺路带我下山，回到帐篷里赶紧一句句记下来。农场的生活条件难以一一述说，种种艰苦如今我都已淡漠，难以忘记的是那种精神上的苦闷，是那个不理解青年人热爱文学事业的心情的环境。有许多次，我都觉得自己难以坚持下去了。在种种冷嘲热讽面前，我问自己，我究竟在苦苦追求些什么呢？但我还是挣扎着挺过来了，如果不是因为对文学的热爱，因为文学本身巨大的吸引力，这种看不到前景的努力，又是为什么呢？

生活毕竟比小说要更加复杂得多。即使小小的农场，连队知青之间也充满了钩心斗角。口号和行动，愿望和客观，理想与现实……种种矛盾纠缠，使我茫然。我憎恨虚伪、欺骗、强权、专制，却又相信伪善的说教，空泛的宣传；我同情弱者，却又不愿承认造成悲剧的社会根源；对农场的建设我充满了美好的希望，却又不知道出路究竟在哪里。1972 年我发表了第一篇小说《灯》，1975

年出版了长篇小说《分界线》，尽管小说的许多细节是真实的，但整个大的社会矛盾冲突却是不真实的。这也是那个时代的产物，是我这样天真幼稚的青年人必然要走过的一段歧途。十年过去，我渐渐对生活有了自己的认识，慢慢成熟起来，终于迎来了改革开放的新时期。

1976年到1979年之间，中国的文学发生了根本的转折。距高考开始前半年，我离开农场进了黑龙江省艺术学校编剧班学习。在汹涌澎湃的新思潮的洪流前，我感到欢欣鼓舞，却没有急于去写什么作品。痛定思痛，我在回顾、思索、寻找。我对文学的理解已不再停留在原来的认识上，力图挣脱旧有的枷锁，叩击人的心灵。我在学习中沉默了两年，直到1979年秋天，我写出了短篇小说《爱的权利》。十年动乱，使许多人因为各种各样的原因，忍痛抛弃了自己的爱好、兴趣、愿望、理想，以及各种美好而甜蜜的梦。人们几乎忘记了自己还有爱生活、爱事业、爱人的权利。个人权利与社会环境的冲突，带给我许多本质上的启示。这篇小说所描写的，尽管不是我个人的遭遇，但渗透了我对生活的重新认识，倾注着我心中全部被新时代唤醒的爱。从这篇小说开始，我的文学之路走上了“正途”，未来也对我敞开了大门。这一年多，我又发表了短篇小说《夏》《悠远的钟声》《白罂粟》《去远方》，中篇小说《淡淡的晨雾》。这些作品虽然在艺术上和思想上都还很不成熟，但却是我十余年来思考的结晶。多年来，我曾体验到的那个被扭曲的社会，对人的个性的禁锢和对人的尊严的践踏，都在这些作品里得到了表达。我以不同的故事、从不同的角度提出了人的价值、人性及其异化等问题。写作已不仅仅出自我对文学的兴趣，而成了一种责任，也是我人生的一个组成部分。我愿意用笔来反映青年一代走过的艰难曲折的行程，表达我们青年对人生、对社会的赞美、批评和对未来的向往。

从童诗“太阳眯眯笑……”到短篇小说《爱的权利》，从长篇处女作《分界线》到中篇小说《淡淡的晨雾》，这就是我三十年来学习写作的全过程。也许我是无数有志于文学的青年中极少数能如愿以偿的一个，但这并不是因为偶然，更不是由于某种幸运的机缘。多年来我锲而不舍地追求自己的文学梦，并付出了全部的努力。更重要的是，当我还是一株小苗的时候，曾得到许多编辑、老师、朋友们无私的帮助，我永远深深地感激和怀念他们。

奋斗并不仅仅为了成功。奋斗使我们找到了生命的意义和存在的价值。文学创作要求我们付出一生的心血，也许常常只得到瞬间的快乐。

1981 年 3 期《中国青年》

“文学少年”起跑线

1963 年我进了初中，可称作少女时代了，又在“少年习作”上发表过两篇短文（《采茶》和《五彩的墙壁》）。因而有了对于写作最初的自信。我在学校的作文比赛中多次获奖，同时积极向《少年文艺》投稿。这期间我曾多次被退稿，至今还记得任大霖老师写信给我说，退稿的文章是因为写得太“规矩”了，“缺乏自己的特色”，意思是有点老气横秋，不够生动，没有写出少年的感情和想法。如今再次回味，发现文学创作最基本的要素，其实就是那样简单的几点。我们在学习写作最初所遇到的问题，可能需要用一生的时间去解决。

如果以今天的文学标准来看，那些“习作”自然是极其稚嫩而粗拙的，但一粒小芽却因此而悄悄萌动。《少年文艺》就像一座小小的花坛，在一年一年的春风里，将许多许多文学的种子催生了。《少年文艺》又像一条细细的起跑线，我从那里起步，从此走上遥远而艰辛的文学之路。

20世纪60年代，反映校园生活和当代少年心绪的文学作品尚不多见，《少年文艺》努力加强刊物与“少年们”之间的联系。在《少年文艺》杂志社的建议下，初一年级时，我在班上成立了一个《少年文艺》阅读小组，新一期的杂志来了，让同学们大家轮流阅读，然后互相交谈阅读体会，比如谁谁喜欢哪一篇，谁谁又喜欢哪一篇，为什么喜欢或不喜欢等等。然后我将意见逐条整理，如实填写在《少年文艺》附寄的读者调查表格上，再寄回去上海。这样的读者“咨询”“反馈”活动，《少年文艺》开展得较早，我也因此被刊物的这种交流方式诱发出少年早期的参与意识。当年的《少年文艺》，也许并非刻意想要培育“少年作家”，它真正所期望的是“少年们”能由此得到属于少年的阅读快乐，然后健康成长。

到了初二、初三年级，我的阅读范围和兴趣就更广泛了。除了家里的经典文学书籍，还有学校图书馆的当代文学和世界名著（我当时特别迷恋凡尔纳的科幻小说），以及阅览室的书报杂志。我参加了学校的鲁迅文学兴趣小组，在学校作文比赛中获奖。当时我担任班级文娱委员，每个学期都和同学一起编写、排练话剧，母亲把她写的剧本“借给”我们使用，还亲自来我们学校指导排练。这些小话剧（还有小歌剧）参加学校的文艺演出比赛，每个学期都得奖。母亲总是尽可能为我提供艺术欣赏的机会，记得1964年中央芭蕾舞团来杭州演出芭蕾舞剧《红色娘子军》，一票难求，母亲终于通过她的老朋友搞到了票，最后一场演出的那天下午，她到我学校来找我，晚上带我去看芭蕾，把同学们羡慕死了。她还把我送去“浙江业余广播电视剧团”学习朗诵，那个剧团的一项重要工作是周末观摩戏剧，所以那几年杭州演出的所有好话剧，比如《伊索寓言》《卧薪尝胆》《蔡文姬》等，我全都看过。到了 1965 年，“阶级斗争”气氛越来越激烈，“山雨欲来风满楼”。但是“封资修”的文学作品依然充满了魅力。我少年时代的阅读“生涯”，就是在这样充满了矛盾和悖论的环境中度过的。如今看来，优秀文学作品最根本的“真善美”和“人道主义”营养，仍是我日后从事文学创作的最扎实的“底肥”。

曾有一段时间，我产生了强烈的写作欲望，写班上同学们的故事，夜里很晚也不睡觉。（现在叫作“校园文学”）那些“习作”一般都写得毫无节制，冗长而啰嗦，但我充满了创作的快感。记得有一次我写了一篇作文给母亲看，她严厉地批评了我。我激烈地为自己辩护，就是不肯修改。母亲一生气就把我的稿子撕碎了。我伤心地哭了，晚上怎么也睡不着觉，到了后半夜，自己穿好衣服爬起来，在灯下悄悄地重写这篇作文。每次回想起这件事情，内心总是十分感激母亲当年对我严格要求，同时也觉得自己多少还算是一个有毅力的人。

虽然我自幼就喜欢文学直至热爱文学，但我并没有从小就立志要当作家。（因为不敢。我认为当作家需要非凡的才华。）我只是希望自己能在文学中得到慰藉，以文学充实自己，不虚度人生。到了 1969 年，黑龙江省的农场到杭州招收知青，我毫不犹豫地报名去北大荒。当时父母亲都在受审查，我却怀揣着自己的这个小小的秘密，带上了我喜欢的书籍，离开了美丽的杭州西湖，去往东北那片陌生的土地。

那一年我 19 岁。

铁轨通向远方。很多年以后，我才看清楚，那其实是一条若隐若现的文学起跑线，引领我走过艰难的人生旅途，也从此走上了文学之路。

前半生的阅读之旅

关于阅读，我的先天性“营养不良”或是某种“维生素过剩”，也许都应归咎于我父母的引导。三十年前，父母给我的阅读座右铭是：中国传统文学糟粕太多，还是多读外国文学吧。

家里果然都是外国文学，其实基本都是俄罗斯文学和苏联文学。那是出生于20年代的进步知识分子的必读书单：从老托尔斯泰到盖达尔，从普希金到肖洛霍夫。除了一套安徒生童话以外，这个外国文学的天地长满了斯拉夫和苏维埃的枞树、浆果和马铃薯。那时候我以为外国文学就是贵族、哥萨克，再加苏联红军。这一段近于崇拜的痴迷，在我整个一生的文学信念中，打下了崇高与美的桩子，并在这个根基上建立起对真诚的笃信。少年一青年时代俄苏文学的阅读经验，在我血液中注入的基调是近于盲目的笃信。这也许可以称之为第一阅读层次。然而当若干年后疯长的叶片覆盖了我几乎整个心灵的天空，而将人类自审之光拒之于外时，我才惊讶地发现，疏漏了陀思妥耶夫斯基这颗巨星，是多么遗憾的损失。假如我早一点读懂陀氏，也许我不至于那么晚才摆脱幼稚。

然而阅读的经历本身就是人生的经历。我记起那个狂热的60年代末，最初触摸着陀氏作品所感到的那种对苍凉人世的恐惧和怅惘，使我本能地疏远它。二十多年后重读《卡拉马卓兄弟》，却在灵魂中引起了强烈震撼，好似自己又重新活了一次，或刚刚从头开始活。因着如同哈雷彗星般回归的《罪与罚》、因着复生的《日瓦戈医生》和《阿尔巴特街的儿女》，在我临近四十岁的时候，重新意识到俄苏文学依然并永远是我精神的摇篮。岁月不会朽蚀埋藏在生活土壤之下的崇高与美的地基——我们拆除掉密不透风的愚昧的笃信，重建开启了疑问之窗的笃信。如果不笃信在人世的丑恶与伪善之上，还有超越了世俗的光荣与爱之神的召唤，人生还有什么值得过的呢？

外国文学之旅的第一层次，结束在1969年夏天，我从家中封存的书籍中，偷出了那本珍爱的《青年近卫军》，踏上遥远的北去列车之时，车轮碾碎了往日的童话给予我的全部梦想。

那以后有一个缺少书籍、远离文学的饥饿年代，在冰凉的土炕上翻烂了从家里带来的书。有时会从别人的炕席下冒出一本没头没尾的《高老头》或是《斯巴达克思》。冒着被没收的危险，也许还会摸黑走许多路去别的连队交换。书籍和文学是天边的一块彩霞，你仰望它、渴慕它，却无法伸手够到它，头顶沉沉的乌云总是落着失望的雨滴。然而，阅读的第二层次却偏偏开始在这样的落寞与苍茫之中——每年一度的探亲假，回到杭州家中，它这个无法囚禁的幽灵便又悄悄走来与你相伴。我开始隐隐感觉到了前面所说的阅读，只是人生的一个阶段和经历，新的旅途即将开始。壮丽崇高的俄苏文学从我面前渐渐隐遁，狡诈的老巴尔扎克、凄惨的狄更斯、神秘的梅里美、浪漫的雨果陆续向我走来。那个时期我开始接触到英法文学，由于“历史问题”被发落到图书馆去工作的我的母亲，为我提供了阅读的方便(感谢70年代的专案组)，我好像登山走到了海拔某个高度：阔叶林渐渐消失，只剩下耐寒的针叶林，以至最后的高山苔原。书中残酷的世相及复杂的人际关系，撞击着我简单的头脑，并引发了一声声痛心的叩问。读懂了某本书，恍然发现自己终于长大了。1975年我在上海修改长篇时，我的抽屉里就放着一本一个复旦大学工农兵学员借给我的《简·爱》，她断言我必定喜欢这本小说。事实上我没有爱上简·爱，却引发了对情感的深思。在《分界线》书稿下厂印刷后等待出书的日子里，记得当时出版社的负责人问我有什么要求，我毫不犹豫地请求开一张证明，允许我阅读出版社图书馆“内部”的外国文学名著。那个江南酷热的夏天，我每天按时走上绍兴路出版局小楼的二楼，有一位管理图书的中年阿姨，从上锁的玻璃书柜中取出我想看的书，我坐在窗边的沙发上开始阅读，一个上午或一个下午低头读书，坐姿几乎一动不动。我读大仲马、小仲马、哈代、罗曼·罗兰。我深爱《德伯家的苔丝》和《九三年》。如此专注的阅读持续了一个多月。恰恰是在那一个沉闷黯淡的时期，人文主义的阳光第一次照亮了我混沌的心灵，冲击着编织多年的思想藩篱。面对窒息的现实，便开始有了不满、有了质问、有了沉思和探询。我确信在那几年以后，即70年代末我走向文坛初期，如泉水般喷涌的那些作品中，所试图表现的人性、尊严、价值观等一切与此相关的话题，都是在那些饥渴的阅读中埋下的种子。如果说第一阅读期在崇高与美的桩子上建起了对人生意义的笃信，那么第二阅读期所建起的便是：怀疑与发问。

尽管后来对英法文学的了解，渐渐延伸至乔伊斯和劳伦斯，延至萨特、罗伯·格里耶与加缪。但在那个极其压抑的环境下生发的对现存秩序的怀疑与发问，在我整个创作生涯中，如登山的鞋子一般与我同行。

1978年以后至今的日子，可以算作阅读的第三层次。中国对世界打开了滞重的大门，世界的现代文学宝库亦对中国敞开了大门。在这个令人炫目的文学世界中，最先读到的便是约瑟夫·海勒的《第二十二条军规》。随即是福克纳，是索尔·贝娄，是欧茨，是艾丽茨·沃克……还有回过头去重新注视的海明威和斯坦培克。对现代世界充满了反叛精神的美国文学，使我重新思考传统的真善美价值一元论与个人选择的深刻矛盾，思考人之非理性与行为、生命的关系。这是一次现代意识的重新启蒙。那些新奇而别有意味的小说形式，亦使我顿悟小说还可以有这样千奇百怪的写法。随后，蜂拥而来的卡夫卡的绝望、迪伦马特的虚无、君特·格拉斯的荒诞，及其他一系列现代德语小说，也为我以文学反思人性的本质、人类生存的困境提供了新的佐证。这一时期阅读的外国文学作品，真是令人眼花缭乱，目不暇接。我在惊喜与狂热中生吞活剥所能读到的新小说，觉得自己进入了一个奇妙的新世界。然而，各种贴有不同主义和流派标签的新小说，呈现给我的几乎只有一个特征，那就是传统小说秩序的破碎崩溃和重建。小说天地已不再有任何模式和规范。奇异的构思、叙述方式和富有弹性的语言，创造出了一个与现实生活形成强大反差的、极其自由宽广的艺术空间。小说变得无所不可为和无可不为。现代小说自由的灵魂已超拔了它痛苦而荒谬的躯体，而还原为自我实现的可能。它们对我的吸引甚至超过了小说本身，我试图踩着这叶空中之舟，驶越浊浪滔天的人生之海。而如何写自己的小说，反而变得无关紧要，甚至一片迷惘。

紧接着便是席卷文坛的拉丁美洲文学热。依着好奇与时髦的惯性，我也读马尔克斯、博尔赫斯、略萨……我与职业文人们一道，去探究那块蛮荒之地的民族文化之根；探究从那纷乱无序的小说作法中，重新聚合以及明晰起来的叙事方法。据说没有根的作家根本不能算作家，不会讲故事的小说家也不能算作小说家——陷入现代主义小说理念的泥塘之后，我一度手忙脚乱。在拉丁美洲魔幻的阴影下，我终于发现自己从南到北漂泊多年，非但无根也不会讲故事。我的小说等于零？

读了几十年外国文学，读到最后便是如此一个怪圈。

如果阅读最终已经成为一种裹挟你、指使你、支配你的身不由己的时髦新潮；如果阅读不再是一种个人的选择、个人的意趣、个性的默契；如果阅读不再是一种仅仅属于你自己的人生经历，那么我应该早已淹死在浩瀚的书海中，失去自己创作的冲动，决无必要在此夸夸其谈。正如我的小说是写给我自己和与我相通的读者，那些遥远的陌生的异国作家，哪一位是为了我而写作的呢？

从屠格涅夫到乔治·桑到杰克·伦敦到艾特玛托夫，我无法说出我最喜欢的和最不喜欢的作家。我不能说谁是最优秀的和最不优秀的。我只知道世上一定有一本书是真正属于我的。不要用古董搜集者和拍卖行的鉴赏家的眼光去看它们，属于你仅仅因为它发出了你心底久远的呼唤——事实上，这些年在外国文学书海的徜徉中，我捡起的一只只贝壳都已成为书架上的标本，却有两只贝壳依然栩栩游动在我心的海湾里：一只是《一九八四》；另一只是《生活中不能承受之轻》。

当然不是怪圈，小说毕竟不是画出来的。如果第二层是怀疑，那么第三层便是不再回来的叛逆。

很多年前父母对我说，少读中国传统文学，多读外国文学——很多年后才知道这话的原意竟是出自鲁迅先生。先生的遗训虽有些偏激，却让人深思可读可不读的中国传统文学到底出了什么毛病？我决无意否定悠远古老的中国文化传统，但对于步入现代社会的作家，更重要的也许是对人自身的认识和关于自由的启蒙。说到底，读人家的书，还得写自己的书；打入地下的桩子上，还得盖起自己的房屋。外国书读得再多，总不至于会脱胎成外国人。怪圈里那股水流倒过来看，也许是一个螺旋体，只看你手中的标尺了。

记得《读书》上有篇文章曾说，中国人首先关心的是做“中国”人，然后才是人，却不知人必须首先是人，然后才是中国人。我以为极精彩。中国人与外国人，都有地球人无以解脱的共同苦恼；中国文学或外国文学，亦如地球一样，本应是无国界的流通领域。我想鲁迅先生与我父母都是有远见的。更何况，不知人们是否发现，构成外国文学的外语，确切说，条顿语系中的英、法、德语，与汉语之不同，还在于它有一个大写的“人”字，大写的“人”字是否又恰好为中国文学补上了一处缺口呢？至少在那些为我写的书，和我为别人写的书中，隐隐地透出这个心迹。

杨花与柳絮飘飞的日子

1977年初夏，我离开生活了八年的北大荒鹤立河农场，去哈尔滨市的黑龙江省艺术学校报到。场部很少几个人送我到镇上的火车站，记得猛烈的春风摇撼着路边高大的白杨树，眼前一片杨花飞舞，简陋的站台上，覆盖了一层薄雪似的杨花。车轮起动时，斑斑驳驳的白色仍然依依惜别地缠绕着，看上去有些伤感。

当时知识青年大返城还没有开始。我这个南方知青，去哈尔滨读书，是为了实现自己多年来渴望求学的梦想，期待接受正规教育，读别人的好书，好写自己的书。

就在上学的那两年中，返城的浪潮来势凶猛，也有在哈尔滨上着学的“老乡”，咬咬牙放弃了学籍，回了上海或浙江。人都有一种地域的归属感，对于大多数知识青年来说，所谓“返城”，不仅仅是返回城市，而是特指返回自己出生长大的那个地方。

好容易熬到临近毕业，校方找我谈话说，“文革”刚结束，文化事业青黄不接，省里希望能多培养一些青年作者，你这几年已经发表了不少作品，作家协会目前有专业作家的编制，如果把你分配去搞专业创作，你还想回南方吗？

我似乎是毫不犹豫地回答，我愿意搞专业创作。我，不回杭州了。

后一句话，喉咙暗哑，眼神低垂，胆气发虚。我知道这句话不是随便可以说的，它意味着一种最终的选择，一种志向的确定，甚至是一种“牺牲”——我将放弃自己怀念已久的温暖舒适的南方生活，为了从事我一直渴求的文学创作，获得一个较好的工作条件，而从此留在这举目无亲的陌生城市哈尔滨。当时浙江省作家协会还没有专业作家编制，我如果选择了杭州，也许就在琐碎繁杂的日常生活里，消磨了内心那些写作的冲动。走，还是留呢？人生的十字路口布满并不两全其美的难题。

我的返城，就这样连自己都意想不到地，“返回”了，实际是留在了哈尔滨。但后来的许多年里，我仍然没有后悔当年留在东北的抉择。我觉得为自己一生热爱的事业付出代价很公平。因为生活中总会有一些比生活本身更重要的东西。每个人都应该按照自己的价值标准来设计、安排自己的道路。

然而离开了农场的集体生活，“返城”在没有家的哈尔滨，过单身生活，就有许许多多的麻烦和困难。首先是住房——省文联刚刚恢复建制，百废待兴，办公室拥挤不堪，根本没有房子给我这样新来的年轻人住。我从艺术学校毕业分到省作家协会工作以后，很长一段时间仍然借住在艺校的教师宿舍，与三位女教师挤在一个房间里。其中一位女教师刚离婚，带着一个五六岁的小女孩同住。我只能在屋角加一张床，放一张吃饭、洗脸、写字多用的桌子，算是我的一方天地。就连艺校教师宿舍我的单人床和那张多功能的桌子，也是与校方多次交涉后借来的。

我就是这样开始了我所谓的“专业作家”的生活。

每天早上天刚蒙蒙亮，我就被京剧科、评剧科、器乐科的校友们喊嗓练琴的种种“噪音”吵醒，起床在学校食堂吃过稀饭、咸菜的简单早饭，等几位同屋的老师陆续上了班，我才可在自己的小桌上看书写作。但往往是好景不长，刚有了一点思路，情绪就被打断了，不是某某回来取什么东西，就是某某来找某某。到了下午和晚上，宿舍里吹拉弹唱，加上小徐徐的哭闹，终日不得安宁。如此一天下来，什么都写不出来。

我借居于此，只能忍了，委曲求全。

万般苦恼之中，一次偶尔去师范学院看望一个上海知青老友，她因考上了生物系的研究生，还继续留在哈尔滨念书。她说，你干吗不到我们学院的阅览室去写呢？那儿又安静又宽敞，从上午一直到晚上 8 点，可以整整写一天呢。反正你也和我们“七七”届的学生一个年龄，我把校徽借给你戴，你就当自己是这个学院的学生。有人问，千万别发慌……

喜出望外地接受了她这个“雪中送炭”的宝贵的主意，顿时觉得前途很是光明。第二天一早，悄悄别上了那枚借来的校徽，背一只黄布书包，从艺术学校步行十五分钟到师范学院（即现在的哈尔滨师范大学）。心虚胆战，低眉敛胸地混入进校的人群，在入校的高峰时间溜进图书馆的阅览室，动作迅速地占上一个座位，心突突狂跳，不敢左右环顾，一头扎在宽大的桌子上，埋头苦“写”起来。那种偷偷摸摸的感觉，就好像自己真的想要当冒牌大学生，有什么不可告人的阴谋诡计似的。

到了中午和晚餐时间，把自带的椅子垫留在座位上“占座儿”，溜出来到附近一家极其简陋的小饭馆里，吃一碗淡而无味的打卤面。隔三岔五的，买一盘三毛钱的豆腐慰劳自己，算是奢侈的了。吃完了饭，有时阅览室还没开门，只好在图书馆外面的小路上，绕着圈儿走。从秋到冬，眼看着校园里的杨树叶子一层层黄了，又一片片飘落下来，在土路上打转，像是我脑子里日日盘旋的小说。冬天的校园一片银白，那条小路上铺满新雪，倘若无人走过，一脚踏上去，松软的雪地便发出咯吱咯吱的响声，像是充满了生气和生命的呐喊，或是如一支轻捷和快乐的歌。我无数次在严寒的雪地上，使劲跺着双脚试图使自己暖和些，许多的“灵感”的电光火石，就是在那种时刻，涌泉似地喷发出来、闪现出来的。

那段日子持续了差不多整整一个冬天。如此有效安静的写作几乎每天都让我兴奋不已，使我忘掉一切。在以后多年的写作生涯中，我再也没有那样不受干扰地专心写作过——这使我对于图书馆抱有永远的好感和感激之情。

唯独有一次，我被大大地吓了一跳。当我在写作中无意抬起头来的时候，我看见阅览室前面的黑板上用粉笔写着一行大字：外校的同学滚出去！那一刻我几乎就认为这条标语是完全针对我的。我想我“混迹”于该校已长达几个月，一定是终于被人发现了，用这种形式只不过是给我留点面子，好让我自觉地滚蛋。于是我心情沮丧、灰溜溜地去向那个“引狼入室”的老朋友告别，并把校徽还给她，她竟然哈哈大笑，她说近来附近一些准备高考的应届高中生，都发现了师院图书馆这个温习功课的好地方，纷纷涌入师院来复习，弄得师院自己的学生没有位置坐了。那条标语就是针对那些人的。至于你，区区一人不足挂齿，尽管放心继续去好了。我思虑再三，也就面无愧色地重新回到阅览室，自我感觉真就理所当然起来。

不过每天晚上图书馆打过最后一遍铃，我终是不得不随着“下课”的同学退出阅览室。然后顶着寒风，独自一人走过黑暗的大街，匆匆走回艺术学校宿舍去。同屋教京剧的小徐老师对我挺好，每天晚上9点以后，她把办公室的钥匙给我，让我到她那儿去写两三个小时。我总是一直写到半夜，才蹑手蹑脚地悄悄回寝室休息。

哈尔滨多雪的冬季，雪花飘飞，落地成墙，筑成厚实的雪城冰房。

那个冬天稿纸如雪花片片垒叠，白色的稿纸上落满黑色的钢笔字。

就有了《夏》，有了《白罂粟》，有了《淡淡的晨雾》，还有其他的文字。

春天快到来的时候，我接到中国作家协会的通知，让我去北京参加文学讲习所第五期的学习。1980年3月，我带着厚厚的一摞手稿去了南方。4月我到达北京的时候，大街两侧的国槐刚刚发出翠绿的嫩叶。却不知何处飘来星星点点洁白的柳絮，如烟如云，在空中盘旋飘飞……

想起了离开农场那一日车站漫天飞舞的杨花，想起哈尔滨一冬晶莹的白雪。想起那句古诗：“杨花柳絮无才思，唯解漫天作雪飞。”从农场到城市，我在一个美丽而艰辛的梦里挣扎拼搏的同时，也享受着杨花和柳絮给我带来春天的愉悦。

摇篮与园丁

1992 年 6 月，是上海文艺出版社建社四十周年纪念。

算起来，我将满四十二岁。我和它，差不多是“同龄人”了。

从 1975 年我在那儿出版了第一部长篇小说《分界线》开始，后来的十几年间，我陆陆续续发表了三百多万字的作品，出版了十余种文学书籍。但无论今后我还会写多少，我的第一本书，是在它——上海文艺出版社的摇篮里诞生的。

一个人的一生，尽其毕生心血和精力，即便是著作等身，充其量也只能写出几十部书。而一家出版社四十年的成果，却是一个作家的作品无数次立方的立方。我无法知道它出版物的天文数字，但我知道自己的四十年是绝不能与出版社同日而语的。我在它面前永远微不足道。

1975 年是我一生命运的转折。小心翼翼迈进原先设在绍兴路五十四号的上海文艺出版社的大门那一年，我尚未满二十五岁。然而，十几年过去了，那幢浅色的洋楼在我心中至今神圣如初；楼前的花园依然美丽动人；我甚至能感觉到那个炎热的夏季，二楼的编辑室电风扇徐徐吹来的凉风下，一抬头所看见的编辑们，向我投来和善与鼓励的目光……

后来的日子里，我写过不少回忆那段生活的文章。其中，记述《分界线》一书的责任编辑谢泉铭先生的散文，题为《一个为责任感驱使的陀螺》，发表在1986年的《编辑学刊》上；悼念编辑陈向明女士的散文《化作春泥更护花》，发表在《北大荒文学》杂志并收入少儿出版社的悼念文集；还写过《门前杂感》《老费的小屋》几篇短文，都是谈我在上海初学写作时的一些往事与感受。

可是，话却似乎仍然没有说完。

面对着这份建社四十周年的征稿单，坐在桌前。那熟悉的楼梯便轻轻响动起来，办公室的门微微开启又关阖，空气中飘来散发着油墨味儿的稿纸和书籍的气息……

1974年，我从荒凉而遥远的北大荒来，带来了厚厚的一沓笔记本，是我长篇小说的详细提纲。我记得我始终低着头，我认为自己的书稿是没有希望的。但我还是渴望听到一位出版社编辑对我说出真正的“意见”，这对于我至关重要。专管“知青题材”的老谢就是在那次出现的，他胖胖的面孔挺和气，我却觉得他很严肃、很厉害，以后我一直莫名其妙地有些怕他，怕他一生气会“毙”了我的稿子。其实老谢是世界上最好的编辑之一，他与你谈稿时会把自己口袋里的“存货”统统掏给你。半年之后我如约将改完的初稿寄给他，他回信来只有寥寥八个字的意见：基础较好，改动不大。并告诉我出版社决定让我去上海改稿。1975年春节后我到了上海，第二次走进那扇大门，又认识了老陈（陈向明编辑，按年龄我应该叫她阿姨，但她执意让我叫她老陈）。那以后所有的日子和记忆都同老谢与老陈紧紧相连。到今天我仍要说，是他们手把着我的手，扶我跨进了文学的门槛。

在我出版这部长篇处女作的过程中，有一个关键的人物始终很少提及，这就是当时出版社的主要负责人，著名的儿童文学作家任大霖先生。他似乎和我有约在先，不希望我谈他，他认定自己所做的一切都是应该和必须做的。我一直守约，因为我懂得他是一个谦虚淡泊之人。这里我之所以要写到他，却是因为上海文艺出版社四十年不可能越过他而留下一块空白。

我“认识”他的时候还只有十一岁，当时上海的《少年文艺》发表了我的一篇少年习作《我们学做小医生》，他作为《少年文艺》的主编，曾亲自给我写信鼓励我叮嘱我不要骄傲。这些信自然使我激动万分。我给他写过许多回信，“文革”开始后我去上海大串联还鼓起勇气去少儿社找过他。记得他见了我的面曾很惊讶地说，呵，抗抗原来是个小女孩呀！

命运总是会有一些奇妙的安排，十几年以后我又重新成为他的作者。也许他曾经在心里感叹过：呵，她到底是长大了呀。然而他的欣喜与宽慰却从不溢于言表。我在上海改稿期间，他把我彻底交给了老谢和老陈，他几乎不过问我的稿子也不干扰我的修改，直到责任编辑最后把送审的稿件交到他手里。但我知道有一副闪亮的镜片一直在默默地注视着我。他最先阅读我的初稿时，似乎从中发现了一些什么，他愿意尽可能帮助我，至少给我机会让我试一试。其实我的成功与否，与他本人几乎毫无关联，他想培植这棵小苗只是出于他编辑、出版工作的责任。我体悟了这一点，我眼中的世界因此而美好，心中的出版社也因此更加神圣。我只能将感激之情深藏于心，整天汗水淋漓地在改稿的斗室绞尽脑汁。越到后来，我拼命写作的动机变得越发简单，我想这么一家大出版社来帮我这么一个无名的小作者，我若是不好好写或写不好，怎么对得起我尊敬的任大霖老师和出版社其他所有的人呢？

需要特别强调的是："所有的人"这个词组毫不夸张。时隔十六七年，也许很多人我已叫不出名字，但我却永远记得她（他）们温暖的笑容。

当时的美术编辑室设在一个狭长的房间里，凌乱的办公桌倚墙一溜排过去，很像一个火车车厢。负责我那部长篇小说封面装帧设计的，是一位又高又胖的中年编辑名叫陈达林，他特别爱讲笑话，可算是出版社的幽默大师。可惜当时缺乏历史意识，否则把他的语言记录下来定可成一册笑话大全。不过他干起活来很认真，那部长篇小说的封面，他一气设计了七八个方案，然后把小样统统摊在桌上，任凭同事们（包括我）评点挑剔。那时的我腼腆又矜持，看来看去犹豫不决。终还是不太满意。达林老师看透我的心思，连声说再来再来，新生事物的成长绝不是一帆风顺的。第二天，他又拿出几幅草图，说昨晚来了灵感，这回有女性的风格。果然画面清爽秀丽、意境深远，地平线上高高飘动的几抹淡云我极喜欢。大家都说好，这才定下。写到这里，我情不自禁去翻那本书。可是封底连装帧设计者和责任编辑的名字都没有，前几年去上海，曾在出版社门口遇到过他，他老远就喊我，并且笑嘻嘻地告诉我，他已离休了。说起我母亲有高血压，他说：你就是你妈妈的降压药。

那一年 7 月，我如期交了稿，大概是因为连续几个月来神经高度紧张，劳累过度，一旦放松下来，又是感冒，又是喉炎，总之浑身不适，腋下淋巴也肿大起来。我想我这个人总是有许多的麻烦，弄得出版社的编辑们还得想方设法为我联系医院去检查身体。有一位姓金的编辑，同我并不熟悉，只是他有一个亲戚在华山医院工作，有“后门”可走，大家便托他帮我找个好点的医生。他很爽快地亲自带我到那个医院去，费了不少周折，总算没查出什么要紧的毛病，大家才松了一口气。

在上海改稿直到交稿后，出版社又借用我当了一段时间的业余编辑，一年多时间，是出版社向农场替我请的创作假。工资分文没有，家里父母节衣缩食提供“赞助”，但没有上海粮票，就只好向亲友伸手。出版社的编辑们知道了这个情况，纷纷主动给我一些粮票。有一位李济生老编辑（是巴金老前辈的堂弟），一次就从家里拿了二十斤粮票给我。记得当时我怔怔地望着他，连一句感谢的话也说不出来。

病看好了，粮票也有了，就继续住在出版社的招待所，等着看初校样。校对也是门学问，我在那一年开始跟着老谢学习校对，看着容易，白纸黑字在眼皮底下就是找不出错。反复校上几遍，再让老谢看，他就像一只啄木鸟，一啄一个错字，令人目瞪口呆。闲来无事，便极想读书。当然是想在出版社图书馆借一些当时不被允许的“资产阶级”的世界名著来读。我忐忑不安地对大霖老师说了自己的想法。他笑笑说，你去找室领导开张证明，就说是工作参考需要。室领导也许是施浩祥，也许是江曾培，反正没费什么口舌就点了头，倒好像挺默契似的。一路绿灯，我轻而易举地就进了那幢挺森严挺神秘的出版局小楼。推开藏书室时我不由得倒抽一口冷气：

那么多我梦寐以求的好书，全部整整齐齐地锁在玻璃橱柜里。我战战兢兢地递上那封“介绍信”，心想如果她把我拒之门外，我一定会忍不住哭起来的。

那个夏天在出版局楼上读书的经历，有点像地下工作。每天上午我准时到达后，管理图书的那个阿姨，打开书橱上庄严的大锁，把我要读的书递给我。然后我就捧着书本，悄没声儿地坐在办公室外面封闭阳台里的一张破旧的沙发上，一口气读到中午。中午饭铃响的时候，我把一张书签夹入书本，交给她重新锁进书橱里，等下午来时，再取出来接着往下读。按照规定，这类书只可作资料翻查而是绝对不可以外借的。那位阿姨任我如此日复一日地在她的办公室里坐读，应该说是很破例了。她总是不厌其烦地帮我拿书、选书。偶尔也和我聊天，说起话来轻声细语的。可惜我已记不起她的姓名，只记得她虽已近中年，仍然面目姣好，衣着总是十分合体，挺好看的。那段日子持续了差不多一个多月，每天只听到她的和我的书页哗哗翻动的声音，直到现在想起来还觉得很幸福。

那一年多时间我一直住在瑞金二路的出版局招待所，每天步行十分钟，到绍兴路的出版社去“上班”。招待所的管理人员中有个老人，人瘦瘦的，戴着眼镜，温文尔雅待人很和气。他每天都把楼梯和走廊擦洗得干干净净，空下来就坐在桌前看报纸。我问他贵姓，他说免贵姓钱，我就叫他钱伯伯。谁知他一听脸色骤变，连连摇头又摆手说：哪里哪里，怎么好叫钱伯伯，就叫我老钱好了。弄得我莫名其妙。后来时间长了我才知道，原来他是个留用的“资本家”，所以不敢接受“伯伯”的称谓，这使我心里挺难受。我依然叫他钱伯伯。几年以后我到那儿去看他，人说他已经退休了。

点点滴滴、拉拉杂杂，留下来的都是关于人的印象。

那时年轻，心也格外地敏感，曾经受到过的爱护和照拂，都烙在记忆的底版上。我印象中挥之不去的上海文艺出版社，即便是在70年代那种混乱愚钝的背景下，仍然拥有一支具有高度文化素质的编辑队伍。在终日伏案劳作、辛勤而严谨的工作中呈现出他们优良的职业道德和作为普通人善良的天性。

很多年过去，我们也许忘却了许许多多应该记住的事情，但是我们不会忘记某个人或某些人。是他们扶持了你、支撑了你；如轻推摇篮的母亲，如浇灌苗圃的园丁——将一茬一茬的青年作者送入文学的天地、将一本一本的好书送到读者的手里。诚然，编辑会退休会离去，作者会衰老会消失，出版社的小楼会陈旧会翻建，但书，从这里诞生的书，将永远是簇新的。

四十岁的出版社还很年轻。如一支威力巨大的运载火箭，将把更多的新型航天飞机送入太空。但愿我也是其中的一个。

文汇旧事

1966年，报纸上开始连篇累牍地批判《海瑞罢官》。当时我在杭州一中（现杭州高级中学）读初三，正面临高中考试前夕，却无心学习，课余时间常躲在学校宽敞的阅览室里看小说。

看小说当然属于不关心政治，非议种种，不招自来。

到处都在大批判，你若是不批判别人，怎么能证明自己正确呢？

我的眼睛惶惶然地从书上掠过，我想自己也该投入到革命大批判运动中去。

那几天，刚刚读完上海的作家艾明之先生写的长篇小说《火种》。说实话，那书写得挺吸引人，一个个人物都挺生动的，背景是波澜壮阔的上海的工人运动，风云变幻，让人回肠荡气。但若是把眼睛睁得更大些，再戴上“阶级斗争”的放大镜和显微镜呢，问题就一个个都暴露出来了。很明显，那是一部严重歪曲工人阶级形象的作品——虽然我根本不了解工人阶级，但我凭直觉和思想感情，可以断定小说中的主人公，并非真正的无产阶级革命者。这个重大的发现使我头脑涨热，茶饭不思。第二天，我带着《火种》原书和一摞参考资料，一头钻进了阅览室，整整一个星期以后，写成了一篇洋洋万言的大批判文章，题为《“火种”必须批判》。经过反复推敲，对自己的思想觉悟和文字水平都感到十分满意。

既然批判对象已经确定，批判的武器也已经掌握。剩下的事情，就是怎样才能让更多的人，读到我的批判文章了。

脑中电光火石一般，闪过了《文汇报》。

那时文化界最知名最优秀的报纸，就是《文汇报》。在我看来，简直没有比《文汇报》更重要的报纸了。那么，像我阐述了如此重要观点的文章，不发表在《文汇报》上，还能发表在哪里呢？

于是，迅速把厚厚的一沓稿纸卷成筒，郑重其事地寄往了上海《文汇报》。

以后的日子，便是天天一字不落地阅读《文汇报》，渴望奇迹般地从上面突然发现自己的名字。然而，夏天来了，夏天又去了，高考取消了，“文革”开始了。世界上正在天翻地覆，而我的批判文章，却泥牛入海、杳无音信。

心里忿忿然，想你《文汇报》不管怎样，总该给革命小将一个答复嘛。

终于有了一次机会，去大上海串联。心情激动得不行，顿时暗暗决定，要亲自去拜访一次《文汇报》。心里猜想着，这么长时间没有回音，十有八九是编辑们根本没有收到我的稿子。

至今还记得60年代末期的上海《文汇报》，在圆明园路上，一栋旧式的洋房，楼不算高，正对大门的前厅很狭窄，光线昏暗，令人觉得几分压抑。传达室的老伯盘问我好久，我说是来查询一篇稿件，并坚持要面见一位编辑，大有不达目的誓不罢休的架势。老伯被缠不过，便打电话到楼上去问，之后便很客气地用上海话对我说：侬等一歇噢。过了一会，真的有一位中年编辑，手里拿着一沓稿纸，慢吞吞从楼梯上走下来。楼梯倒是蛮宽的，有赭红色的木扶手。他走下来的样子，显得十分严肃。我的心狂跳起来，然后就一句话也说不出来了。他把我带到旁边的会客室让我坐下，甚至都没有对面前这个十六岁的小女孩表示出丝毫诧异和轻视。我觉得他的表情很认真，就像与他面对面坐着的，是一个与他年龄相仿的大人，也许他是强忍了心里的笑意，这使我隐隐地觉得不安。他婉转地告诉我说，稿子是收到的，但不能发表，因为在报纸上点名批判一个人，是需要经过中央批准的。不过，以后如果情况有了变化，他会再同我联系。最后，他在退还给我的稿纸上，写上了自己的名字：萧宜。那意思是他可以对今天的谈话负责的。

我根本没有勇气或是忘记了问一声，我那篇文章到底写得如何？便夹起稿子落荒而逃，悻悻而归。回到杭州后，再没好意思对任何人提起过那篇文章。我后来终于在《文汇报》发表散文，已是1973年当了知青以后。当然，流逝的岁月中，我自己也淡忘了关于《火种》的那次“革命行动”。

1978年，有一个全国作家访问团到了哈尔滨，我去看望诗人卢芒伯伯。在他下榻的宾馆房间门上的名卡中，我忽然看见了一个熟悉的名字——艾明之。

我像被人重重击了一下，愣在那里。手心冒汗、满脸通红。十二年前的往事猛然涌到眼前，令人羞愧难当。我在门口站了好久，进退两难，最后鼓足勇气敲门，开门的是一位面目清癯、温文尔雅的中年男子。卢芒伯伯亲切地介绍说，您读过艾明之先生的小说吗，这位就是。我惶惶不知所措，讷讷无言，几乎忍不住就要掉下眼泪来。我不敢看他的眼睛，我想说：您能原谅我吗？但却说不出口。以后的许多年中，我一直为自己失去了那个当面道歉的机会，在心里留下了永久的懊悔和自责。

如今，据 1966 年夏天的上海往事，已过去整整三十年了。在那个年龄，我们曾经愚昧无知、幼稚轻狂；我们曾经不识善恶和真假；我们曾激烈地参与了那次史无前例的黑风暴，狠狠跌落在丧失了文化的“革命”深渊里，最后九死一生、遍体鳞伤地醒悟和再生。

但文明和人性的光辉，却依然不灭，历经劫难而破云重生。

所以，三十年以后，借着与《文汇报》的那段旧缘，我仍然必须说出这件不可遗忘的往事，聊以自鉴自省和自律。来日歧路茫茫，世人可会再次迷途否？

电脑魔镜

90 年代初，诚惶诚恐地将一台“海里根”电脑 PC 机，隆重迎入家门，恭奉在特地配置的电脑桌上以后，当天就发现自己的“人脑”顿时失灵了。

人脑失灵自然是因为电脑太聪明的缘故。它向我一口气发出了无数条指令，并且很有礼貌地命令我必须按照它的指示去操纵它。电脑从一开始就占据了一个有利的位置，居高临下地胁迫着人脑屈从。面对这个新奇古怪又莫测高深的家伙，我的第一个念头是：文学竟也委身于科技了，已延续千百年的汉语传统写作方法，真的即将面临终结了吗？

曾听过电脑写作的种种好处，终于挡不住现代感觉的诱惑，下决心换“笔”改用电脑写作。其实在心里，觉得自己同电脑的关系，有点像是先结婚后恋爱。

拥有电脑最初的日子，紧张焦虑茫然却又亢奋。

望着沉默着挑衅着而又奥妙无穷的键盘，我昏昏然从一个“手工业者”，走进了从未涉猎的“工业化时代”。那些陌生的指令，让人一时手忙脚乱无所适从；脑子莫名其妙地滞涨迟钝，智商绝对下降，手指前所未有地僵硬；无论是使用自然码中文输入还是编辑文件，每一个键似乎都严谨得神圣不可侵犯，绿荧荧的屏幕瞪着一只独眼虎视眈眈，在它的腹中，深藏着你无法窥探的种种神机妙算，好像一不小心，倒让它给算计了。

“蜜月”过得痛苦不堪。写了十几年小说，才发现思维与语言撞车，像交通堵塞进不去出不来的活活挨憋；心里有话，却被拦阻在手指下；大脑与那个亮晶晶的屏幕，近在咫尺竟远隔万水千山；那电脑狡猾而且骄横得一丝不苟，你即便有一键疏忽，它都绝不通融。你得使用它的语言系统和它对话，它若是有一字听不懂，不声不响地就罢了工。你若是指挥不了它，便得被它所指挥。那时真的想哭，恨着眼前这故意装聋作哑、幸灾乐祸的电脑，后悔着自己找罪来受。理由也很充分：电脑操作的规律，是严谨与规范；而文学创作，却是随心所欲、是信手拈来；人脑电脑，本来就南辕北辙，弄不好还水火不相容呢。

然而昂贵的投资已经到位，退也不得。何况，还有几分隐隐的不服。高科技信息时代正在来临，电脑同作家的人脑思维接轨，何等诱人的“进步”。我为什么就不能学会使用电脑？我必须要学会使用电脑。

于是开始肆无忌惮地出错。先是将 B 盘的文件打在了 A 盘上，写完后文件便去向不明；又在尚未完全关机的状态下抽取了软盘，使得自然码系统全线紊乱；软盘明明做了写保护，又去拷贝，故软盘一次次无动于衷，还以为机器发生了故障。那段时间，我几乎隔三差五地背着那台手提式电脑，频频来往于电脑工程师家里求解急难，好像当初买下那台手提式，就是为了给我提供求助之便，使我不必顾忌出错，以利物尽其用。我在那台便携式电脑上，演习了初学者所有可能犯的错误，直到那台电脑最后被一个致命的错误所彻底摧毁：起因是室内音响其中的一只袖珍音箱，被我无知地长期安放在电脑桌上，于是电脑的显示器被渐渐磁化，使用两年后屏幕文字开始一日日模糊，直至文字完全隐匿，那台电脑也随之报废。“科盲”痛失了第一次用于购置“海里根”电脑的4000元人民币，再重购一台386彩显，还很阿Q地安慰自己，只当付了学费。

其实，真的遇到难处去请教电脑的“人”老师，人家从未收我授课费。

拥有了电脑以后，在电脑的成果与产品尚一无所有的情况下，我首先拥有了许多电脑的老师。老作家吴越、作家孙宏华、专业音乐工作者兼电脑爱好者周海虹（现中央音乐学院副院长）给予了我不厌其烦的帮助和指导。当时吴越老师已经七十多岁，自学电脑无所不通，还写了几十本电脑普及教材，教会了很多人使用自然码。（也许他们并不愿承认我这般不思进取的学生。）文坛同行中的电脑先驱者、正宗的电脑工程师，还有各种行业的电脑发烧友，均被我奉为师长。他们出于普及电脑运用的责任感，再加上迫于求师者的无奈纠缠，不得不抠出自己宝贵的时间，试图将一个笨拙而失灵的人脑，用电脑的聪慧进行改造。常常是十万火急地抓起电话满天下找人咨询，人家在那头指示你按哪个键你便按哪个键，依样画葫芦再不敢造次。终于是出了作品，还用打印机很正规地复制成文件模样，但若是有人考问我电脑原理，依旧一个从头到脚不知其所以然。

被电脑一次次逼迫着，又被老师们一次次梳理，脑子就像一台被反复调试的微机，渐渐润滑渐渐理顺。一日，有悠悠的电波从手指尖辐射过来，传递至大脑，再反馈于屏幕，忽觉人与那机器间，有了微妙的连接，顿有四通八达之感。

日子在键盘的哒哒声中，与秒针一同运转。键盘是时钟的和弦，且有抑扬顿挫的节律。自从使用电脑以后，小说中每一个汉字“落笔”于键盘，都称得上“掷地有声”。

不敢说征服电脑、驾驭电脑，但面对屏幕与键盘，终于渐渐能够和平共处、平等对话了。手指熟练起落，颇有一种倾心相诉的知遇快感。电脑虽然无言，却懂得报答，你若温柔地抚慰它，它必报以回吻；你若准确地按着程序与它嬉戏，它必给予你快乐；你若尊重它，它决不欺骗你；你若是真正“理解”它，它在你手中定乖乖听话。偶尔的，它也会要一点花招捣一点小乱，好让你去关切它、呵护它，更多地与它相依厮守。电脑那种近于刻板的绅士风度，以你的诚实作为前提；这一点同时又很具现代意识——在电脑和电脑使用者之间，公平是首要的原则。投入和产出成正比，投入热情、时间和心血，然后回收储存于数据库中的文学作品。我至今使用周志农先生创建的自然码输入系统，这种双拼加部首读音的输入方式便学易记，使我终身受益。电脑中文输入系统的成功创建，为汉语文字工作者带来了永久的福音。我愿向所有的电脑工程师表示崇高的敬意。

文学与电脑的“联姻”，是一种思维与表达方式的变革。越过那片荆棘丛生的荒芜之地，前方终于呈现出了一片奇异而开阔的坦途——曾经一度失灵的人脑，当它与电脑的程序接轨后，它竟变得异常活跃而机智。它被电脑所蛊惑所催促，甚至有一种不可扼制的竞争欲望，力图使电脑成为得心应手的工具。奇妙的是，当我确认电脑只能使人脑变得更为灵巧时，电脑已成为我不可缺少的亲密“朋友”。

几年来，我已经用电脑完成了近百万字的作品。我依赖电脑、仰仗电脑，使用电脑以后，以往伏案造成的颈椎病，症状大大减轻。再看用笔爬格子的往昔，凌乱的稿面修改一次誊抄一次，苦不堪言，不堪回首。我多年写作最发怵的修改与誊写，由于电脑的修改功能，而变成了一件乐事。如果有人问我使用电脑最大的好处是什么，我会回答说：改错。任何时候你都可以重新提取你的作品，然后放心大胆、为所欲为地在屏幕上无休止地改动文字，一遍一遍地删除、增添、整段地搬移调整，以至翻天覆地，面目全非；可以打入冷宫另起炉灶而保留其精华部分不受干扰；而电脑随时恭候着你即兴所致的创作灵感，犹如一面魔镜，永无止境地变幻着容纳着作品中的世界，任由你涂抹而无痕无迹，永远为你保留着一页清洁整齐的稿面。

人说电脑可以提高工作效率与速度，而在我看来，电脑最为优越与宝贵之处，在于它助你提高作品的质量。面对它的宽容与耐性，你没有理由拒绝修改。在质量与数量的天平上，电脑从诞生之初，便有精确的刻度。

也许只有当你充分重视了电脑的修改功能，比用“笔”写作时更严格、更细致地在“稿面”上一遍遍改动，至少不曾创作出粗制滥造的作品时，你才有权利说：这是因为我拥有了电脑。

文学谈

深圳文稿竞价之我见

时间：1993 年 11 月

地点：北京花园村张抗抗家

对话人：张抗抗

蓝蓝（《热风》记者）

在 1993 年深圳首次优秀文稿公开竞价活动中，作家张抗抗一篇 2000 字的散文《恐惧的平衡》的版权，以 16000 元被深圳华龙公司的向力群先生购得。向力群先生将此稿委托《深圳青年》杂志发表。（1994 年第一期刊出）

张抗抗在《热风》杂志的一再要求下，最近接受了该刊记者蓝蓝女士的采访。在同记者的谈话中，她叙述了参与这次活动的经过和有关看法。

蓝蓝：在广大读者心目中，您是一位从事纯文学或者说是严肃文学的作家，您为什么要参加这次带有商业色彩的文稿竞价活动？

张抗抗：《深圳青年》是一家办得很有特色、深受青年喜爱的杂志。过去几年，我差不多每年都给这个杂志写稿。这次在同《深圳青年》杂志的接触和座谈中，觉得他们对于文艺体制的改革、文艺作品和市场的接轨方面，有许多新的想法。他们认为，过去的计划经济体制下，由国家制定的那种“大锅饭”的稿酬标准，显然已不符合市场经济的原则。在出版物“产、供、销”的系统工程中，作者稿酬标准的合理性，已成为出版运行中一个重要的环节和症结。尽管从1992年以来，各地的报刊已经陆续开始以自身的经济实力和对作品的需求，适当提高了作者的稿酬，但竞争机制尚未形成，一些优秀的文学刊物生存维艰。他们谈到了对文稿竞价的一些初步设想。我基本上同意他们的看法。作为一项大胆而又有意义的尝试，总得有人去走出第一步。过了几个月，主持这项活动的同志来北京，邀请了北京的一些著名作家担任本次活动的监事，并且出示了深圳市委宣传部的逐级批件，以及本次活动的详细章程和细则。他们的初衷得到了大部分作家的肯定和支持。大家也提出一些疑虑和建议，希望能真正搞成一次具有开创性的、有益的活动。

经《深圳青年》杂志和文稿竞价组委会的一再邀请，我同意拿一篇稿子参加这次文稿竞价。但当时我手头没有现成的完成稿。我正在写的一部长篇小说，已同某出版社签订了合同。如果我把这部稿子拿去竞卖，也许会得到比出版社高得多的稿酬。但我不能单方毁约，我得讲信誉。所以我就只好花了一下午的时间，写了一篇2000字的散文，无论长短、能不能卖出去，总是我对这次活动的一个支持。我把稿子和有关的委托书、附件一并寄出以后不久，就去俄罗斯访问了。

蓝蓝：那么，您对您的散文《恐惧的平衡》以每千字8000元的价格成交，有些什么感想呢？

张抗抗：这篇稿子我当初自己的报价是千字 1000 元。后来有深圳的朋友告诉我，当时公开竞价的会场中，有 30 多家企业和报刊竞买这篇稿子，反复竞争了 30 多次，直到升至 16000 元才落槌成交。我认为，首先，它的成交必须符合这次文稿竞价的有关法律手续。其次，它是在公开的、反复多次的竞争后成交的，具有公开竞价的公平性和合理性。它成交的数额超过了我的预期，但比稿酬的数目更让我高兴的是，它的价格证明了文学作品是可以赢得市场效应的。

当然，在这次优秀文稿公开竞价活动中，我的《恐惧的平衡》以每千字 8000 元的最高单价成交，但我想这并不能说明，这篇文章就是其中最优秀的。同样，也不能以此价格，来说明我文章的文学价值，尽管我写的时候很认真，像写其他的作品一样，正常发挥我的水平。虽然它是我目前所有作品中最“贵”的一个，不过决不能说，它就是最好的一个。反之，即使它没有成交，我也不会因此认为它是一篇劣作。所以，价钱卖得最高的，不等于就是最好的作品。千字 8000 元，只能说明它的一部分商业价值，却不能代替它的文学价值。这一点，我想许多作家都会有清醒的共识。

蓝蓝：您是否听到对这次文稿竞价的一些不同意见呢？您是怎么看的？

张抗抗：当然听到不少。我认为这些意见绝大多数都是正常的、善意的，也是中肯的。有的是对具体操作过程的规范和可行性的一种探讨；也有的属于社会转型期中，人的观念转换和对市场、对于价格的认识问题。比如说，有人认为，文稿竞价是“中国特色”，就是自由经济的国家，也没有这种形式的文化市场。这种看法是由于对西方文化市场不够了解造成的。举例说，上海留美学生闵安琪（《陈冲艺术摄影集》的作者），她的小说《红火农场》，就是在纽约的一次书市拍卖中一炮轰响，又在英国书市拍卖中行情频频见涨，后来，法文版、德文版的拍卖也获得成功；再则，西方的自由经济，经过几百年的发展，它的文化市场已经逐步建立、形成，并完善。各个出版社完全可以根据自己不同的财力和市场需求，来确定每一部作品不同的稿酬标准。它们在客观上，已经具备了文艺市场的一切条件，那么当然就不必特别地设立一个文稿竞价活动，来促进市场的发育了。从这个意义上讲，“中国特色”恰恰反映了中国目前文化的现状和寻求出路的强烈愿望。

还有一些出版部门认为，文稿竞价已经超出了出版行为的范畴，成为一种商业性的行为。这种看法也失之偏颇。因为出版行为本身就应当是一种商业行为，而不是过去那种附属于意识形态的工具性和服务性行为。很多年来，我们对价格的概念还停留在原来计划经济时代的认识上，认为是劳动创造了价值，产品价格由投入的劳动决定。而实际上，价格是由供求关系决定的，供求关系就是市场。至于商业价值中如何体现文化的价值，文化和商业是否能找到一个有机的契合点，那就正是这次活动所希望探讨的。

蓝蓝：据说这次竞价活动中，买稿的大多数是企业，对此您有何评价？

张抗抗：首先我想说，这次文稿竞价活动发生在深圳，就是一个经济发展的必然。深圳是一个经济发达地区，也是一个富于创造性和充满了活力的城市。经济的繁荣所产生的“余热”，在一定的条件下会反馈到文化和公益事业。企业购买作品的版权，在文化市场上先行一步，当然主要是由企业的经济实力所决定的。有人说，企业追求的是广告效应，并不完全是出于对文化的支持。那么影视的广告为什么人们早已司空见惯了呢？影视的广告就是一种被人们所接受了的企业和文化之间的互利行为。商品社会的原则是必须顾及买卖双方的利益，企业以自身的经济效益“投资”于文化，回收企业的社会知名度，同时也间接地扶持了文化事业，形成一种良性循环，我认为是无可非议的。无论企业的“动机”如何，他们把企业的一部分自留款投向了文化市场，搞活了文化市场。在阅稿——选稿——买稿的过程中，也参与了介入沟通了企业和文化的联系，应该说，这是市场经济体制下出现的一种进步。

据我所知，买下《恐惧的平衡》一文的向力群先生，当年曾下过乡，曾读过我的小说。我同他素不相识，但他对我的作品有印象、有兴趣。他买下稿子后，将无偿提供给《深圳青年》发表，这说明他对文化事业的关注。其他各位“卖家”的作品，也将陆续由各位“买家”委托给各个出版社出版。无论作品以什么方式发表出版，作品最终仍是回到社会上同读者见面了，是广大读者真正拥有了阅读的权利，那么，这难道不是以各种方式在推动文学的发展吗？

蓝蓝：从这次深圳文稿竞价活动的态势看，您认为在商品经济中，纯文学的发展前景如何？

张抗抗：在任何一种社会形态和经济形态中，纯文学都仍然会有自己的一席之地，会有自己的读者层。人的教育水准和文化素质的提高，应使人们拥有更丰富的审美情趣。但是如果在经济畸形发展的状态下，纯文学也会面临异常艰难的困境。我曾讲过，在文艺体制的改革中，决策的民主化和多元化，是缺一不可的两个轮子。而文稿竞价，仅仅是在文化市场引进一种竞争机制的小小的试验。我希望能以此加快计划经济体制的消解，为纯文学的发展进一步拓宽道路。

记忆与反思

时间：1995 年 4 月 25 日下午

地点：北京花园村张抗抗家

对话人：张抗抗

张颐武（北京大学中文系教授）

张颐武：你的系列小说《赤彤丹朱》(以下简称《赤》) 涉及一个反思历史的问题，这似乎是目前小说创作中的一个潮流。像刘心武的《四牌楼》、王蒙的《恋爱的季节》《失恋的季节》等等，都表现了作家将自己的身份纳入历史，进行反思的主题。在方法上也不同于 80 年代的单纯写法，而是视历史为含混的原生态的复杂体。从个人当下状况出发，写作家族历史，反思家国问题。不知你在写作中是如何考虑框架问题的。

张抗抗：这部小说开始写了有差不多十万字初稿的时候，我越来越觉得不满意。因为它还是停留在原来的写作方式，把历史看作静止的时间记忆进行复述，缺少一种最重要，也就是我们之所以想去再现历史的现实性因素。其实，历史这条长河不断流动至今，眼前的每个浪花水珠，都来自遥远的过去。汇成今日之河的水分子，也许就是昨日之河；下游与上游无法绝对切割，当我们溯流而上时，我们便同河流形成了逆向的行进，彼此都在探询。这样，我下决心放弃了原来的写法，完全重新开始。

张颐武：这很不容易。写东西放弃一个思路，特别是成形的思路的确很难。

张抗抗：后来我有了新的构想，找到了处理人与历史关系的一种特别的途径，采用了将“我”和父母的故事一体化的叙述方式。看起来，“我”和父母间的关系是人物关系，而事实上是人与历史的关系，这就产生了一种对应，使历史具有了立体感、流动性。历史既是过去状态，也是当下状态，二者穿插、交汇、融合。当总体构思能够体现作者的意图时，作品在写作尚未开始之前实际上就已诞生了。语言、细节、故事更多地成了一种技术问题，作品的构思决定了进入写作、架构作品的方式。这部作品之所以不同于我以前的创作，也不同于目前有些关于历史的作品，不是形式上的意义，或只是为了跟别人不同，而在于它将历史看成一种行进中的、持续的状态，它是通过“我”进行的。

张颐武：就是把外婆、祖母、父母的故事一直延续到叙事者“我”的身上。

张抗抗：对。写完之后，再读一些阐述历史新状态的文章，我发现大家对历史的探讨不谋而合。尽管当前的文学处于散漫多元状态；尽管我们决不会根据某种理论去写作，更不可能参照别人的范本进行写作。但文学的发展，实际有一种总体趋势和走向的。我之所以有兴趣按后来的构思写下去，是因为我感觉到自己在不断地与历史进行对话。作家走进历史，更多的是为了今天和未来的日子，是为了解决那些至今困扰着我们、压抑着我们的精神问题。

张颐武：解决精神问题使写作获得动力，要不写作历史就毫无依据，而且还须是在当下状态中才能创作出来。

张抗抗：以往一些描述历史的小说，作者有一种惯常的说法，就是把其中某个历史人物作为“我”的精神人格，譬如说“李自成”就是“我”，或“武则天”是“我”。我这部小说写的是近现代历史背景下的人物命运，但“我”不是“他们”。我是为了不再重蹈小说中父辈人物的覆辙，为了寻找这段历史延续至今仍然影响着我们生活的那些“致病”因素，使“我们”不再是“他们”。这是最重要的。

张颐武：《赤》中另一重要的问题是革命。叙事者父母的经历与整个中国革命关系紧密。昆德拉曾经讲过，20 世纪最大的主题就是革命的主题，20 世纪整个人类的冲动都表现在革命里面，20 世纪几乎就是不断革命的过程，直到最后一场革命——苏联、东欧出现的“反”革命的革命来结束。而《赤》对革命是一个重述的过程，你对革命采取非常辩证的复杂心态观察它。无论是单独讲述父亲、母亲的故事的《非黑》《非红》，还是讲述父母共同的故事的《非梦》，以及外婆与祖母间阶层冲突的故事《非仇》，所处理的都离不开中国革命这个大背景。体现总题的“红”的意象本身就是鲜红革命的象征。你对革命的心态达到了当下最佳状态。不再是二元理解，要么肯定，要么否定。小说中父亲张恺之、母亲朱小玲一方面在投身革命时，对自己付出的那些代价心存困惑，对付出进行追问；另一方面又不同于80年代完全否定这种付出，同时觉得它又来自我们的身体与记忆，一切尽在其中。你对革命的想法是本书中最重要的方面。革命本身蕴含丰富，那么你个人投身其中的“革命经历”，譬如插队的革命历史与这些人的革命历史之间究竟是什么关系，你又是如何把它们处理到书中的呢？

张抗抗：在《小说月报》的创作谈中我已谈了一些。“红色”是革命的象征，从红色理想的传播到造就红色风暴、红色革命，再到建立红色政权，最后演化为一种红色神话，直到八九十年代这个神话的逐渐终结和解体。——《赤》反映了这样一个过程。这是我很久以来就很想写的。至于为什么偏偏选择了如今很少人写、许多人不屑于写这类“严肃”作品的时候，是因为被自己内心的冲动驱使，已别无选择。如果写作确是从作家内心出发，那么果实成熟以后是必然要掉下来的，不管此时是开花的季节，还是大雪封山的季节，果实成熟必然落地。回顾我早期的创作至今，我的小说中有一条精神脉络，一直延续下来，那就是“人”如何认识自身。从70年代末期开始，我就致力于对传统人道主义精神的复原。

张颐武：像《夏》《北极光》那些文本。

张抗抗：是的。着力于表现人的尊严在历史中如何丧失和扭曲，是传统人道主义回归的形象化思考。到了《隐形伴侣》时，进入到对人自身的发问。借用知青的生活经历，在更深层面探究现代人道主义本质。

《隐形伴侣》故事大意说，人只有承认恶、认识恶，才有可能克服超越恶。其实这涉及我写《赤》的原因。我生于1950年，从小接受共产主义文化的教育，也就是革命理想主义的教育。但马克思主义形成之时，弗洛伊德学说尚未问世，因而，马恩对人性恶、人的潜意识作用，也就是对人本体的理解把握缺乏立体性和科学性，他所建立在人性崇高、至善至美的传统人性论基础上的理想共产主义蓝图，已引起人们的质疑与反思。人对自身认识的误区，人对理性的盲目崇尚以及由此导致的迷失，生长出理想主义乌托邦文化，反过来成为人类前进的障碍——在这种认识前提下，我创作《隐形伴侣》，才可能对人性进行更深入的思考，这是我创作的第二阶段。

张颐武：这是很重要的一个超越过程，一种深入。

张抗抗：到了 1989 年，进入了一个比较特殊的时期。这期间，我学习电脑，写了些散文。但由于之前所说的成长经历，尤其是我们始终受到来自专制文化及历史遗留的发酵物的不断浸润，很难用物质的贫困或经济的原因简单加以阐释。所以尽管进入“后新时期”，我的“革命情结”依然不能消除。家族的历史在我看来已不单纯是个人的家史或传记，也不是我想以小说说明什么、证明什么，而是想以此解决个人的精神问题。今天有很多人在重新谈论理想，还有人文精神，但“理想”一词在 20 世纪约定成俗的定义，使我们这代人至今仍心有余悸，因为理想在“革命”中可以演化为一种暴力，肉体施虐和精神压抑。问题是，上一辈人为什么会心甘情愿地接受这种理想，使之变成行为，为之付出一生的代价。不管最后这种神话是幻灭，是崩溃，还是继续“单亲繁殖”，他们一生都处于理想的美丽幻觉与现实的冷酷残暴的矛盾之下。

张颐武：他们把一生全部投入到里面去了。

张抗抗：由于他们还将此虚幻的光环“转嫁”于我们的头上，使我们被动地置于理想机器的操作程序之下，结果承载理想的心灵，恰恰最先受到了精神暴力的伤害，于是在我们的生存状态中，就出现了这种双重的关系。我为了解决我的问题根源而寻找到上一辈人，而寻找他们的目的最后还是为了解决我的问题。理想本身是一个崇高的字眼，它至今仍在召唤我们，它的光芒始终充满魅力。上一辈人无法消除和解脱的痛苦正在于理想本身是没有错误的，而实现理想的路径，被一双无形的巨手引向了无法说清的岔道。因为每一个历史时期，主宰理想的往往是，怎么说呢，一个集体？还是——

张颐武：是一个群体。它掌握理想的话语权或表述权，为自己的利益服务。

张抗抗：历史的玩笑开得很大。既然我们无法舍弃这个出发点，也就是说，我们仍然向往民主、自由、公平的社会理想，不能放弃，那就得仔细透彻地弄清楚这个理想是什么，革命为什么会导致持续不断的大清洗。

张颐武：《赤》中处理的一个很重要的问题就是将理想历史化。理想不再是一个神圣的、永恒的、超越一切的主题。把精神、革命历史化，将父母、外婆、祖母的经历放置于历史空间之中考察。譬如其中写到贾起与朱小玲那段令人感动的、那场因浪漫主义而导致的死亡。人将自身的一切投入理想中，唯一的终极目标变成最大的追求。在你的写作中，体现了对终极目标的追问，就是说终极目标是不是唯一最大的需要，人是否还有其他的需要。人的很多希望、欲望是矛盾的，譬如爱情与理想之间是矛盾的。如果简单地将这些矛盾处理成小葱拌豆腐式的一清二白的东西，势必造成伤害。追求理想的浪漫之旅就变成非常惨痛地走向地狱的过程。马克思本人也指出：通往地狱的路往往是用善良的愿望铺成的。《赤》把过程历史化，其中不少细节至今看来也十分迷人，譬如革命如何将一些历史之外的人很偶然地拉进历史之中，可见革命是伟大的。但反过来，革命也会变成压迫人的复杂的东西。历史化的处理十分有效。你在拟定题目时也很有意思。总题“赤彤丹朱”表示不同的红，是红的不同代码，即红是可以用不同的方式表述的。能指 / 所指之间关系微妙。分题中的“非”既不是正，又不是反，不是非此即彼之意，它把这部书变成了一种状态化的书。“非”既非反革命，又非传统的革命。这是 90 年代才可能出现的新的心态下产生的新的修辞策略。

张抗抗：你对“红”的理解很准确。“非”还有一种模糊化的效果。

张颐武：对！“非”不是反，也不是正。非红，不是红，又不是不红。

张抗抗：这样它就成为一种状态，而不是一种属性。

张颐武：每个故事中的人也都处于“非”的状态。张恺之是革命者，又被革命抛弃；张弘任是国民党官员，也是我们通常所说的“反革命”，但他爱上了一个“革命”的女人并与之结婚。所有这些故事，可用一个词——交织杂糅，来概括这种纷乱状态。这就使你的写作超越了二元方式，不再是非此即彼的选择。你是如何找到这种状态的？

张抗抗：我想可能取决于观念形态的转换之后，对历史的重新认识。对于革命的理解，逐渐进入了一种“非”的双面状态，小说就成为非政治的人性表达。

张颐武：对。政治是硬性的，非此即彼的，总是要动员一部分人反对另一部分人，政治所做的是营垒分明的游戏。

张抗抗：如果是“反”，便近于政治范畴了。《赤》将近三十万字，始终离不开革命的背景，但仍然不是政治的小说。我写作的本意是希望探讨革命在发生及发展的过程中，怎样出现了那些难以避免的后果，也许正是由于人类本身的崇高感、神圣感，对于不可企及的希望的追求，所带来的善良的愿望以及违背善良初衷的暴力行动，造成了人的精神本源中追求目标与行为之间的错位。这依然跟我一直探索的人的问题相连，只不过这根主轴会带动相关的副轴，它是多触角的，这次它正好延伸至此。《赤》不同于历史学家，也不同于政治学家，而依然是以文学家的眼光来解决人的精神延续的问题。这样做我认为比纯粹谈论理想或许会实在些。

张颐武：这里包含着对终极关怀的反思。

张抗抗：首先是肯定理想，然后才反思理想。

张颐武：《赤》在“非”的状态下，个人与历史是同一的。“我”始终生活于历史之中，与家族中的人物在一起，这是每篇开始都有的说法。在出生以前，“我”已生成一种底层无意识的记忆，随着叙事的展开逐渐清晰化，把无意识逐步清理成意识的东西，变成故事讲述出来。这里涉及一个身份问题。《赤》处理国与家的关系：外婆与祖母的分歧争斗与“家”相关，父母的故事与“国”相关，二者相互推波助澜，被叙事者“我”牵引进入文本。其中“我”的身份值得关注，“我”的身份含混、暧昧，“我”在小说中如何自我塑形，其视点复杂，是这个时代“我们”这代人的“复眼”。当“我”转过身去回望历史，过去的历史已经过“我”的目光折射，不是简单的再现，而是最后聚焦，在一个点上引燃。“我”随着历史不断成长。

张抗抗：是的，国与家最终还是落实到具体的个体身上。同时也是希望找到“历史上的昨天”与今天的联系，没有某个媒介便不可能实现这联系。这个“我”使我找到了进退自如的伸缩感。当然在具体写作中，确实存在身份暧昧的情况。在“我”出生之前还比较容易驾驭，可以想象。出生之后有在场、不在场之分，有时只好借用“我能够感觉到什么什么”的方式切入。这种方式并不是每一处都精心制作得很好。有时也可能被它支配。但我觉得人跟父母之间确实存在天然的、生理与本源的联系，这种内在的联系被引进“文学”，产生了《赤》中独特的叙述方式。

张颐武：你的表述角度存在一个很有趣的现象。同是对于“中国革命”的理解，有一个叫周蕾的香港人，写了一本书叫《漂泊离散的写作》，香港译为《写在家国之外》。她的感觉就和我们十分不同，她觉得革命就是贫困、肮脏。在她的记忆中革命是三年困难时期，大陆的穷亲戚身穿三五条裤子转到香港探亲，然后匆匆回去。而我们就没有她那么边缘化了，我们处在现场。《赤》的一个很大优点是其现场感。一方面如你前面所讲的不像有些小说的现场感那么简单、单纯，讲一个人在政治上饱受迫害的苦难，人物成了苦难与迫害的象征，期间毫无幸福快乐可言。而《赤》中却将许多感情容纳到里面，“我”能够既投入又超离地看它。另一方面，又不同周蕾那样以局外人的眼光去看，《赤》有一种既局外又局内的感觉，你都对它投注着充沛的激情。对张恺之、朱小玲的故事，因为天然的亲缘联系，使你能够投入感情，但又能超离出来，有超离的可能性。既认同又超离，既肯定又否定，“非”的含义即在其中。

张抗抗：是的，一定不能用那种“革命的方式”去表现革命。如果有一天我们走出了“革命”的阴影和“革命”的情绪，实际上我们才真正懂得了“革命”，进入“非”的状态。

张颐武：就是不再复制一种革命的对立面。

张抗抗：至少在主观意识上，由“革命”进入到“改良”的状态。

张颐武：被压迫的感觉是人人都有的，但在《赤》里，革命有被写得很美的部分。另外，它又有被否定的部分。这是不同于以往写作的地方。

张抗抗：在现代社会和现代人的辞典中，“敌人”这种你死我活、不共戴天的概念，正在逐渐消退。

张颐武：关于家国问题，你的小说中有一个很鲜明的差别。外婆、祖母都认同一个家的观念，被家所塑造。

张抗抗：但这个家又是被国家所塑造的。

张颐武：对。另一方面，父母也是被国所塑造的。家完全被国所笼罩，他们要在国的压力下保护家，不管家内部有什么冲突，在与国的冲突下要追求一个稳定的家的生活。我觉得你的视点在这两个方面游移。一方面，家与国在其中有非常微妙的平衡，另一方面叙事者“我”的观点似乎觉得家国同样重要，个人在其中也很重要，所有这些位置并不确定。这是 90 年代杂糅交织状态的一个非常重要的体现。

张抗抗：是的。对于作家来讲，当我们找到了家国与个体生命之间的本质联系时，也就进入了一种新的写作状态。

张颐武：这非常有意思。还有一个问题就是纪实与虚构的处理。“我”不可能知道具体场景，上辈人在叙述时肯定会有真相隐情的部分，因为人的叙述与发生的事情总是不一样的。《赤》是一部小说，同时又在很大程度上是一部家族史、个人成长史。

张抗抗：你提到纪实与虚构的问题，这好像是此类小说必然要碰到的问题。《赤彤丹朱》不是纪实文学或个人传记，它就是小说。小说的基本要素之一是想象与虚构。但在故事进行中，有一些东西是无法虚构的，譬如说重大的事件、历史的年代感，甚至有些细节也是无法虚构的，因为它往往最具真实性。我所虚构的是一种氛围、一种情境，所以我在写作时并不轻松。因为不同于80年代我写当代的青年生活，那些是单向的、单纯的。而面对《赤》时，我自己的感觉是双向的、双重的，是纪实与虚构的不停交替与切换。因为没有纪实也就没有虚构。在我最早的记忆中，那个干冷的冬天，我母亲带我去乔司农场看父亲，我觉得那一天在冻硬的田埂上走啊走啊，总也找不到我父亲。这确实是我最早的记事之一。我跟母亲复述过这个记忆，她很惊讶，因为那时我只有两三岁。那种场景确实是纪实的，无法虚构。但把这些片断、零散性的真实记忆扩大、想象、丰富，就构成了文学，没有虚构就没有文学。

张颐武：可以这样说，王安忆那部《纪实与虚构》是用虚构的方法引发了真实，而你的书则是用真实的素材引出了想象的力量。这二者可能不同。纪实的方法反倒产生虚构的效果。这跟写作最初的准备工作似乎有些关系。

张抗抗：素材的获得当然只能通过我父母的讲述，然后我把它记下来，有一部分再进行核对。

张颐武：这有什么操作方法吗？能不能介绍一下？

张抗抗：这比较复杂，来源很多，在我出生以前的那段历史，需要通过各种补充采访获得。但采访的也只是些事实、事件，在写作中加进去的当事人的感觉和想象，但思考就不是采访能获得的，甚至连采访也是很匆忙的，我只能记录这些事实的片断，衔接故事的大概年代，甚至有些东西是不能太多追问的，因为他们没有足够的耐心与兴趣给你讲很多。所以这部小说至今看来仍有许多不够细致或透彻的地方。

张颐武：很多当事人你都访问过吗？你与他们有接触吗？

张抗抗：很多是小时候留下的记忆。过多的采访会局限我对故事的理解和想象。在进入写作时，我希望有一点距离感，这种距离会给人一种审美空间，要不然就会完全陷入事实里去。这在操作上是我有意的做法，所以它也有些副作用。

张颐武：这可以说是两本书的构型。一本是你这样写法的，同时这些故事完全可以构成另外一本书，即大家每人讲的口述历史的书，像冯骥才操作的那样，《赤》是那种口述历史的做法无法替代的。因为重要的不是书中出现的这些人，重要的是如何讲，“我”怎么讲，叙述者“我”最重要。口述历史的书中，每个人讲述故事，“我”只是倾听者、记录者。而《赤》中，“我”占有这些故事，对它们重新编码，挪用过来是为了表现“我”对当下的看法。

张抗抗：对。最后实际上最重要的是立足于我、从我出发。

张颐武：这与《根》等讲家族史过程的小说不一样，《赤》在跟这些故事不断遭遇的过程中，就已经把跟在历史完成之后的那个与我无关的、不重要的一些东西剔除掉了，渐渐地在叙事中完成的是“我”自己。这个“我”也没有具体的事件、故事，而只是精神上对这场革命的不断探问之后，最后形成的那个“我”，这个“我”是一种心灵的象征。

张抗抗：是的。

张颐武：你一天写作的进度如何?

张抗抗：否定了前十万字，重新写作后，进度较快。1993 年 11 月从俄罗斯回来，12 月初开始写作，去年 8 月底完成，差不多九个月。除去中间有几次外出活动，大概用了半年时间。

张颐武：《赤》分成四个部分，又独立成篇，这种拼贴方法也很有趣。

张抗抗：起初，如此结构的目的并不是很“高尚”，用几个中篇来结构一部长篇，初衷之一是为了分别发表，以便偿还各刊物的“文债”。但后来在写作中我发现，这种叙事结构反而使小说获得了新的创意。因为你无法想象把父母的故事放在一个完全混杂起来安排的叙事程序中，那反而会失去人物的真实性，不如把他们一个个分开来单独表述更加鲜明。

张颐武：根据这种拼贴的方法，可将它看作一部扑克牌式的书，可以从任何一节开始读。我当初阅读时没有按照系列顺序，而将它看乱了。我先看的是讲述父母共同故事的《非梦》，接着才读前面的故事，反有一种倒叙、拼贴的感觉，使书获得了一种力量。这样阅读，观看者和叙事者之间的关系促成了探求欲望增强，对读者是一种解放。四个“非”是一个并置、一个网络，在此之间无线性关系。这样读可能更有意思。

张抗抗：我曾经举过一个例子。我发现我这部小说其实是没有太多故事情节的，只有一连串并不连贯的事件和细节，然后将它组装起来。有点像现在的再生木料，把废旧的木料全部粉碎，重新压制成新的材料，然后进行制作。《赤》是由一个个故事组成，不像传统小说从头至尾只有一个故事的发展。所以它不一定要按照传统的程序来阅读，正如你刚才所讲的。

张颐武：它就如同一张书桌，下面的抽屉可以组装到上面抽屉的位置上，可以自由组装，随时编排。每次重读的意义也是不一样的。

张抗抗：原来的打算是写两个小长篇，加上外婆和祖母两人的故事的一个中篇。像哑铃状，中间用“家”连接两头。因为后者两个人物正好是一种对应关系，是对革命“阶级论”的背景注释，使小说的内容更深化也更富弹性。通过这次尝试，我觉得长篇小说的结构其实也是十分自由的，重要的是要“因地制宜”，把握好空间与节奏。

张颐武：《赤》还有个有趣的地方就是这些革命的故事与我们现在的时代有一种对比关系，就是过于神圣的东西与过于世俗的对比。在小说中过于神圣的东西可能产生一种伤害，于是有过于世俗的东西与之对照。《赤》中仍有许多浪漫主义的描写，它把革命可爱的一面表现了出来。像张恺之的政论，现在看来非常的单纯，非常老实，过于干净，不像我们现在的社会是一种复杂而含混的状态。现在有的人对这种很复杂的状态非常恐惧。你的书没有简单地以一个压倒另一个，而是一种复杂的声音和那种单纯的声音形成一种平衡，你是如何获得这种平衡的呢？这似乎涉及你对当前现状的态度。

张抗抗：对。最要紧的是作家进入写作时的思想和心理状态，它决定了小说写出来的状态。近年来的人生磨炼，使我在审美意识上比较倾向于世界原生态的样貌，美丑交融的“多声部”艺术形态。

张颐武：你对目前时代的基本描述有没有什么说法？很多人都觉得这是个非常堕落的时代，我觉得你好像不这么看。

张抗抗：是的，我不这么看。这虽是题外话，但思想交流需要前提，它与目前我的写作肯定有关。我在80年代前期的一些作品，思路大多比较清晰，是吧？

张颐武：对，而且大家的看法也都一致。我记得《夏》《北极光》时代都是些纯净、干净的文本，“一张白纸好画最新最美的图画”，其中对立面清晰，《夏》是一个庞大的机器与一个开放的个人对立，《北极光》则是明与暗的冲突。《赤》就没有了那种鲜明单纯的处理。

张抗抗：至少经过 1989 年起落，我们比以前更加关心这个时代，这是任何一个有良知的知识分子起码的心态。近年经济的发展、开放带来不同程度的社会自由，其主要的方面首先是消解了原有大一统的意识形态，这种冲击瓦解是历史的必然。在这种循序渐进的社会变革的基础上，必将水到渠成地过渡到体制、言论、思想的全方位自由。文化的多元态势带来的混杂现象，并不能简单地等同于文化的堕落。

张颐武：对。目前讨论的人文精神，变成了一个做好人的呼吁。其实，人文精神包括两个方面，一方面是道德的，一方面是知识的。如果是前者，大家都没有疑义。目前人们讨论人文精神时恰恰把两个层面非常简单地黏合在一起。知识的探讨，譬如理想问题，和那些人与人之间的基本规范乃是两个概念。把二者混为一谈就无法深入讨论。另外，作家还应该用小说来做工作。

张抗抗：不应该过多地发表宣言。

张颐武：发表宣言对写作永远是有害的。有的作家最致命的地方就是写了太多的宣言和政论。这种写作的策略、心态，非常伤害真正的写作，写不出非常复杂的生活与思想。譬如像你这样的作家，走的是从比较简单到比较复杂的道路，而有的作家的方式一开始还比较复杂，而现在却走向了简单。王蒙与刘心武也是由简单走向复杂的成功作家。由复杂走向简单的写作实际上损害了写作。

张抗抗：这也是目前我感到很遗憾和忧虑的方面。如果说我们现在要遵从什么原则的话，应该是遵从一种起码的法律与社会公德，对未来社会的追求是希望它更加开放，更加民主、自由。

张颐武：是的。《赤》从历史启示录的高度观照当下社会，是一种丰富的、无声的思考，是对时代声音的智慧的提醒。一种理想必须和社会中普通人的需要联系起来，而不是压抑、扼杀这些需要。《赤》写出了这种压抑造成的伤害。

张抗抗：其实作家不应将反抗的目标指向大众文化，大众文化永远是普通人最基本的精神消费。无人有权利指责和剥夺这种文化需求。当前出现的许多社会问题其实是属于法律和公共道德范畴的，并未进入精神层面，真正的人文精神，尊崇和关怀每个公民的需求和自我选择，而不是把解释世界的自由给予自己，把制约世界的不自由给予大众。如果按这种方式去承载平民精神代言人的重任，那我们面临的将是一种新的文化思想暴力。

张颐武：30 年代，阿多诺、霍克海默就曾思考过德国法西斯的问题。他们认为德国法西斯正是启蒙理想的极端化而造成的普遍压抑。启蒙理想天真单纯，非常干净，不能容忍其他不同的生活方式，于是它就异常简单地采取党同伐异的办法，使社会变得干涩，没有生命力，充满恐怖。你的小说《赤》从这个角度提供了一种反省，揭示了理想主义的阴暗面。

张抗抗：你要是进一步研究老三届一代的作家，也会发现他们正处于一种前行中的分流状态，其中有些很深的“文革”和“前文革”情结，始终没有真正打破。

张颐武：80年代的文学铺垫是必要的。像你的《淡淡的晨雾》做的是翻烙饼式的“反”的工作，后来发现这种“反”也是简单的，所以才走向更辩证的思考与处理。你现在已经进入了另一个时期。这种辩证的复杂状态，必然要跟那些简单的写作发生冲突。这是两种生活态度的冲突。一种是泾渭分明，不是道德就是堕落；而另一种则包容各种东西，在各种东西中寻找共同点。王蒙就在王朔与张承志之间找到了很多共同点，这些现象都是这个时代必然呈现的一些现象。你的《赤》也在这种写作中找到了立足点。

张抗抗：在当前商业文化、纯文学、“无主题变奏”的多流派、纷纭众多的形态中，我选择什么样的写作，是我个人的问题。我可以选择《赤》，但我并不要求别人也如此。我提倡宽容和多元，提倡君子“和而不同”的互相尊重，但我本人的作品却决不随流和从俗。《赤》是一部试图从精神领域关注和剖析理想主义的小说，当虚妄的乌托邦理想终于被血腥的历史现实湮灭，并无情地被大众唾弃和抛却时，一种实在而健康的人格力量便从异化的边缘重新复归和显现。

这是我们的父辈用一生的代价所换得的真理。一代人的生命已消逝，不复再来，无以挽回，但理想之光依然高悬，公平与富足，民主与自由，永远是地平线的桅杆，只是后来的人不愿再重蹈覆辙，不愿走“革命”的捷径，而宁可遵循历史发展的自然规律，用非理想主义的方式去接近理想。不是达到，只是接近。

张颐武：去追问它、反思它，达到对它更为复杂的理解。

张抗抗：所以《赤》虽然不是一种简单平面地批评革命的小说，但其中非常沉重地弥漫着令人恐怖的鲜血一样的红色。

张颐武：它是经历了沧桑以后产生的智慧的果实。

审美的爱情理想主义

——中央电视台1996年8月《读书时间》节目主持人李潘与《情爱画廊》作者张抗抗谈话实录

李潘：今年6月，张抗抗最新一部小说《情爱画廊》面世了。这部小说一上市，就在全国新华书店的销售排行榜上位居前列。读者的反应很热烈，但却不太一致，产生了或者赞赏或者批评的不同意见，那么现在我们就一起来见见作家张抗抗。

李：张抗抗，你好。

张：你好。

李：那你是不是认为这部作品是成功的呢？

张：我自己还是很喜欢这部小说的。因为这是在我自己艺术感觉非常好的状态下写出来的。也是我这几年来，艺术想象力和创造力，发挥得最自由，也最充分的一部小说。

李：那可不可以这样理解，同你以往的小说相比，你最喜欢的是这部小说？

张：目前是。也许以后会变，我不知道。作者每写出一部作品总是最喜欢的，但也许过一段时间就会喜新厌旧。

李：这部小说给人感觉发生了一些变化，以前你的小说里也写了爱情，比如说《隐形伴侣》《赤彤丹朱》，但是不像这部书里边，这样纯粹的、完完全全的以情爱作为作品的主题，对至情至爱的描写也是淋漓尽致的。同时你的写作手法也变得比较简单流畅、通俗易读，以至有些评论家认为你的创作出现了通俗化的倾向。你赞同这种说法吗？

张：这部小说我想现在是很难定位的。因为长时间以来，我们好像一直有这样一种看法，就是把严肃小说和通俗小说截然对立起来。就好像呢，那些不太容易看懂的，或者不太好看的小说，就叫作严肃小说，而那些比较好看一些的小说，就叫作通俗小说。实际上，我觉得这种说法不太科学也不太准确。有点儿简单化了，但这个话题比较大，另外再谈。那么作为我自己来说，《情爱画廊》这部小说，我确实是做了一些尝试，但我尝试的不是小说的通俗化，我尝试的是怎样能把严肃小说、严肃文学写得好看耐读，也能够吸引更多的读者，也就是说，使严肃小说也能够畅销。

李：刚才谈到了，是希望由你来写一些比较好看的、吸引人的书，据我知道，这也是“布老虎丛书”的一个口号。在这个口号里面，对市场需要的满足，占了一个很重要的地位。那么也就是说，你在构思这部小说的时候，是不是在相当程度上考虑到市场的需求？

张：当然要考虑的。很多的作家，包括我在内，都希望自己的作品有更多的读者，也希望自己的合法收入能够更多。这是无可非议的。我在《情爱画廊》这部小说中做的尝试和我的追求，我想不是去迎合市场，而是创造市场。创造市场我是这样理解的，就是作家能够去发现读者的潜在需求，开发这种潜在需求，让读者在你书中找到他需要的东西，而不是你总是去找读者需要的东西，因为那样你就跟着读者走了，那种明显的、外在的需求，已经有很多人去做了……

李：那么你认为《情爱画廊》满足了读者哪方面潜在的需求呢？

张：那就是许多读者现在面临的精神困惑。他们需要一种精神的安慰。

李：你的创作和读者的需求能够不谋而合，当然是皆大欢喜的事情，但我感到艺术的追求和市场的需求，有时是相悖的，出现这样的情况，你还强调或是坚持要去创造市场的话，那么它会不会使你的创作品位和个性丧失呢？

张：对，这一点是非常重要的。我们中国人有句话说，鱼和熊掌不可兼得，当市场能够和文学效果统一的时候，当然很好，但是如果发生冲突的话，我想我是不会为了市场去改变自己的写作初衷的。这是我对自己的一个基本要求。而且我也相信，那些有良知的作家，他们应该是不会为了市场而放弃立场的。

李：张抗抗的这一次尝试是不是得到了读者的认可，我们去看一看场外观众的反应：

李爱国（首都师范大学美术系副教授）：从画家的角度来说，作家对模特能激发画家的创作灵感的心态描写，是十分成功的。而且也是我至今见到的，描写画家比较真实、比较深入的作品。

张璨（北京达因公司董事长）：这部作品对爱情感觉的描写，和我想象中理想的爱情很接近，作品能打动我，所以我觉得这部作品写得非常好。

张颐武（北京大学中文系副教授）：抗抗是一个中国的本土作家，

她在自己的内心体验里，感受到这种浪漫的情怀，那么她把这种非真实的世界表现给我们，我觉得也是非常有感染力的。我觉得这部小说非常像法国的一个大导演吕克·贝松导的那些电影，它是那种很幻想性的，跟现实生活关系不大，但这种幻想里面，也能结出非常诡异的花朵。这也是非常有意思的。不管是大众还是比较专业性的读者，都会在里面发现很多东西。比如是大众，他们会发现自己情感的寄托，因为非常缺少这种东西。另一方面，专业读者和批评家，也可以通过这部作品，了解社会内在的脉动。所以这部小说从各个方面看，都有它自己的价值。最主要的一点，是趣味高雅的、装帧精美的、精心制作的小说，能够让大家喜欢，这是非常有价值的。

欧宏（《中国图书商报》记者）：我觉得这本书让我非常失望。因为它宣称的是一种理想主义和浪漫情怀，但我看了以后，并没有感觉到什么理想主义。如果它说的是一种完美的爱情，我看了以后，最多觉得它像是一幅墙上的画，是假的，是没有人格的、没有灵魂的，没有人格、没有灵魂也就谈不上什么魅力。在现实社会中，爱情毕竟不是空中楼阁，它不能什么都不管不顾的，平白无故的，半天云中，就来了那么一段轰轰烈烈的爱情。如果它真的轰轰烈烈，它必定有很多打动人的地方，让人读了以后久久难以忘怀，但实际上不是这样的。我读了以后，实际上有很多很多的问号和不解。对张抗抗这样的作家写出这样的小说，有很多不解。

李：刚才我们都看了，场外的读者和评论家，他们的反应不太一致。那么你对这样的意见有什么看法？

张：我还是很高兴的。因为有那么多的读者有不同的看法和读后感，说明大家都很关心这部作品，当然意见的差别也很大，我想有些是属于观念上的问题，观念上的差异。现在是一个相对主义的时代，也就是说我们的评论标准已经很多元了，而且各自有自己不同的价值标准，这是形成不同意见的根本来源。

李：那我们就试着来解答一些读者的问题。有些持批评意见的读者，认为你在塑造人物形象的时候，有些过于完美，而太完美的就不太真实了。比如说，女主人公非常的美，出门的时候，她都要画丑妆，要不然就会引起社会治安问题，在一些特定的时候，她的身体会有体雾，身体笼罩着一层雾什么的，种种描写吧，都好像把水虹写得像天仙一样的美丽，把人物的美丽和才气推到极致的这样一种写法，你是怎样考虑的呢？

张：我觉得这个问题要分几个方面来谈。首先，真实到底是什么？我们不能把生活的真实和艺术的真实完全等同起来，如果是这样的话，人类就不需要艺术了。我想阐述一下自己对于完美的看法，人类文明发展的历史，本身就是一个不断追求完美的过程。人类的天性就是要不断追求完美的。问题是我们要找到那些障碍。当然有一些客观的历史原因，比如说“文革”时期，当时那种文艺理论指导下的创作，出现了许多高大全的人物，完全把完美引向歧路了，所以读者是厌恶和唾弃的。新时期的文学，是对那种极“左”的文艺理论的反动。我想你读过我的一些作品，不知道你有没有注意到，我差不多花了将近十年时间，做了一些努力，来探索“人性恶”，也写了很多这样的作品。（李潘插话：比如《隐形伴侣》。）但是后来我觉得，尤其到了80年代中后期，又走向了另一个极端，不写丑的、不写恶的，这种小说好像就不能叫作文学了。包括人物的缺陷美什么的，成了一种新的模式。就好像我们把脏水倒掉的时候，把盆里的孩子一起倒掉了。这是很遗憾的。从那以后，我就产生了一个强烈的愿望，就是在一个新的高度上来认识美，也就是说，要超越丑恶，然后来重新认识完美。这是我对自己的一个要求。

李：所以你就在描写的时候，把它们都推到了极致。

张：我想我是在超越丑恶的基础上，在一个新的前提下来写美的。

李：除了完美以外，整个小说读起来，觉得很理想化。在人物安排上也是这样的，比如说情节结构，爱情、金钱、美色、艺术样样都有。这样完美的爱情梦想，你相信会有吗？

张：有。但是很少。关于对梦想的理解，中西方文化差异很大。中国人很实际，平时人们谈话，有一句口头语：你别做梦了！或者说：你在做梦吧！都是用一种贬低的口吻来谈论梦想的。而发达国家是把梦想和光荣联系在一起的，所以叫光荣与梦想。他们认为梦想是激发人类行为的一种动力，比如《廊桥遗梦》，也给人留下了美的念想。但对于讲求实际的中国人来说，认为理想等同于做梦，梦是虚无的，不可能实现，有个成语叫作“痴人说梦”，是贬义的。这种羞于谈梦、没有梦想的民族很可悲。基于这种现实对我的触动，我希望通过小说来还大众一个梦想。

李：在这个梦里，爱情、金钱、美色、艺术样样都有，你认为这特别符合大众的口味吗？也就是说，这些是目前大众最想得到的东西？

张：我认为自己至少找到了某一方面的潜在需求，这也是人类共同的梦想。我们希望生活得更好，但又希望能成为一个高尚的人。

李：那你认为这种要求和向往，是不是我们所提倡的理想主义的东西？

张：我不想对理想主义下什么定义，因为不同的阶层有自己不同的理想。至少我的小说代表了一部分知识分子、一部分白领阶层和那些向往文化的人，他们心中的理想。

李：有人说，《情爱画廊》是中国的《廊桥遗梦》，似乎有一些《廊桥遗梦》的影子，这部小说对你有没有影响？

张：我还是很喜欢《廊桥遗梦》的。但当我读到这部小说的时候，《情爱画廊》的构思基本上已经完成了。虽然都是描写爱情的小说，但这两部书的出发点和精神内涵是很不相同的。我的着眼点是在于当下的社会转型期中，一种新人群像的形成。近年来，随着经济的发展，在中国出现了一些既有文化教养，又拥有财富的白领阶层和中产阶层，他们在把智慧转化为财富的同时，更希望追求一种高质量的生活，新的生活方式和丰富的精神生活，还有人性中的真情至爱。这是非常宝贵的。那些我们没有体验过的事物，不等于没有或不可以体验。

李：《情爱画廊》之后，你还会继续尝试这种类型的小说创作吗？你是继续纯文学的创作，还是希望成为一个畅销书作家？

张：我不敢说自己可以成为一个优秀的畅销书作家，因为做一个优秀的畅销书作家其实很难，对故事情节有很高的要求。那些有价值的书恰恰是不会畅销的，所以畅销与否不能成为衡量作品优劣的标准，也不能成为作家追求的唯一目标。我更看重作品的文学质量和文学价值，这部书仅仅是我的一次实验，反应如此强烈，惊扰大家了，抱歉！谢谢！

（中央电视台《读书时间》
1996年8月11日、8月18日播出）

女性身份与女性视角

时间：2000 年 2 月 2 日、2 月 13 日

对话人：张抗抗

李小江（大连大学教授、大连大学性别研究中心主任、著名女性批评家）

张抗抗：近年来，我有这样一个感觉，做妇女研究的学者，好像除了妇女问题，别的什么事都不关心。或者面对任何一个问题，都会用女性主义的标尺去衡量。

李小江：这是事实。西方女权主义有这个问题，但它有它的道理：你这个男性中心的社会不管我，我管你干什么！我就是要跟你对着干。我们这里的问题则确实与视野和知识积累有关，年轻一些的女学者又在走两个极端，要么看重了学问，有意与妇女研究划清界限，要么就一屁股坐到女权主义立场上。在西方，或许不错，女权关怀可能就是社会关怀；但在我们这里，在发展中国家，单纯的

女权关怀与社会关怀有不少距离。女权主义立场与一般社会立场会有冲突。

张抗抗：很长一段时间里，我认为女性问题是不能够单独成立的，它一定是和整个社会制度、意识形态以及社会发展水平相关联，我作品中所写的女性人物，都是以“人”为出发点的。

李小江：但有趣的是，国内女作家中，对“妇女”问题正式发言的恰恰是你。早在 80 年代，你那篇《两个世界》刚出来，我就注意到你。你提出了“男、女两个世界”，这是非常有意思的一件事。

张抗抗：对不起，应该是“我们（女人）需要两个世界”，就是内心情感和外部事业这两个世界，无论缺哪个都是不完整的。起因是，1985 年我到德国去参加一个文学活动，他们给我们出的题目，希望谈谈中国女性文学，当我接受这个发言后再来思考，发现当时的中国根本就没有女性文学，所以才会有那篇发言。就像人家问你，你为什么要翻译波伏娃的《第二性》？你为什么对它感兴趣？等等。可中国根本没有很多人对这个问题感兴趣。在 1985 年的时候，女性文学或许是处于萌芽状态，或是在此之前根本没有人提过。我就这个问题发言，都是非常感性的认识，谈不上什么理论，是自己直观的感想，对国外的女权主义所知甚少，所以没有什么顾忌。记得当时咱俩有一段通信，你对我的这篇文章发表了一些不同的意见，我很不以为然。

李小江：除了你的这篇文章以外，实际你最核心的思想是“两性”而不是“女性”，两性拥有一个共同的世界，基本上是这样一种声音，这是给我的第一印象。第二个是 1990 年初我在郑州开一次会，国内是第一次，中国台湾的、海外的都来了，是一次国际妇女研讨会，你给我回了一封信，内容不多，给我留下非常深刻的印象，说你马上要到黑龙江参加作协的会，后面加了一句，“现在事事烦乱，无心顾及妇女的事”。

张抗抗：别忘了那是1990年，很特殊的一个时期。刚刚经历了那种巨大的创痛，人的尊严被践踏，谈何女性尊严？

李小江：实际上这也是你一贯的态度，锦华在这点上对你的批评，某种意义上，我是赞同的。在你的意识中，“人”的东西是第一位的，女性的东西是第二位的，并没有想到女性的事情也是人的一部分。整个80年代，人们都在说，大的问题没有解决，人权问题没有解决，谈什么女权？人的平等尊严都没有，还谈什么男女平等问题？这是我们那个时代的声音，是“非性化”的基础。这个问题上，我和锦华的观点基本上是一致的。后来你的态度似乎有些变化。

张抗抗：你认为主要是什么变化？

李小江：昨天我找出你的三本书来看，我认为你的三部长篇是三个阶段，比如《隐形伴侣》，在某种程度上是知青小说，1985年出版，“文革”刚结束，我们自己整个身份都模糊了，我们对自己的清理不可能不重新开始。这实际上是80年代作为一个作家、一个知青出身的人对个人身份的清理。你的《赤彤丹朱》是一本非常有分量的书，可惜出版得不是时候。为什么说它不是时候？它正好掉在了商品经济大潮中！没人去关心重大历史问题，加上后现代批评一时喧嚣，不仅不能分析和挖掘它的深刻的历史内涵，反而有可能扣上“宏大叙事”的帽子。你的三部长篇表现了你在时代进程中思想和自我认识的变化。

张抗抗：但我觉得它们都有缺欠。虽然都是有特色、有个性的作品，但还不够成熟。

李小江：它是一个探索的过程，每一部都是一个成长。比如第一部《隐形伴侣》，对个人、对我们这一代人的一个历史清理。第二部《赤彤丹朱》，实际上是对体制的反省，对父辈的历史和我们所处的现实环境的深深忧患。第三部《情爱画廊》，作为一个作家或一个知识分子，生活在中国的土地上，面对市场这样一种挑战，做出一种积极的尝试，无论是从人格上，还是从创作手法上，做出一些突破，不管在艺术上成功不成功，这种探索是可贵的，一直在爬坡的过程中，尽管这个坡爬得比较艰难。我们的对话有时候也很有意思，尽管你说我比较开阔，但我的性别立场是非常坚定而鲜明的。在我的生活中并不特别坚持女性的立场，不是说所有的女性都是好的。过去我也不认同女人，所以写了《走向女人》，但是后来，就把这个价值张扬得和天一样大，因为这个“半边天”其实从来少见天日，总是在男性文化和男性权势的阴霾下过日子，包括做学问，很难挺起腰杆。而在你的创作中，确确实实可以感到，在性别问题上你一直没有抬起头来，所以想听听你自己的看法。

张抗抗：我不赞成“没有抬起头”这个说法，好像我一直被压抑似的。认识事物应该是一个自然而然的过程，有些东西是原来没有意识到的，有些东西后来意识到了；有些想法会修正，但是有些东西还是坚持原先的出发点。我先说一个问题，我在童年或少年时代，一直受到旧体制的极大伤害，我从我的经验、经历、感情上逐渐形成对它的感性印象，然后才是理性的认识。但你不同，因为你的家庭背景，在童年时代心灵上没有压力和阴影，不像我的家庭出身，它一直压迫着我。所以我对人权、自由，会有这样强烈的反应。

出于切身体验，由许多切肤之痛汇合而成。

我对女性立场也有疑问，为什么我的作品中较少表现自己的性别意识，为什么不能进入女性写作呢？有两种可能，一种可能就是我一直坚持的那个立场：当人的尊严都没有的时候，何谈女性？这不是把它放在第二性的位置上，而是放在母项和子项上，是这样一种分别。“人”是一个统称，具体到男人和女人 。西方喜欢把日子放在前边，把年放在最后。按中国的思维方式，它一定是 2000 年 2 月 1 号，西方人一定是先写 1 号，然后再写 2 月，然后再写 2000 年，也可能它是先把子项，把个体突出在前边。这可能是我们的一个思维习惯，先把人看作一个整体，然后它的分类是男人和女人，人类所面临的共同问题，也就是我们在旧体制下的精神压力，是人的尊严，是受压迫的问题，是一个人的自由的问题。所以我依然很难改变自己的看法，仍然认为“人”这个概念包含男性和女性，人是两性共有的。讲女性必然要有对应的男性，女性之外的文学难道可称为男性文学吗？女性主义解释说，因为他们是主流。女性处于边缘状态。但事实上，我并没有觉得是男人在压迫我，而是那个体制的强权给我压迫。反抗是自己对尊严的维护，我认为这个没有错。不是我站到男性立场上去了，也不是我站到女性的立场上去了，而是我站在一个“人”的立场上。

第二个疑点，也是不断被批评的，比如我说，我首先是一个作家，然后我才是一个女作家。这大概算是我的名言。我反省自己，为什么在写作时没有很强烈的性别意识，是不是由于我本身有一种对女性的忽视，或者说女性自卑，还是说本身已被男性文化统治了，同化了，湮没了，已经完全丧失了自己的性别意识？但另一种可能却是这样的：在我的生活感受中，在我的存在中，我从来就认为女性和男性是平等的，“男女都一样”。比如在我的家庭里，我父母之间的关系是平等的，他们生了两个女儿，我和我妹妹，没有男孩，但我从未因自己是女孩受到冷淡。在我的成长过程中，从未感到性别的歧视。我对旧体制的反抗欲望要远远大于我对男性的反抗，为什么？我在小学里是个大队长，五年级就发表了作品，很少受到性别歧视，没有因为是女生就被忽视。后来我进了杭州最好的中学，初二时我的班干部被撤职了，是因为我父亲的问题。当时我是文艺委员，在学校排戏，男生都很听我的话，作文比赛还得了奖。我从来没有经历过因为我是女孩子而受挫折。我家两个女孩，没有哥哥和弟弟，但父母说女孩好，从没有坚持要生男孩。我分析自己的心理过程，就像一个人在很饿的情况下，才会特别想吃东西。如果没有饿，有没有食物就不重要。我从未经历过性别歧视，所以觉得男女平等是天经地义的。后来到了农场，我的个人生活经受了很大的挫折，感情上有点早熟，20 岁结婚，一年多很快就离婚了。但在这个过程中，我仍然没有受到你们女权主义所说的那种女性伤害，我也并未生活在男性的阴影之下。在日常习惯中，从小我就是很乖的女孩儿那种，即便 70 年代也不是铁姑娘、假小子。应该说，我很早就认为“男女不一样”。

李小江：这个很奇怪，一般人在婚姻中会对性别很有感觉。

张抗抗：离婚了以后，换了一个连队，周围的人也没有对我不友好，即使有，也不是来自男性，而是当时“左”的意识形态。而恰恰，那些刁难我、非议我的人，大多是女生。这给我很深的触动。但我习惯于我行我素，从离婚以后就开始写作，1972 年，第一篇小说发表在《解放日报》，后来很快又发表别的东西。就是说，我一直跟男生在同一条起跑线上。

李小江：我就是奇怪这事，生育怎么可能对一个女人没有任何影响？在《隐形伴侣》中，我最喜欢的一段就是你写生育。当时我并不知道你的个人经历，但我在想，这只有一个生育过的女人才写得出来。

张抗抗：生孩子使我沮丧，因为我没有成为母亲的心理准备。虽然我认为女人能生孩子挺了不起的，但我并不想那么早生育。生育是两个人的错误，不能都赖在男性身上。在孩子出生之前，我已经感觉到了孩子的父亲并非是我原先想象的那样。我很失望。

李小江：但跟性别意识是两回事？

张抗抗：我指的是女性在生活中受到男性压迫而产生的那种明确的性别反抗意识，我没有。因为不是他在压迫我，而是一种巨大的无形的体制压迫。你们做女性研究，喜欢把什么问题都和性别扯在一起，我不赞成。从我个人的性格来讲，文学给予我一种浪漫情怀，内心充满幻想。所以面对现实，我做出的选择就和别人不一样。比如说“文革”中我和他恋爱，父母不同意，我就跑到黑龙江去了。后来觉得他不是我要的那种人，就提出了离婚，这些“反常行为”都是文学给予的勇气，心理上并没有因此受到男性或男权的伤害。农场也有一些知青对我有看法，在背后说我坏话，我并不在意，我只关心自己的感受。后来请假在上海改稿期间，农场有写匿名信给出版社，说我家庭出身不好，小资产阶级情调等，我都知道这些明枪暗箭来自哪里，有些男生自认为自己很优秀，对我这个小女生不服气，这很正常，我并没有因此就觉得受到了男性的迫害。我认为那是极“左”的时代使人变得愚昧，限制了人的自由发展。一直到我去哈尔滨上学，在学校读书时，班上有个女生总“监视”我，中伤我，所以后来我总有点害怕女人，总是讲女人要正视自己的弱点，你别总说男人压迫你们啊，本身问题在于你们得提高自己，我的立足点比较多都是放在这里边的。

李小江：弱势群体追随主流价值观念，往往表现得比那个东西更过分，比“左”还“左”。

张抗抗：个人经验太有关系了。我讲的都是自己真实的心理根源，可以分析。记得你好像说过，一个从不把男权放在眼里的女性，通常不会成为女权主义者。

李小江：这种特殊的语境是我们这个社会环境和我们特殊的历史境遇造成的。

张抗抗：对呀，在我的知青回忆录《大荒冰河》中，写“文革”十年，其实都围绕着关于“自由”的情结。

李小江：你所有的书下来，包括《情爱画廊》，基本上也是回避了性别问题，也可能是你刚才说的没意识。

张抗抗：什么叫回避？就算是“没意识”吧，因为我不缺这个，当然就不会刻意突显。其实《情爱画廊》中，我也有意识地探讨女性话题。包括正视性和爱的关系等等。但女性批评者仍然认为远远不够。后来我想，那些女性主义研究者，为什么非要这样要求我呀？为什么非要把你们的理论框架，套在任何作品上呢？我是不是女性写作，那是我的选择。性意识和我的身体融合在一起，无论写什么，难道一个女作家会写出一部“男性小说”来吗？难道女性写作是评论女作家的唯一标准吗？你们非要把女性置于一个特殊位置，让作品诉说女人的种种难处，这是否有点本末倒置？

李小江：我们俩的问题就在这儿。有一个事对我影响很大，就是婚姻，特别是生育。生育改变了我，使我不能过和男人同样的生活。我觉得这里有个骗局，“男女都一样”，我们一直都信这个，为什么要说男女都一样呢？我真的觉得是个很大的骗局，其实不一样。

张抗抗：我没觉得男女都一样，我从来都不认为“男女都一样”，我就是那个不一样的女人。其实内心也有矛盾和疑问，对历史上“男尊女卑”传统观念的反抗，产生了我们对“男女都一样”的人格地位平等的渴望；“一样”到了极端否认差别，我们又要找回“不一样”的女性特质。那时如果有人告诉你由于女性要生育，所以男女不一样，你肯定不能接受。70年代所谓的“男女平等”，已经被政治化了，“平等”到取消差异，走向另一个极端。我们在表面上是这种国策“受益”者，在心理上却是受害者。到了1979年改革开放以后，女性问题才开始“拨乱反正”。好，我们回到你要求我不要“回避”的问题上来，我意思是说，一种可能，就是我真是缺乏女性意识，是一个被男权文化所改造控制，而至今不觉悟、冥顽不化的女人。那么有没有另一种可能性呢？——在我的生命中，性别苦恼从来没有对我构成过心理威胁，我早已超越了那个阶段。我觉得自己对于“女性认识”一直有着本能的认可，是与生俱来，没有受到破坏的东西，她流淌在我的血液中，成为“人”的概念的一个组成部分。我早已不需要去追求“平等”了，我关心和渴望的是“自由”，比如说《夏》和《北极光》书里，“男女都一样”是我的基本立场，而“男女不一样”是我的心理基础。我想把这个问题拿来跟你讨论，就是说，文学究竟是从人的心底产生，还是服从于某种理论？如果我已经成为我自己，我为什么要变成别的样子？如果一味让人去适应女性批评、女性研究对女作家的评价标准，我觉得那样有点削足适履。

李小江：还有一个问题，像这样一种女性文学批评，在咱们这里也有十几年了，包括现在女性意识非常强的比较新潮的这些女性作家，她们的文学创作和文学批评，你觉得和你完全没有关系？

张抗抗：我认为她们表现了自己的女性心理经历，同样是有意思的，但不能认为女性作家只应该那样写作。

李小江：那你有没有认为她们的作品中确确实实有和男性不一样的东西，有一些不同于男性的话语方式，比如情感世界、心灵世界、感受方式，在这些方面，你是否有些体会？

张抗抗：女性叙事角度、女性话语、完全女性化的文本，建立起一个女性的文学世界。但这里随之产生另一个问题：女人也同时把自己限制在了女人的天地中，把一个原本共同的世界拱手相让了。这作何解释？

李小江：像陈染、林白的小说，一开始就把性的问题作为一个主体，像这样的东西，你可以用一个“作家”、一般“读者”、一个“女人”这三种眼光来进行阅读，我不知道你看她们的作品时用什么眼光？

张抗抗：我觉得三种眼光都会有，它是综合的，混淆的，不可能清楚地分离或独立出来。怎么判断自己是用哪种眼光呢？也许有些章节，会忽然触动自己潜在的微妙的感觉。

李小江：是作为女人的感觉？

张抗抗：对呀，作为一个女人，怎么会没有女人的感觉呢？这是很自然的事情，除非这个女人生理和心理不健全。但如果执意地非要用女人的眼光去衡量一部作品，那个阅读经验就太狭窄了。每个人的经验都是有限的，女性眼光不会是全部，不然，女人为什么还要去读男作家的作品呢？我读那些年轻女作家作品时，觉得她们感兴趣的事情，和我真的太不同了。但其中会有一些我已经历过的，有一些是接触过的，比如感情、性、同性间的友情、母性等等。我觉得亲切，也有意思，我一点儿都不排斥，而且我觉得很多人的作品写得真是漂亮。但我有时候很惊讶，她们如此沉溺于女人的世界和女人的性别意识之中，她们真的认为女作家只能写女人自己的事情吗？只有女性价值标准这样一种标准吗？我早期有一篇小说《夏》中的女主人公，70 年代末到 80 年代初期的时候，很反叛的女孩子，表现了新时代刚刚开始的时候，强烈呼唤新生活的那样一种女性。《淡淡的晨雾》也是女主人公。《北极光》中那个女孩子谈了三四次恋爱了，是那个时代的自由女性，带有鲜明的开放意识。但她们面对的都不完全是女性自身的问题。那么女性批评是怎么来看待这个问题的呢？

李小江：女性批评恰恰是要把它放在女性的角度上去认识，比如说，尽管你不认为你站在女人的立场上，但你还是不由自主地要在你的作品中写你最熟悉的部分，写出你自己的声音，因此不自觉地还是要站在女人立场。锦华的文章中还加了一句话：由于你的性别意识是受抑制的，因此也不同程度地表现在这些人物身上，我同意她的批评，这个看法很到位。

张抗抗：这是试图用一种理论模式去检测千变万化、个性化的文学文本，而不是相反。我无法苟同。首先，80 年代有其不可摆脱的局限性；其次，也得看作家本人是否有志于此。我仍然不理解女性批评对女性写作，为何要做出如此绝对的框定。锦华断言一个女作家的“性别意识受压抑”，实在太武断、太莫名其妙了，这可不是做研究的正确方法。我觉得自己的心理很健康，即便在最艰难的时段，也从未想过找一个可依傍的男人快点把自己嫁了，而宁可单身十几年，靠自己的奋斗走到现在。怎么就“性别意识受压抑”了呢？依我看，那些成天标榜自己是女权主义的人，才是由于潜意识中的“性别意识受压抑”了。

李小江：其实，这个现象在当时的女作家的作品中都有表现，不管她本人是不是已经有了自觉的或清醒的女性意识。女作家的创作当时为什么形成那么大的浪潮？ 80 年代中期我写了不少文章，指出女性意识在中国觉醒最早的就是女作家。80 年代初期的三张：张洁、张抗抗、张辛欣；还有谌容的《人到中年》，表面上看是中性的，讲中年知识分子的遭际，却分明是从女性的角度，女性多重角色的紧张展示得淋漓尽致。当时我有一篇论文专门谈这个问题。我做了一幅图，把陆文婷的角色分解了，她的一半负担是男性知识分子不必承担的，被她的妻子或母亲身份承担了，因此我看它就不是一个简单的中年知识分子问题，是一个中年女性知识分子的问题。在张洁、张辛欣和你的作品中，实际上不管当时有没有女性意识的说法，你们的作品都共同反映出了女性的问题。因此我当时定位，中国新时期最早一批女性意识觉醒的就是你们这伙人，在你们的作品中表现出来了。也许当时在主观上你并没有想到要去反映女性意识，但毕竟你是作为女性在创作，你的经验（无论你是否自觉）总还是出自你身为女人的体验，这和男性是有区别的，因此在 20 世纪 80 年代初期共同加入了女性意识觉醒的行列中，这是个很自然的过程。

张抗抗：确实是一个自然的过程，而不是被女性批评的闹钟惊醒的。

李小江：但是作家本身是一个可以自觉表述的人，这就涉及所谓“作家立场”问题了。每当性别问题出现的时候，张抗抗的立场都是不清晰的。当然，你现在可以说我是很鲜明的，人是第一的，性别是第二的，悖论出来：在现实生活中，其实没有那个抽象的“人”，总是男性的人或女性的人；文学作品不同于理论文章，人物不可能是抽象的，包括作者本人，也总是有性别的。第一，你是个女性，活在这个世界上，活在你是个女作家这样特殊的身份中，不管你承不承认；第二，你在从事写作，不管你有没有这种意识，你的作品中自然不自然地总是要用你女性的经验来说话。我为什么把你这个问题提出来，并不是说我一定要你接受这个看法，不是这样的，而是正视这样一个事实。在整个性别立场问题上，你不正视它，它也是客观存在的，等于你使自己处于一个被动的位置上。

张抗抗：被动的结果就是列入另册，因为它不是你们所希望、所期待的那样，这不公平。无论是男人还是女人，都有作为“人”的生存意识，作为人的尊严感。世界上只有男人和女人两种性别，但这两种性别的差异，并不是狮子和老虎，或者一棵树与一条河的差别，男人和女人都是人，这是一个绝对共同点。不是抽象的，而是活生生的，都是四肢加一个脑袋。男性中心文化，在几千年中，是在和女性共同的历史中形成的。

李小江：回到女性创作本身，不管你认不认可，你是不是按女性意识去创作的，毕竟你已经是“女作家”了。二三十年代，有不少女人写作，但是并没有说是妇女文学和女性文学创作。这二十年来，有一个很重要的文学现象，女性创作确实形成一道风景，在文学中形成一种气候、一个触目的现象，对此你有一个什么样的基本评价？国外的先不说。

张抗抗：我认为这是一种进步。因为从战争中的延安文学到新中国成立后被政治化的工具文学，都否认或不允许那些表现女性情感和女性心理的作品。我说中国在1985年以前没有女性文学，因为女性文学必定应该包括女性的性心理、性意识，以及性爱过程中的女性感受，而这些都曾经是绝对的禁区。我一直都反对对文学任何形式的控制，前几年有人批评“小女人散文”，我说小女人散文实际上填补了女性散文的一个空白，女性可以自由表现自己生活中那些富于生命情趣的事物，被男性所忽略的生活气息，我看不出它们有什么不好。尽管在我自己的生活中，对男女之间的冲突、对立，以及“性沟”的体验不那么痛切。女性意识是一种融入我生命的元素，而不是一种武器。但我仍然认为女性文学的产生发展是极其重要的，因为我不能仅仅从自己出发，虽然我的心里没有阴影，但必须承认大多数女性是笼罩在男性阴影下的，我不能用自己的经验去否认别人的状况。

李小江：你认为现在有女性文学吗？

张抗抗：从90年代开始，逐渐比较成气候了。

李小江：你怎么界定什么是女性文学，比如说80年代，1985年女作家的创作也很成气候了。

张抗抗：那时候以女性意识写作是不自觉的，女性常常是被借用的一个外壳，包裹的是中性或无性的内核。每个女作家的个体经验，与其他女作家也没有什么太大的差别。那是一个历史阶段，在那里面我只是一个“点”。而90年代以后的女性文本，开始着力于描述和表现男人和女人“不一样”的那些东西，这对于女性认识自我是有益的。她们用女性化的语言写作，从女性的视角看问题，从女性的立场去判断外界事物，不是一个人，而是形成了一个群体，出现了一系列大同小异的文本，当然就构成了女性文学现象。我认为在当代文学和文学史中，都带来了前所未有的新鲜气息，是多元文化应有的状态。但我实在不大赞成那些女性批评家，好像不专门去写女性文学，就不是好的作家，甚至有愧于女作家的身份。不跟她们一样，就是不好，我觉得这种评论方法是机械性的，有画地为牢之感。

李小江：一样的？是什么的一样？

张抗抗：一样的应该从女性立场出发，应该用很自觉的女性意识去写作，你不这样写，就是错误的或者毫无价值。我很想问一下，女人就一定只能关心女人自己的事情吗？我关心的是“我”，而我毫无疑问是女性，“我”的问题必然有女性因素，但女性因素肯定不是全部，这就够了。女作家若是必须全身心地服务于女性意识，实际上已经把女作家和男作家放在一种不平等的位置上。一部好的文学作品，不会因为它是女人写的所以才好，我又要说残疾人运动会和健康人运动会那个例子了。现在女性批评自己进入一个怪圈，就是把女作家独立出来，建立一种女性批评标准，就像残疾人运动会似的。而同时，却又大谈女性应该如何打破以男性为中心的社会秩序和男权文化。事实上，女性文学到90年代逐渐成熟，是有历史条件的，年轻女作家面对的问题和环境与我们那时不一样，她们没有了那样残酷的压力，所以能够多多关心女性自己的事情，感情和性都比较自由了。进入市场经济后，女性面临着新的生存境遇，商业时代的婚姻和性关系也呈现出更为异质的格局。但不管怎么说，女性文学也一定是放在人类大文学里头，不可能放在大文学之上。它是人类文化和文学的一部分。我具有阅读和审美的包容性，欣赏女性文学中的许多作品，从不贬抑她们。现在奇怪的是，女性文学摆出了唯我独尊的姿态，令人费解。

李小江：她们的作品中，你比较喜欢的是什么？是能说出来的。

张抗抗：比如说虹影的自传体长篇小说《饥饿的女儿》，写女人肠胃的饥饿、性饥饿和精神的饥饿，三重奏，很有立体感。女人的情感、命运是同时代、社会紧密关联的，“性”中折射的是一块封闭、落后的土地上女人对自身处境的认识和觉醒。书中的人物设置看似单纯，却把60年代中国人的精神创伤揭示得触目惊心。徐小斌的长篇《羽蛇》，在一种神秘妖娆的女性色彩中，写百年中国三代女人的创痛和抗争，很复杂的人物关系，很特别的人物性格，都笼罩在光怪诡异的历史迷雾中，故事编织得曲折丰富，内在逻辑关系一点不乱，一层层剥下去，最后的内核是女性对自我的还原。语言也美，温婉典雅的，耐读而且经得起琢磨。还有李晶、李盈姐妹的知青长篇小说《沉雪》，是目前我读到的最好的知青作品之一，更重要的，那是知青小说中非常罕见的“女性”作品，书中主要就写了两个女知青，在异常艰难困苦的日子里真挚的友情。单薄的个人面对着强大的集体，孱弱的女性面对着荒茫的原野，女性所有的特质，在近于残酷的环境中，都被抹杀、被改造、被吞噬了，女性只有将自己彻底男性化，才能避免被损害，但男性化之后的女性，却失去了感受幸福的能力。这其实是一部非常值得分析的女性小说，评论界对它注意不够。另外，严歌苓的许多作品我都喜欢，比如长篇小说《雌性的草地》和《扶桑》，前者写了“性”的交换，由于秀秀的自愿，而越发显示出悲剧的意味；后者写了性的自由和解放，扶桑可以把肉体交给别人，但“爱”永远属于自己。严歌苓是一个有思想的人，她对女性性心理的描述，都有“另类”的发现，不是那种看似挺唬人，内里却不知所云的东西。还有残雪的一些小说，也有其特别的文学价值，她在作品中贯穿始终的“审母”意识，是我所感兴趣的。残雪从不盲目地褒扬女性，她认为最“女性主义”的行动，就是让女人们认识自己。铁凝多年前的长篇小说《玫瑰门》，和去年的中篇小说《永远有多远》，都是我十分欣赏的。

以上提到的女性文学作品，仅仅只是一小部分。她们的女性视角，是从女人的位置往外看，放射出去，看到历史、文化和更远的地方，再回到女人自身，并具有对女性自身弱点的批判性。有些女性文学总是写女人怎么善良可爱、受苦受难，而男人怎么坏，女人的不幸都是男人造成的，这种女性文学真的很肤浅。

李小江：女性文学批评关键是要站在女性立场上说话，针对过去批评中凡是跟女性相关的东西都贬得没有价值，才会出现对所谓“女性表述”的过分张扬。比如过去在文学史上筛选大家的时候，为什么奥斯丁的作品总进不去？就是因为她不写战争，避开了社会背景的描述。比如对茹志鹃的批评也很不公道，不说是批评女性，但确实是对女性创作风格的贬抑和压制。

张抗抗：这也不完全是由男权文化造成的，这不是恰恰证明了对女性文学的贬损，是源于所谓的“革命文学”，是政治批评的专制和霸权。在这种霸权统治下，凡是非革命的文学，男性和女性都同归于尽。新中国成立后那些男作家所写的“小资情调”的作品，同样是受到批评的。

李小江：对，是革命不假，但为什么恰恰是在这种“革命文化”下就要贬低女性所有的东西，这让人不能不怀疑这“革命”的性质。比如，革命起来了，女人就要剃男人头，女人要改成男人的名字，那为什么男人不蓄女人头发？男的为什么不改成女性化的名字？这种趋势下，她要进入主流，就得学习男人。你要平等，很好，你就得像“他”一样。这种男女平等实际上是父权和男性中心的。我在一篇文章中谈到，妇女解放有几种不同形式和性质：一种是父权的妇女解放，我当父亲，解放女儿，我女儿和儿子平等，女儿和儿子一样，大家都不要斗父亲，但是儿子和女儿都不能动摇父亲的权力，一切机会和权利均在父亲的恩准和命名之下，这叫“父权的妇女解放”。总的看，我们的妇女解放基本属于这种性质。说我们没有解放，不对，说解放了，也不对——这样看，女性批评就很重要了，不仅要在和儿子一样的命名中剥离出自己做女儿的身份，还要和儿子一起去反抗父权。但是，我们今天的女性批评确实是有点走歪了，把女性声音夸大成世界的声音，我是不同意的。把个人的天地放大成整个人类，也很矫情。

张抗抗：这个我很赞同，实际上我的写作一直是在反对父权文化。我在一些散文和随笔中，直接表达对女性问题的看法。而小说面对更广大的世界，角色无法固定，看它们是否具有女性意识，应该看那些作品的立意，有没有去附和男性的价值标准。

李小江：并不一定要写女性题材，而是用女性的视角对传统价值观念保持警惕，对男性至上的东西进行批判。比如，男性的文化和价值从来都是歌颂死亡，贬抑生命，战胜自然，征服自然；我们不能追随这种东西，以女性自己的性别身份站出来，让那些与生命相关、与日常生活相关、从来都被男性贬抑的价值，随着自己的性别站起来，让那些最卑微的东西跟你一起站起来。我觉得这样一个富矿应该去挖掘，而不要拒绝它。目前我正在整理一百多万字的海内外考察笔记，表面上跟女性和性别没有太大关系，那种与女性有关的价值观念已经体现在字里行间了。

张抗抗：虚构力最强的是王安忆，她很少跟别人接触，但她有无尽的想象力去塑造一个个人物，有极强的逻辑推理和设计细节的能力，虚构才能在作品中变成“真实”。

李小江：你认为她的作品中经验的东西占多大比例？

张抗抗：我不了解，近年的作品，比如《小鲍庄》和“三恋”，很多都在经验之外了。

李小江：我觉得《流水三十章》是经验性的东西，雯雯也是经验性的人物。不过，我倒是很赞赏安忆的，她有一种不断超越自己的力量，一直有，而且做得跨度蛮大。

张抗抗：她的作品总有极其精彩的片段，她揣摸人心理的功夫很深，是一个天生写小说的人。上次我们谈到这二十年中国女性文学发展过程，发展到现在，女作家们自觉地使用女性话语写作，女性的叙事方式、女性的视角，女性文学总算成气候了。另外还有擅长描写女性的男作家们，比如说张贤亮和张弦。但张贤亮笔下的女性无论多么美好，都是为男人所用的，她们的美色和善良，都是奉献给男人服务的，这是一种男性立场。而张弦却有着对女性深切的同情和理解，他在作品中，是真正尊重并懂得女人的男人。那么，如果一个女性，用非常女性化的语言和观察眼光去表现男人，那是个什么主义呢？

李小江：那就看她是怎么表现的，国外很多女作家专门写男人，有时候是糟蹋男人的，那就成为女性主义小说了。琼瑶的小说很大程度上是写男人的，写那些所谓的美男子吧，美化他们，你不能说她是女性主义小说家。

张抗抗：我们看到的 90 年代女性文学发展，到后期，越来越多的女作家，以女性的表达方式来描写女人的心理和生活，我们就认为女性文学进入到一个新阶段，但反过来讲，如果这样发展下去，我们的女性作家会不会越来越局限于女性生活？在这样一种前提下，势必导致这部分女性作家把自己跟男性社会隔离开来，把自己间壁起来，任凭男性的“丑陋”继续扩张和存在，我就很怀疑这一点，对女性主义文学的过度张扬，会不会反而对女作家带来非常大的局限性？

李小江：女性作家自己的前途和整个女性文学的发展不是一回事。有些女作家可能停滞，走不了太远，有些还会不断地往前走，不断发展自己。局限性太大的很快就会被淘汰，作茧自缚一样，最后把自己做进去了。但女性文学的发展并不以这些人的存在或停滞为终点，它是一定要突围的，除了突围还有别的路吗？

张抗抗：但是你有没有注意到，在女性文学批评当中已经形成了一统天下的意见，好像说女性作家不用女性主义方法写作的话，她就是一个非常不合格的女性作家。女作家如果不诉苦不哀叹不骂男人，就不是好的女作家。而男性批评的声音同时也响起来，他们说，你们看这些女作家，只会写那些女人的小感觉、私生活，只关心个人情感，不关心宏大的社会场景，所以女人到底还是女人，无法与男作家并驾齐驱。于是，写女人，男人看不起你，不写女人，女人不饶你，这就变成了一个怪圈。是女性主义的绝对化营造了这个怪圈，把女作家圈在了自己的天地里，这对女性写作同样是不利的。有没有一种所谓的“中性写作”，可以兼容这两极？

李小江：现在的问题是，“中性立场”是首先要讨论的东西，因为中性立场是不存在的，最终还是要回到一个有性别倾向的个人立场。比如男人也可以说我取中性立场，女人也可以说。但是男人取中性立场和女人说中性立场的内涵是不一样的。男性说中性立场的时候，实际上已经是从男性中心立场的偏移。而女性所取中性立场，如果没有被清理，就很可能是对男性中心的默认和妥协。这是历史决定的，因为这一套价值构架是人家建起来的。你说“中性”，实际上是女性的一厢情愿，除非你是做过清理的。

张抗抗：你说得很透彻，看来我也得对自己进行一番“清理”。

李小江：如果看作品的话，我能理解你。70年代末80年代初期，“三张”出来的时候，你们当时都不认同女人，因为当时社会上没有这种背景。可我当时分析你们的作品，比如你的《爱的权利》《淡淡的晨雾》《北极光》，张辛欣的《我在哪里错过了你》，还有张洁的作品，根本不管你们认不认同，我在分析时统统把你们放在女性文学作家中间，而且在某种意义上甚至是女性主义文学，因为它特别鲜明地代表了一种女性的立场、女性的声音。

张抗抗：那不是源于女性主义理论，那是自发的，真正来自生活、心灵的声音。

李小江：起初你既没有想过要和男人认同，也没想过要和女人认同，作为一个现实的人在写作，自然流露出来的东西，很自然会带有女性的色彩。可是从 80 年代中期以后，你开始谈两个世界，开始对“性别问题”表态。我能够理解你始终和女性保持一定距离和界线。我觉得有两种东西压迫着你，一个是传统的，一个是批判性的。传统的东西就是那些所谓宏大叙事的东西，因为我们这个社会的那些宏大的问题确实没有解决，相比之下，男女平等问题反倒是相对缓解了，这个问题轻一点，那个问题重一点。我觉得，从你开始比较清醒地要取中性立场的时候，你的作品开始受损了，作品中某些自然的东西在某种程度上受损了，表述起来有些矫情。

张抗抗：真是这样吗？搞研究和写小说看问题角度确实不大一样。

李小江：我还记得《隐形伴侣》中关于生育的一节，觉得那段写得非常好。90 年代以后，两种东西结合了，反叛的政治立场和那个传统的东西很自然地就融合了，个人经验的东西受到很大的伤害。也是所谓社会责任意识。实际上我们有共同的问题。因为做一个真正纯粹的文学家来讲，也要和社会责任、社会参与保持一定距离。

张抗抗：我可能太看重自己作为“人”的存在价值了。

李小江：你的基础来自社会对你的作为文学家的认同，社会地位很高了，在这个意义上，你就要承担社会责任，对当下的社会说话，对当下社会负责。而作为文学家，则有责任挖掘人性中那种超越是非的东西，用格拉斯的话来说，就是“待续……”他讲了过去的故事，然后你的创作把它续起来。由于创作也在迎合市场化，你更要在这中间去挖掘沉淀下来的东西。这种社会责任意识对文学创作是必要的，但过度了也是伤害，就像我的社会实践对理论是一种伤害一样。

张抗抗：但作为一个女作家，如果她能面对整个社会来写作的话，实际上她所起到的作用岂不是比纯粹女性生活的小说要更加能够和男人平等吗？

李小江：在什么起点上发言，我觉得这个很重要。同样是表现重大题材，如果从女性的角度切进去，它会把很多个体生命和那种日常生活的价值观念突现出来，对传统的宏大叙事产生颠覆作用，是更加深刻的。如果只是为重大题材而写重大题材，这种东西不是我们的强项，也没有必要，男性早在做了，写战争的、写政治的，都有。

张抗抗：那女人为什么把自己要定位在一种很琐碎、很细微、很局部的写法上呢？

李小江：没有谁去定位，因为她的生活就是这样。

张抗抗：不，女人已经越来越多地加入了公共事务。你怎么能认为女性的生活就是那样琐碎和局限呢？

李小江：即使加入了，女人的日常生活也仍然不同于男人。比如说，男人好像从来就独立，其实不然，他在日常生活上一直是依赖女人的，和日常生活保持距离，包括生命的延续，包括大自然，怎么用水、怎么洗衣服、怎么倒垃圾，男人的生活是可以和这些隔绝的，让女人去做。女人不同，今天即使是一个单身女人，也不会有哪个男人料理她的日常生活，因此，今天女人的独立是一个完整的独立，即使她参与社会事务，表现宏大的东西，也仍然会保留这些细微的与生命、与日常生活密切相关的东西。我们在写作中，比如我在理论中，你在小说创作中，都会表现这一点。我认为这很重要，因为它表现的是一个更加完整的人生，而这些东西在过去的宏大叙事中都是看不见的。将琐碎的、微不足道的东西变成一种视角。比如说，什么叫人性，什么是公正，什么是平等，它会引出很多新的解释，激发一些新感受。这个东西我用概念说出来，就变成了一种理论。出现在文学作品中，表现出来的是人性的丰富，而不是那种单一的人，不是马尔库塞说的单面人。

张抗抗：对呀，表现人性的丰富性、深刻性，恰是我一直努力在做的。我的《隐形伴侣》，知青生活只是一个载体。为什么叫“隐形伴侣”，是指每个人都有一个看不见的另一个“隐”我，是理性的外表下，受潜意识支配的“非理性”的我。女主人公自认为有革命理想，那个男朋友是她理想的化身，但结婚以后很失望，因为她发现了他的丑恶，便毅然离他而去，后来才发现自己也是同样丑恶的。这部小说在于它不同于其他知青小说去做一种历史评判，而是从人性的本质切入，是人对自己的深层发现和反诘。在 80 年代，我对“人”产生很多疑问，传统的人道主义已经解释不了那些疑问了。这部小说实际上是对我们这代人的“理想主义”做出的思想清理。

李小江：典型的例子是罗曼·罗兰。我非常欣赏他的社会立场，包括他的人生观。他成名后写的《母与子》，写了十四年，一部长篇，企图表现革命，却不断地被革命打断。动手写作是在十月革命以前，十月革命以后，他被革命激励，走出书斋，投身到革命中去了，写作不断被搁置下来。这本书导言写得很好，很精辟，主张妇女解放，但这本书却是一本不成功的书。

张抗抗：我有时很敬佩这样的人，我觉得中国作家中软绵绵的人太多了。

李小江：可是有这样一个问题，他的社会地位被确认了，他才会这样做。社会责任心变成文学创作的一种干扰。文学是很个人的东西，承担不了太多的社会责任。比如说罗曼·罗兰，如果没有《约翰·克利斯朵夫》作底，他后来不会有那么高的地位。

张抗抗：地位又有什么？而是写作过程给了他极大的满足感。

李小江：这个地位给了他国际发言权，这个是非常重要的。因为他写了《约翰·克利斯朵夫》得了诺贝尔文学奖，第一次世界大战，只有他一个人在法国人中间公开反对法国参战，发表了《超越混战之上》，法国政府驱逐他出境。罗曼·罗兰在当时这样做是很不容易的，这就把他的社会责任感吊起来了。可从这儿以后，他再也没有好的小说了。但他有其他作品出来，写了七大卷的《贝多芬的创作年代》。他非常喜欢音乐，整个30年代到40年代一直在做学者的工作，后半生一直在做音乐史研究。可能到一定程度时，我们确实会有一个身份选择的问题，时代变化得很快，个人在这个过程中，一辈子真的能当好几辈子过。

张抗抗：我有时觉得自己已经过了好几辈子。五十年生命中，经历了几个世纪的变化。

李小江：是过了好几辈子了。拿我自己说，“文革”以前是一辈子，从事妇女研究这一段也是一辈子，现在这两年是一个重新选择的过程，之后又是一辈子。我认认真真在想，是去做学者，做比较客观的学问，还是做知识分子更多地参与社会事务？

张抗抗：如果生命重新开始，我再次选择身份，还是愿意写作。但不一定写小说，我对虚构的方式有些厌倦了。如今已别无选择，只希望自己的小说能写得比以前好些。不是和别人比，是和自己的以前比。我不是那么有文学野心的人。但我仍然不接受女性立场，我还是要说个人立场。

李小江：女权主义坚持女性立场，但女性立场这种说法很模糊。

张抗抗：文学批评中经常用“女性立场”这个词。

李小江：如果是女性主义批评家，她的任务就是要从女性主义出发，这个也无可厚非。关键是一个认同问题，比如像锦华，你没有什么好说她的，因为她强调了自己是个女性主义者，也公开讲到了要用女性主义方法做文学批评，她说的立场和她整个的做法是一致的，是统一的，所以你就没法说她做得对或者不对，这是她的选择。作为你来讲，或者作为我来讲，我一般不用“女性立场”，但我要用女性视角，因为我本身就是女性，从女性的角度看问题是很自然的事，但一说到立场，就会涉及判断和选择，还是更客观、更宽容、多一些其他视角好些，会更多一些社会关怀，心境也更平和。

张抗抗：好吧，你讲的这个女性视角，我会认真想一想。这个概念我能接受。我以后就试试多从“女性视角”来观察和思考。用它作为一把刀片，切入以后会发现很多细密的新空间，这是非常有用的，而且用女性的感受来叙事，也会带来更大的艺术感染力。这些我并不排斥。我一直排斥的是什么呢？是女性把自己局限在女性意识中，是女性批评用“唯女性主义”去概念地套用千变万化、个性纷呈的女性创作文本的那种“一统性”。去年在香港大学那个关于“爱情·性·文化”为主题的学术会议上，我作了“女性书写中的性爱描写”专题发言。谈到当下文学创作的状况，我认为如今大陆年轻女作家作品中的性爱描写，被认为是“身体写作”，其实是进入了更深层的生命体验，是对女性主体意识的自我肯定，是一次非常大的飞跃和进步。在张洁的长篇新作《无字》中，她以“性行为”的某些片段来表现人物身份和个性，很精彩很传神。但是女作家的创作会有阶段性的自我调整，比如说方方的长篇《乌泥湖年谱》、迟子建的《伪满洲国》、王旭烽的《茶人三部曲》并不都是纯粹的女性立场，你们能因为这些作品的“中性化”而否定她们深厚的历史性吗？所以我坚持认为，女性批评也应当为女性写作留有迂回、选择的空间。

李小江：我这次去香港开会，论文题目是《为什么说我不是女权主义者》，实际上西方也好，国内也好，都在一个劲地把我定位到女权主义。我总在辩解，就像你现在跟我做的这个辩解是一样的。我跟她们讲我的背景和我的特殊情况，就像你刚才跟我讲的，我们为什么要坚持这个？很简单，这里有一些非常个人化的因素。因此我也在反省自己。随着生活的变化，女权主义在单身女性中会有土壤。尽管今天我仍然不说我是女权主义者，但我对女权主义的态度有了变化。我举这个例子，不知道能不能和你这个例子有对应的地方。并不是说让你改变立场，也不是让你放弃某一种东西去迎合另一种东西。而恰恰更加包容，使自己越来越丰富和多元，实际上就是一种开阔。

杭州是我的血肉

时间：2001年9月28日

地点：杭州“娃哈哈”美食城

对话者：张抗抗

孙昌健（《都市快报》记者）

【作家印象】

在绍兴领奖（张抗抗荣获第二届鲁迅文学奖）之后，那几天张抗抗正好在杭州父母的家里。这位从杭州出去的作家，回到杭州才有机会说说杭州话，吃吃家乡菜。那一天在“娃哈哈”美食城，张抗抗从诺贝尔文学奖谈到服务员的态度，从办学谈到人的素质问题，这是一位见过大世面的作家，回答记者和朋友的提问，总是温文尔雅不卑不亢，而且也喜欢开一些轻松的玩笑。回到北京后，又对我的采访作了一些文字上的补充，这样我觉得，这又是一位极其认真的作家。

杭州人闲时知足……

记者：首先祝贺你获得本届鲁迅文学奖的散文杂文类奖，这几年人们对国家级的文学评奖议论也很多，我想你是否能从一个获奖作家的角度来谈谈对这类评奖的看法。

张抗抗：如今有多种文学奖项，评奖标准各有差异，但鲁迅文学奖是纯文学奖，鲁迅先生是个独步天下的人，能够获得鲁迅奖我很高兴。写作不是为了获奖，但是一部作品能够获奖，至少说明文品得到了许多文学同行的认可吧。

记者：看你的获奖作品《张抗抗散文》，编辑说你这些年来“喜欢分析”而又“想把女人做好”，我不知道你是怎么做到这两者结合的？

张抗抗：这次获奖的这本《张抗抗散文》，是我在小说创作之余写下的百余万字散文随笔中精选出来的，三分之二的篇幅是90年代的创作，带有我一贯的思辨色彩。其中的女性散文只占很少一部分。我认为思辨并非男性的专利，智慧与理性，会使女人变得更加“饱满”，哦，是结实，不是胖。

记者：这次鲁迅文学奖，三十五位获奖者，好像除了你和余秋雨是浙江籍外，目前生活在浙江的作家好像还没有。这几年有哪几个杭州和浙江的作家进入你的视野？我印象中，你好像跟杭州和浙江的文化圈保持着一种距离，这是为什么？

张抗抗：这次获鲁迅奖，对于我来说是有特别意义的，因为我是鲁迅故乡的浙江人。至于浙江本身的作家这次没有人获奖，这并不绝对表明浙江文学状况的优劣，因为创作常常有周期性的起伏。去年王旭烽的长篇小说《茶人三部曲》就获得了茅盾文学奖嘛。你问到我和浙江文化圈好像保持着一种距离，我有点惊讶，因为每次浙江的报刊影视或民间其他机构有活动邀请我，我都是积极配合的。我认真想一想，如果说有距离，这种距离并不是我造成的。

记者：我发现你文章中谈杭州的篇目似乎不多，而谈自己如何从一个南人变成北人的文章比较多，而我从你的气质中也感觉到你完全是北方人了，除了还能说杭州话。

张抗抗：我写杭州的文章确实很少，近年来，只写过我熟悉的中学同学、老师，杭高百年校庆、下沙开发区等有数的几篇。一般来说，若是没有要表达的自己的独特见解，我不会轻易动笔。但我去过浙江省内的几个地方，衢州小南海的那个神秘的石洞、石柱，也许是我最早写散文《衢州一绝》介绍它，我写的《西施故里有感》被中央电视台改编成电视散文。还有一篇《雾天目》，写我陪父母重访西天目山的，也被一些报刊转载。这几篇都收在《张抗抗散文》里了。我虽然已在北方生活了几十年，但由于每年都回杭州，对江南的文化仍有亲近感和认同感，遇到我觉得有趣的和有意思的东西，我当然会写。只是常年在北京，南北文化错杂，国外和国内的许多事情都会吸引我的注意，视野内的景物太多，浙江仅是一角。

记者：你说的衢州一绝就是现在闻名天下的龙游石窟。这些年你每年都回杭州吗？是否能用一句话来概括你印象中的杭州？

张抗抗：每次回杭州，都是以探望父母和亲友为主，同时也会获得一些社会层面的认知和生活素材。杭州人闲时知足，在桂花飘香的树下喝茶兼打麻将，可谓杭州特色的新十景之一了。这样一座历史文化名城，遗传在市民骨子里的文化质感却很稀薄。在杭州，文化似乎以“物”的形式，而不是以“气”的形态体现的，所谓“雅”的外观，里面可能恰恰是“俗”。

记者：你是1966年从杭州一中毕业的，现在有些中学生文章就写得很好。你在读初中时作文是不是已经很好，那时有没有当作家的想法？

张抗抗：我1963年至1966年在杭州一中念初中的时候，就参加了文学兴趣小组。作文在学校得过奖。我初三年级的语文老师姜美琳，曾给我许多鼓励和信心。但那时并没有下决心将来要当作家，因为不敢想。我从小就是一个没有野心的普通女孩。

性爱为什么是不严肃的呢？

记者：网络写作是当下的一个热点，它使写作不再成为少数人的事情，不知你对此怎么看？

张抗抗：网络写作是现代社会发展的一种必然，它使得写作成为人与人之间交流与表达个人情感的最快捷方便的途径和方式，在一定程度上可促进言论自由，消解一部分被垄断了的话语霸权。其中一些优秀的作品也会迅速转化为纸质文学。但网络写作的随意性，会影响文学作品的特定的审美性和思想性，我认为这最终取决于网络写作者本人的价值取向。

记者：一些网站未经作家同意，擅自将一些作家的作品搬到网上供人阅读，后来你与王蒙等六位作家状告那些网站并打赢了官司，这么做你们基于什么考虑？

张抗抗：进入信息时代，每个人都应当建立知识产权保护意识。我们在京的六位作家起诉一家网站侵权，就是基于这种认识。网站使用非公共性新闻的原创作品，必须得到作者授权，这是一个长远的考虑，人们会越来越懂得它的重要性。有人说网站替你们宣传你们却不领情，我认为这种说法真的很无知。一个城市若是不制定并执行严格的交通规则，最后就是四处塞车谁也走不了了。

记者：把作家的小说改编成电视剧或者作家亲自下笔触电，也是当下的一个热点，听说你对别人改编你的《情爱画廊》表示不满，主要分歧在哪里？

张抗抗：我的长篇小说《情爱画廊》由电视台的编剧改编成电视连续剧，大概考虑到影视观众的趣味，在人物和情节上都做了较大的改动，作为原创作者，我是不喜欢，也不认可的。把一部原本属于浪漫主义风格的小说，改成世俗的悲情剧，不符合我的初衷。其中的主要人物死得都没道理，是为观众而死，而不是故事发展的内在逻辑使然。但编剧、导演、演员都花费了很大的力气，我不能再说什么扫兴的话，还是让观众来评判好了。

记者：我看到一些读者对你的《情爱画廊》也表示不满，他们说张抗抗这样一个严肃的作家怎么也写“色情小说”了，对此你怎么看？我不知道你怎么界定“色情小说”或“情色小说”。

张抗抗：性爱描写为什么就不是严肃文学了呢？它是人性的极致，能够最真实地表现一个人的性格和心理，重要的是为什么要写和怎样去写。作品的粗俗高雅当然体现出作者的审美情趣。这里有个常识性问题——色情小说通常是自然主义地表现性爱过程，而爱情小说却着力于情爱的主观感受和心理体验，超越“肉”的层面而达到“灵”的深度，这是有本质区别的。

记者：有人说卫慧、棉棉的小说中大胆的性尝试也并非由她们这一批人开创的，他们认为你的《情爱画廊》使后来的美女作家得到了借鉴，真的是这样吗？

张抗抗：这个问题最好还是去问她们吧。我只是想说，新时期以来，当代文学发展的每一步突破，都是由许多作家，一部一部作品艰苦探索开拓出来的。

写作并不是我唯一的和全部乐趣

记者：现在有些文学杂志不是很景气，于是有人想尽各种办法，比如江西《百花洲》就办成一本女性文学杂志，好像不发男作家的作品，对此一些男性评论家却大为叫好，作为一个女作家你怎么看这类杂志？

张抗抗：女性写作相对强势的男性中心文化而言，当然更需要扶持和鼓励。这么大个中国，有一本女性文学杂志，我看不出有什么不妥。事实上，商业经济下的文化市场趋势，每一种杂志的类别、个性、特色，差异性应当越大越好。

记者：不仅是文学杂志，现在连报纸的文学副刊也逞萎缩趋势，取而代之的是一些好玩的实用服务性的专刊，我看你也给报纸写文章，如果副刊少了，是不是作家的阵地也少了呢？

张抗抗：报纸的娱乐休闲版也能办得有品位，那样可以对市民产生潜移默化的影响。副刊的减少和压缩，在我看来，可促使作家写出更精短更有内容的美文。

记者：你是在杭州出生并度过了少年时代，在黑龙江插队并以长篇《分界线》成名，后又在北京安家，你能比较这三地对你生活和创作的影响吗？

张抗抗：打个比喻，杭州是我的血肉，黑龙江是我的骨骼，北京是我的大脑和心脏。

记者：如果能让你重新选择一次，你会选择住在杭州吗？在中国，做一个大作家是不是都要到北京或上海去？

张抗抗：不一定。在北京和上海之外的好作家太多了啊。据我所知，在国外也有不少伟大的作家一生都住在一个偏僻的小镇，这是一口井和一条河的关系，有的一生都在同一个地方打井，有的一生像一条河一样流过很多地方。对于作家来说，地域不是决定性的，重要的是他的文学品质和思想内涵。假如重新选择，我也不一定要住在杭州，我在黑龙江锻炼了骨骼的硬度，在北京学习思考。而杭州，对于我是一个休憩补血之地。

记者：你现在回杭州主要是看你的父母吗？我发现你是一个很注重亲情的作家，我看过你写儿子的长文，印象很深，你觉得一个家庭以及家庭里的亲情对一个作家特别是对一个女作家会有什么影响？

张抗抗：在人的一生中，家庭的亲情是一种长效营养素，可让人的心智情发育健康。亲情过度或缺乏亲情的人，都容易产生依赖或是冷漠等畸形心理。幸运的是，我的父母在我的成长道路上，给予了我许多爱护和支持。由于历史的原因，他们曾遭受到不公平的对待，所以我总是希望尽可能地用更多的亲情来补偿。

记者：现在女作家特别是青年女作家中是不是有一些女权者，

女人成名是不是总要有家里人替她作牺牲？女作家可不可以同时又是一个好家庭主妇？

张抗抗：女权的话题太大，有机会再谈吧。在我看来，一个健康的、充实的、丰富的人生是最重要的，写作并不是我唯一的和全部的乐趣，所以我有兴趣打理家事，这也许是江南女子的特性。在我看来，女作家完全可以同时是一个好主妇，只是，现代好主妇的内涵不同，她们不是以丧失自我和牺牲事业为代价的。

记者：作为一名从写知青题材成长起来的作家，你似乎没有一味沉浸在“今夜有暴风雪”的壮怀激烈和“青春无悔”的情绪中，作为过来人你对这种情绪怎么看？

张抗抗：几年前，我在那篇颇有争议的随笔《无法抚慰的岁月》一文中，已扼要表达了我对老三届“青春无悔”情结的忧虑和思考。宏大的历史也是由细节构成的，任何群体都是由个体组成的，我希望同代人能通过自我审视进入21世纪。

记者：在中国作家中，特别是在一些优秀的中年作家中，我觉得他们过了五十岁，创作的锐气和探索性就减了下来，好像只能写写风花雪月的文字了，就你来说，下一部长篇是不是力求超越前面的长篇？

张抗抗：我正在写一部新的长篇，超越不一定敢说，我只是希望每一部作品都有新的突破，有新东西给读者。一个作家要不断进取，关键是看这个作家对生活的态度，如果他一直对世界持有怀疑和批判态度，那么他就不会被平庸的生活同化，内心就会保持激情和锐气。就杭州来说，我前面提到的那种闲适的生活，对市民当然很惬意，但对一个作家就有可能被这种闲适磨去棱角。我只是举杭州为例，每一个地方包括北京，到处都有这种平庸的生活，也到处都有思想敏锐、特立独行的知识分子。

记者：如果你不做作家，你会去做什么？平时喜欢看什么报纸，对《快报》有没有印象，最后能否对《快报》的读者说几句话？

张抗抗：只要不和数字打交道，我都喜欢。不做作家，只要经济条件允许，我愿意当家庭主妇。现在我每天阅读七八种报纸，报纸可以让我们了解外面的世界。《都市快报》给人一种强烈的节奏感，好像在催促着一贯悠闲自得的杭州人快点走，挺有象征意味的。这是一个不断提速的时代，《都市快报》的读者们，愿你们工作的时候手脚快点，回到家里，读报喝茶的时候，慢些无妨。生活中若是快慢得当，你们会得到更多——是“快乐”的那个“快”。

遥想与实验

时间：2001 年夏

对话人：张抗抗

郭力（哈尔滨师范大学副教授，河南大学博士生）

郭力：张老师，在您早期创作中曾表现出强烈的人道主义立场，并且具有鲜明的意识形态色彩，在历经从《北极光》到《隐形伴侣》再到《赤彤丹朱》的创作后，可以看出您的创作思想在渐进与突破，这种变化对于一个成熟的作家来说并非偶然。这是否意味着您的总体思想价值体系有了改变？您认为这是一个什么样的思想转型变化？

张抗抗：从《北极光》到《隐形伴侣》再到《赤彤丹朱》，单从文本分析，都能看出我作品明显的变化。但我的思想价值体系并未发生根本性的改变，我依然是一个人道主义者，希望以文学来表现和探究人自身的问题，批判和对抗现存社会中一切对人的尊严、人的精神、人的权利的损害。这些作品在不同的历史时段中，当然会有新的发展和侧重，常常一部作品只能解决一个“难题”，总体来看，内容就随之丰富和复杂了。人的认识总是需要不断完善和超越的，比如说到了20世纪下半叶，传统人道主义已经被“颠覆”得差不多了，经过二次世界大战，人类开始对自身失望，因为科学研究发现了人的潜意识和非理性因素。人首先需要认识自我，才能设计合理社会的蓝图。现代人道主义更接近人性的本质。到1995年我写《情爱画廊》，就试图超越现有的意识形态，进入一种较为纯粹的对于“人”的本真状态的文学描述。

郭力：您的近作透视出一种深刻的历史意识与强烈的象征色彩，这对于您这样一位充满了人文情怀与彼岸理想关怀的作家，您是如何在创作中融合二者的关系的？

张抗抗：历史由一连串的真实事件组成，但后人对“真实”的立场和看法，却常常是不真实的，因为我们已无法知道什么是真正的真实。所以历史就变成了一种意象、一种分析、一种猜测，或是一种修正。对于文学而言，历史与象征恰好是互为表里的。“过去”了的事物，在史书上被某种话语霸权笼罩，而在文学作品中，却需要从琐碎的细节中寻找事物的本质，然后赋予它文学象征。具有人文情怀的写作者，将历史意识与文学的象征色彩融合，似乎是一件自然而然，水到渠成的事情。

郭力：在一篇随笔中您曾谈到，结构和语言一直是您近年创作中两大“情结”，这是否说明您在有意识地突破自我艺术风格，并开始了文体自觉意识的时期？90年代初的作品如《因陀罗的网》《银河》《斜厦》等是否就是受到了这种自觉的文体意识实践的促动？

张抗抗：1985 年以后的创作，我确实有意地进行了一系列的文体实验。我发现结构和语言其实不是写作的工具，而是写作本身。“怎样写”有时比“写什么”更重要，如果不知道“怎样写”，那么“写什么”很可能就成为“什么都没写出来”。如何构思一部作品，本身就是一种观念，是由作者对世界的认知程度所决定的。结构（也可以说构思）完成的时候，其实作品的深度和力度都已经包含在其中了。语言也是一样，通常称为叙述方式。就像建筑用的材料，东北的“拉合辫子”只能盖小土房，虽然结实保暖，但它是乡村的代码，不可能用它来盖大厦。有人说建筑的革命是材料的革命，现代的建材越来越丰富，使用那种材料，只能用那种建筑方式，并盖成那样的房子。一个故事采用什么样的叙述语言，文本所呈现的内容就会完全不一样。

郭力：张老师，在您的许多作品中都曾描写过许多动人的爱情故事，尤其是《情爱画廊》更是在 20 世纪 90 年代为读者构筑了一个现代的爱情神话，或者称其为爱情乌托邦更为恰切。在今天“解构”话题颇为流行的情形下，那么请问，您相信《情爱画廊》中所描写的爱情吗？

张抗抗：曾有一位学者说过，浪漫主义作品不是记述那些已经发生过的事情，而是表现那些应该发生的事情。生活和文学中除了“相信”这个词语，还有一个词叫作——向往。

我至今仍然认为，市场上大获成功的作品，并非事先经过周密的策划与运作，就一定能够“得逞的”。成心去迎合读者、迎合市场的作者和作品，即使一时热闹也只有短暂的“辉煌”。图书市场和读者的口味变化莫测，如果憋着劲儿劳神费力去琢磨上面的那个问题，累死了也赶不上趟的。我只能提醒写作的人，若是用心为生活“切脉”，你思考和表现的东西没准就占有了一个别人尚未发现的“潜在市场”，也就是被旁人所忽略的某种空白点，你为读者提供了他的潜在需求，你就拥有了更大的创作空间。我认为任何一种题材和写作方式，都存在这种可能性。当然，一部好作品最重要的还是语言、细节、人物是否表达到位。

郭力：记得在20世纪80年代初您就曾经明确强调，您首先是一个作家，然后才是一个女作家，并认为作家需要两个世界，所以文本中并没有明显的女性视点。但从90年代以来，您的文本中开始表现出自觉而上扬的女性意识，这其中促使您思想转变的契机在哪里？

张抗抗：这个问题也是说来话长的。70年代到80年代改革开放初期，中国人关于“人”的权利意识，尚处于启蒙阶段。在那个十分严峻的历史转折期，女性和男性面临的困境，在本质上都是共同的。那时我曾说过：当作为一个“人”的尊严都没有的时候，谈何女人的尊严？女性的进步必须随着整个社会的变革才有可能逐步实现。进入了商业社会的90年代，在社会环境的一部分改善以及另一部分恶化的情况下，女性的问题逐渐分离和凸现。我开始能分一些精力来思考关注女性话题，这是其一。

其二，由于自己对女性的自我认识，也在不断发展之中。长期的教育和文化的影响，使得我在许多年的写作中，一直不自觉地具有中性身份的自我认定倾向。女性意识的深层觉醒，其实也是近年来才开始的。女性视角并不能包容一切，但有助于对人性的开掘。我以为女性的视角应当是以女性为出发点，全方位向外放射的一种观照方式，而不是画地为牢的女性性别束缚。

郭力：自 90 年代以来，您写了大量有关女性话题的随笔，亲切、自然、生动、警醒、深刻，这表明您开始重视自身的生命经验与体验，带有鲜明的性别视角，并成为您创作中话语表达的一部分，传达女性对世界本身的一种观照态度。这会成为您以后创作中的一个基本的立场吗？

张抗抗：我在关注女性的同时，大概不会进入一种“完全”的女性写作。离开对男性社会的剖析、对两性关系的探讨、对女性自身弱点的检视，信奉绝对的“女性主义”，会造成短视和残缺。女性对女性写作的过度强调，恰恰将自己置于男女不平等的延续状态。无论男人还是女人，终极的人生理想都不是性别主宰的胜利，而是人类的合理生存和自由发展。从这个意义上说，只要地球上的任何一种性别的人，尚处于不自由中，另一种性别的人，也不会得到快乐和自由。

写作与生活的关系

演讲者：张抗抗

演讲时间：2003 年 12 月 21 日 上午 9:30—12:00

演讲地点：文学馆 B 座多功能厅

2003 年 3 月 11 日央视科教频道 CCTV—10

《百家讲坛》播出。

主持人（傅光明）：朋友们，大家好！欢迎来文学馆听讲座。今天我为大家请来的是一位女作家，她从 20 世纪 80 年代初，到今年，一直笔耕不辍，写了很多好作品，我说几部作品，大家可能就知道她是谁了。《隐形伴侣》《情爱画廊》《作女》，这后两部作品引起了轰动和争议。今年新出版了一本短篇小说集《请带我走》。她就是作家张抗抗女士。说到文学写作，我们大体都知道一个很简单的道理，文学离不开生活，它源于生活，又高于生活。而作家在写作中是如何提炼生活素材，又是如何处理写作与生活的关系，很多写作者往往就一头雾水了，以至于老觉得自己的写作怎么老不上道啊。所以今天特地请张抗抗女士为我们演讲《写作与生活的关系》。大家欢迎。

张抗抗：朋友们，早晨好！谢谢大家在星期天的早上，这么寒冷的天气赶来这里听讲座，我心里很忐忑，你们用这么多时间来听我讲，我是不是能讲些对你们有用的内容，或者说我们是不是能够达成一种比较深度的交流，我都没有把握。尤其是电视台的镜头对着我，我比较紧张。因为我觉得一个写作的人，主要的工作是把他（她）的作品写好。不过，文学馆的这个活动，我知道已经持续好几年了，有固定的听众，而且受到了很多关心文学及关心时代进步的听众，至少是对文化有兴趣的听众朋友们的欢迎。所以我对这个活动也心仪已久。我觉得自己对这个活动有支持的义务，我只是希望不要使你们失望。我注意到今天我们的听众各个年龄段的人都有，也有一些年纪很大的人，所以我心里确实是有一份感动，我会尽量把自己心里的真实想法跟大家交流。

我先简单说一下自己的写作经历。

我对文学的热爱比较早，中学的时候就喜欢写作文，文学的兴趣发生得比较早，阅读也比较早，也开始比较早地写作文、写日记什么的。“文革”中老作家们都已经被打倒了，但我还是觉得我可以偷偷热爱文学吧，也许将来有一天能够写作呢。写作是有魔力的，它可以让你生活在一个虚构的世界里，逃避现实的文字世界里，来表达自己的情感。在我们当时读到的那些文学作品当中，有一种崇高的精神在召唤我。所以我一直说我去北大荒，不是被迫的，是自愿的。

在那儿的一个农场前后整整待了八年，在连队就开始练习写点儿笔记呀，跟朋友、家人通信；到了 1972 年，开始发表一点儿小文章、小散文、小小说；到 1975 年写了一部关于知青的长篇小说，算是我最初的一个长篇习作。《分界线》是我最早的一部小说，现在看起来当然很幼稚。1977 年有一个机会去省里学习创作，那时候高考还没恢复，读书是我最大的渴望。在哈尔滨念完书以后，因为当时我已经有一些作品了，1979 年调入黑龙江作家协会从事专业创作。应该说我是比较幸运的一个人，正好赶上改革开放这个我们中国历史上重大的转折和变化的时期，我写了短篇小说《爱的权利》《夏》，中篇小说《淡淡的晨雾》《北极光》等作品，批评“文革”对人性的扭曲，呼唤人性回归，表达了新时期的青年人对未来的向往。

以后到了 80 年代中期，发表了刚才傅光明先生已经介绍的我的长篇小说《隐形伴侣》。这个也是以知青生活为背景，但是实际已超越了知青的历史批判，探问人和自己的关系。《隐形伴侣》的意思，就是每个人身上都有这样一个时刻跟随而又无形无状的终身伴侣，就是人性中的自我，也可以说是显我和隐我、理性的我和非理性的我之间的关系。还有一些中短篇小说，可能大家已经读过，都是在探索和实验中。到了 1995 年，我用电脑打字写作了我的第二部长篇小说，书名是《赤彤丹朱》，我认为这是自己比较重要的一部小说。这部小说是以“我”的角度来看待我们上一代人的历史，实际上是写我们这代人对上一辈历史的认识。充满了沉重感。但是其中有一个故事，前几年有人拍了一个专题片——《迟到的英魂》，大家可能还有印象。就是由于这部小说发表以后，五十年以前牺牲的一个烈士，新中国成立后杳无音信，他的家人一直不知道他到底去哪里了，猜想他是牺牲了。这个小说发表以后呢，在《小说月报》上有一个片段的转载，结果他的家人竟然就看到了这本杂志，觉得这个故事怎么跟我们家二舅的那个故事那么像呀？所以就拿回去给“二舅”的妹妹看，就是这个烈士的妹妹，她看了以后也觉得很像。因为我在书中还是用了他原来参加革命那个名字，后来他们通过这个杂志社找到了我，然后就找到了我的父母。接上了这个关系以后，我父母和他的家人一起为他追认烈士的事情奔波。这个故事挺感人的，它已经超越了革命，是革命性之上永恒的亲情和友情。为什么五十年以后，他的家人都知道“二舅”的经历，就说明牺牲的这个人的妹妹，一直在给孩子们讲这个二舅的故事。而小说里母亲这个人物，她一直在为这件事感到愧疚，因为他的牺牲跟她有关。在我很小的时候，我的妈妈就反复跟我讲这件事，我心里很难受，长大了也无法忘却，我觉得世上最宝贵的是留在人们心灵里不能忘记的那些人或事。所以这部小说产生了小说之外的影响。

1996 年我出版了小说《情爱画廊》，其实《情爱画廊》的准备很早就已经开始了，但是一直没有去下决心写，因为对艺术的积累和吸收需要较长的过程。《赤彤丹朱》写完了以后，休整很短的时间，才一鼓作气地写了《情爱画廊》。这部小说是一部比较纯粹的爱情小说，表达了我内心的一些东西，也就是在进入商业时代后，一个作家应有的姿态，希望物质时代依然保留心灵里爱情的圣地，也传达了我对于人追求自由的向往。这个小说实际上并不是我们通常理解的那种通俗小说，但很多批评家看不到这一点。我想说的是：改革开放呼唤市场经济，那么作家的观念就不能停留在计划经济时代，认为文学作品跟市场无关。那个时候，我确实是从《情爱画廊》

开始进行尝试，希望找到自己跟读者对应的一种关系，能不能把小说写得好看，能不能够吸引读者。因为市场经济在根本上并不完全是一个商业的概念，图书市场强调读者受众，所有的商品都要由购买方来决定，是大众传播的一种特殊方式。所以说，让更多的读者来欣赏自己的作品，来接受小说中一些想法，我觉得是非常重要的。所以我觉得不能再抱有一种书卖多少跟作者都是无关的那种想法。当然我也经历过《隐性伴侣》那样一种文本试验。《隐性伴侣》用了大量的意识流、心理描写。这个阶段的尝试是非常必要的，每个作家在写作一部新作品的时候，都不应该重复自己。所以我在80年代的写作，进入了未曾尝试过的新天地，使用各种各样的形式和方法、文体。《情爱画廊》也是这样，所以招来了很多批评，比如说人物过于理想化，故事不真实等等。对这些意见我持理解的态度，商业时代来临以后，很多禁区被市场冲破了，但是随之也出现了一些低俗的迎合读者的作品，尤其涉及情爱和性爱，出现了低级趣味的情色描述。我不喜欢这些低俗的描写，我想告诉读者，性爱原本是美的，爱情更是美好的。我希望通过《情爱画廊》来改变这种现象，当然它是否可能被改变，则是另一码事。《情爱画廊》之后，我又写了一些中短篇小说，去年出版了长篇小说《作女》，对当代女性状态、女性生活和女性精神，做出了新的描摹和诠释。

我大概的创作情况就是这些。二十多年来，我一直在不间断地写作，但是我对自己的作品还是不满意。我满意的只是，每一部新作，每一个阶段，我的作品都有新东西给予读者。当然读者是不是满意，还由读者来说，一会儿会有半个小时的提问时间。这样的话，我们就会碰到了一个问题，就是说我二十多年一直在从事写作、读书、写作，看起来我的生活基本上是在书房里面度过的。当然 80 年代还谈不上书房，客厅和书房合用，面对着桌子和稿纸写作。到了 90 年代买了电脑，就在一个很小的电脑桌上，身后是书柜，很多很多书本。那么我进行写作的素材，文学作品所表现的那些内容和思想，究竟是从哪里来的呢？是不是我们必须要生活在某一个具体的单位，或者说身处一群人当中，才可能获得写作的素材呢？这也可能是大家都会碰到的一个问题。

细细分析，这里有三个层面可以解剖：一个是作家究竟是作为一个普通的个体的人存在的，还是一个写作的人存在？第二，我的日常生活状态，我是生活在我的写作当中，还是生活在生活中？第三，我是为了写作而去关注生活的呢，还是因为我关注了生活而去写作？这些问题都是我经常要问自己的，我想也是大家有兴趣知道的。

恰好昨天我很偶然地看报纸，因为我每天会用一定时间看报纸，浏览社会新闻，是跟社会保持联系的一种渠道。现在我们的媒体和新闻报道，越来越具体，越来越真实。它不像六七十年代的报纸，几乎是千人一面空洞无物。昨天我在报上看到一个笑话，有一个小孩儿很淘气，被爸爸打了一顿。那小孩儿非常委曲，希望在妈妈那儿得到同情和支持，就去跟妈妈说：假如你的独生子被别人打了以后，你会怎么样？他妈妈不加思索地说，那我当然会把打人的那个人的儿子打一顿。这个小孩儿一听，坏了，因为“打人”的那个人就是他的爸爸，那么再打一顿那个人的儿子，还是他自己。我看了这个笑话以后，想想觉得有意思，突然找到了一种关系，就拿这个笑话作个比喻吧：在某种情况下，这个主体相对的客体，两个对应着的父母，实际上最后落到这个主体上，“他”是同一个人，还是这个儿子。他期望得到的同情和支持，变成了妈妈的报复，落在他自己头上。这个笑话用一种幽默的方式，阐述了“关系”的悖论，这个关系有一点像我要讲的写作和生活的关系。尽管任何比喻都可能是不准确的，任何比喻都是有偏颇的，但是我觉得有一点像，它像在哪儿呢？父母是这个儿子的创造者，必须有父亲和母亲才可能创造这个儿子，咱不说现代技术，就把这个孩子比喻为一个作品，从文学写作上引申，他的父母共同产生了这个作品。他的父亲，好比是生活，但是有了生活，依然不可能创造出一个生命来的，还需要母亲的“接受”和孕育。“接受”就是对于生活的分析和思考，“孕育”就是构思和立意。如果没有生活和后面这些“工序”的结合，即便你占有无穷无尽的生活素材，依然不能够创造生命，也就是文学作品。我不知道我把这个关系说清楚了没有。

那么，生活到底是什么呢？生活无处不在，从微小的事件到最大的事件，到萨达姆被抓，到朝核问题，到世界上发生的一系列的重大问题，具体到我们身边琐琐碎碎的事情，这都是生活。用现在的理念来解释，生活就是无数信息的合成，这些信息可转化为数据形式。但它又是活生生的、感性的、形象的。信息无处不在，充满在空气中，充满在我们的视线中。我们走到任何地方，即使我们坐在这儿听讲座，也是一种生活形态。作为一个写作的人来讲，我们就是一个接收器，接收四面八方来的信息。接收器在接收的时候，有时候是全方位的，你在公共汽车上都会听到传过来的两句对话；你在散步的时候，一路过去也会听到各种各样的声音，比如风声、汽车声、喊叫声、笑声，也许有人一边走一边在打手机，也许有人在用半导体听戏。任何时候，你的接收器都是打开的，声音就自己进来了。当然，那个过滤器会偶尔自动关闭，比如遇上特别恐怖的那一刻，我们会下意识把眼睛闭上。这些信息进来以后呢，它要经过我们的信息处理，究竟哪些东西被删除了，哪些东西被保留下来？最后有哪些东西成为作品的细节？这根本上取决于一个写作者的认知和提炼。

在我少年时代，就是被有关“生活”的理论驱使到北大荒去的，“一个有出息的文学家一定要到生活中去，要到人民群众中去”。那么，生活是不是就一定在远方，在北大荒呢？米兰·昆德拉有一部小说的书名就叫作《生活在别处》。我们总认为生活是在别的地方，总认为百姓的生活才是生活。但我对“百姓”这个概念非常疑惑——“百姓”对应的是皇权，那时候的君臣关系，认为皇上之外的姓氏等于零，把民众的姓氏抽象为“百姓”，只要统称为“百姓”即可，个体是不存在的。而民众也常常自称“我们老百姓”，自动放弃了政治身份。在中国传统文化中，没有“公民”这个概念，只有“百姓”这个称呼。我们是不是应该对“老百姓”这个称呼打一个问号。什么叫“老百姓”呀？这个称呼里面缺乏一种起码的公民意识。人和人在人格上都是平等的。我是公民，我不是无姓氏的老百姓。前些时候选人大代表，我看那个选举栏上写着政治身份，中共之外填写的都是“群众”。“群众”这个概念也是需要想一想的，中共是一个党派的政治身份，如果不是中共，那就是无党派，或者是非党，或者民主党派。但我们的“老百姓”并不觉得有什么不妥。这种习以为常的称呼，就是中国的文化和历史，这个样子的“老百姓”的生活输入我们的头脑，就会产生很多乱码。我希望以后不要再说“老百姓”如何如何了，“群众”和“百姓”这一类语词，应该从我们的字典当中清除出去。这儿可能有点离题了，我的意思是说，所谓生活，实际上随时随地就在你面前，生活中的任何信息都可能刺激你，冲击你，你个人的存在就是生活。并不是非要到某处去才有生活，生活其实就在我们身边。那不是他人的“皮相”的生活，而是你自己精神生活的外化，是和你的心灵诉求有关联的生活，然后通过你的思考沉淀提炼，最后成为故事和人物。

我们的生活看起来如此雷同，上班下班、挤地铁、按揭房子，年假旅游……后来发现去旅游也乏味，因为景区也大同小异，停车吃饭拍照，最后回来想想也没什么意思。所以今年就开始流行滑雪。生活有很多重复感，人们希望找到那些新鲜的事物，找到那些能够对自己有冲击力的，有启发性的东西，比较难。我们阅读大量的出版物，或者看电视剧，常常会有这种感觉，总是觉得有很多东西是相似的，无论是现代生活，还是历史剧宫廷生活。我这里无意贬低我们任何其他的同行，因为我一向认真阅读别人的作品。我不知道在座的朋友，去买书的时候会不会有这种似曾相识的感觉？你不知道这本书跟那本书到底有什么区别。我们今天所面临的那些重复的或者说是雷同的、相似的生活中，究竟还有哪些东西是能够打动我们的？这个我想是给写作者提出的越来越艰难的一个问题。于是我开始对“生活”的海量信息进行“识别”，希望找到和我内心有关联的那个节点。

面对“生活”中大量有关女性的信息，爱情、婚外恋、家庭关系和子女关系、女强人等等，今天的媒体、新闻都可以记录这些事情。文学是什么呢？文学需要用感性的人物形象，在现象中提炼出本质。我非常想为中国的现代女性写一本书，来表达我对女性问题的看法。从哪里下手呢？我一直没有找到我要说的东西，没找到那个根本的核儿，我就不能写，我不能重复别人，和别的作品大同小异。就在我这样反复琢磨女性“生活”的时候，我碰到了这个“作”字。我们中国的汉字是一个宝库，“赤彤丹朱”就是对“红色”的重新诠释。这个“作”字对我很有触动。因为我老家在杭州，我们杭州人用这个“作”字是很多的，还有上海人也用得非常多，很快我发现北京也用这个字。我从1983年开始住在北京，北京方言里，一般都是指责这个小孩儿或者说女人“作死”，但从来不说男人“作”。男人叱咤风云，办公司赔了，第二天醒来又出去融资，策划一个新的公司新的项目，这个男人怎么折腾，也没有人说这个人挺能“作”的。我在东北生活很多年，东北人说女人“作妖”，指的是女人胡搅蛮缠，因为女人的力量比较弱的时候，不像男人这么强大的时候，她当然需要一些情感的发泄，有时候感情用事，有的时候会有比较极端的行为。所以东北男人指责女人说，你看你，你又“作妖”呢，它变成“作妖”，和妖联系起来，把女性妖魔化了。去年《作女》出版后，一次在哈尔滨签售搞活动，有个朋友过来说，听说你写了一本小说，叫《妖女》。因为在他的信息储存当中，“作”和“妖”是联系在一起的，他区别不开了，提取了后面这个字，就成了“妖女”。我发现大半个中国都用这个“作”字，“作”字就是批评那些不安分守己的女性，把男性对女性的态度表现得淋漓尽致。这个词一直单用在女人身上，或者是小孩儿。所以从孔子就说“惟女人与小人难养也”。咱们现在讲也是保护妇女和儿童的权益，总是把妇女和儿童放在一起，算不算性别歧视啊？事实上我发现在生活中，看周围的女朋友中，越来越多挺能“作”的女人，从杭州到上海到北京到东北，我有好几个女友都挺“作”的，上海人说“作”字的时候，还带有发嗲的意思在里面。如果从中国本土文化资源当中去寻找属于我们自己民族文化的特点，反其意而用，就有意思了。

我有一个女友，在小城市的报社当总编辑，我后来在美国碰到她。我说，你怎么会跑到美国来？她说，你不知道，我那个总编辑不能再当了，我当下去，就要烂掉了，就像那个腌菜缸里的腌菜被沤烂了。我说，有那么严重吗？她说，是呀，我在那儿当总编辑的时候，比如你见到一位女同事，夸奖她今天的衣服很好看，这本来是一种礼貌，互相赞美一下而已。但是只要你说了什么东西好看，表现出欣赏的意思，晚上就有人给送家里去了。地方报社作为当地媒体，宣传作用是非常大的，她发现自己不能表达自己的喜好了，因为马上有人顺着你的意见投其所好。她说，我不能再那样生活下去，我要过一种有创造性的生活。于是她就辞职了，有个机会跑到美国去发展了。

我还有这样的女朋友，新千年到的时候，她要去浙江石塘看新世纪的第一线曙光。但是前一天晚上要加班，老板就不让她请假，她就辞职了，一定不能错过那个曙光。再比如说有个女人，你每次到她家去，你会发现她的家具又换一个地方。因为家里面就这么大嘛，对不对？她不可能隔三个月换一次房子吧？她觉得我每天回家，怎么都面对着这样一个固定的地方？每天进来都有一种重复感，每次走的路线都是固定的，拿东西的动作都是一样的，这种生活简直是不能忍受。那怎么办？搬家具，把它换个地方。两个礼拜不调整一下，她就难受。后来我的小说出来以后，很多女性说，对呀，对呀，我就是这个样儿的，你是写我吗？还有，女孩子不断地换发型，长头发要剪裁短，短了以后要养长，长了以后烫了，烫了以后要给它拉直了。前几天我还看到一篇小文章，是《南方周末》，还是哪儿？说头发七次改变发型，就走完了女人的一生。头发是女人改变自己最便捷的方式。女人改变不了生活，改变不了命运，那怎么办呢？只好改变自己的发型了。我觉得也是自我安慰、自我拯救的一种方式吧。总之吧，像这种故事很多很多。女孩子、女人，一直到四五十岁了，仍然渴望不断地改变自己。

在我写《作女》的前一年，我有一个女友在郊外买了五十亩地，她说是一个庄园，让我一定要到那里去玩儿，后来我们就去了。一个五十亩这么大的地方，里面盖了一座平房，房子里面乱糟糟的，当然没有那种乡间别墅，贵族庄园的感觉。因为她忙不过来，每天有很多很多事情要做，这五十亩里有三个水塘：一个塘里面是养鱼的；一个塘里是种藕的；还有一个塘有待开发，当时还没计划好要干什么。她说最大的那个水塘里头养了十万尾金鱼。我说，在哪儿呢？她说，我敲一敲，敲一敲它们就来了。她就拿一砖头，旁边有一个木头桩子，就敲，敲了半天鱼也没来。后来她说，它们可能睡觉了。然后就到另外的那个藕塘去看，荷花都开过了，结了莲蓬，莲蓬就长在水里面，也没人去采。我说莲蓬子很好吃的。她说，没时间呀，让它长着吧。那五十亩地上全种了玉米。我说，你应该种树。她说，明年就种树。养了十条狗，分别关在五十亩地的各个角落，各个不同的方位，每条狗都被关在一个铁笼子里面，待在十个不同的地方。每个狗笼子里都放了一个脸盆儿，里面是玉米糊糊。

我说，你养那么多狗干吗呀？她说看守玉米呀，这么多玉米，要丢了呢？我说，你种那么多玉米干吗？喂狗呀！我说，自我循环嘛。那万一歹徒来的时候，你怎么能够迅速地把你的狗从笼子里放出来救你呢？她说，这个反正是有办法的……她不发愁，她觉得这样的生活真是自由自在，很有想象力。我当时就觉得挺有意思的，回来就想这个事儿。这个女友，我从三十岁不到就认识她了，跟我年龄差不多。她对生活充满着热情。我觉得狗和玉米的这个事情，是典型的不产生效益的这么一个事物，种了玉米喂狗，狗来看玉米，效益在哪里呢？是不是？这个效益就在于过程中的快乐，她喜欢狗，所以她养了很多狗；狗得吃啊，种玉米喂狗。这个过程中，她觉得能够自给自足，又养活了这些狗，她五十亩地上都长满了绿色的庄稼，很快乐的事情。

这个当然是非常极端的例子。我们首先得有很多钱来买五十亩地，还得买得起十条狗。我说的是，她也不是有很多钱的人，但是她有一点儿钱，她就开始“作”。她的钱用在让自己快乐的地方，她也不是什么大款，她觉得这种生活方式非常快乐。我并不是提倡大家都去做这种没有效益的事情，但是我们写作的人可能会从这样的例子中，去体会一些值得深思的事情。我们今天的生活正在发生变化，毕竟有那么一部分人，不愿意追求绝对的效益和实利，更注重生命过程当中自己能够体会到的那些生命的意义，按照自己的愿望去生活。这个大概就是我写《作女》的初衷。

当我找到《作女》这样一个视角的时候，我才觉得女性小说它有了与众不同的趣味。我们今天的女性，已经不愿意一天天重复地过日子，她们对生活具有挑战的姿态，希望更多发挥自己的创造性。

小说出版以后，引起很多女性的共鸣，说我们都是有“作”欲的，这个欲望不是挣钱的欲望，这个欲望是去改变现状的欲望。但是每个人的“作”力有限，不可能都像你小说里的人物那样义无反顾。那么，我们在阅读中得到一些快感，看到另一种更加勇敢的、更有能力的女性今天的生活态度，对我们是有鼓励的。我说，不一定不要像卓尔那样去“作”，因为我看到很多“作”女作来作去，产生很多问题。《作女》的主人公卓尔只是一个文学形象，卓尔绝对是一个个例，我们不可能都像卓尔那样去“作”的。大家知道，前两天，《作女》的电视剧已经开拍了，文学作品必须提取一个比我们眼睛所能经常看到的生活，更为重要或者说更为超前，或者说更为丰富的人物形象。所以我一直认为，生活不是你去刻意寻找的。当你要去寻找生活的时候，我觉得你对生活的那些感官有问题了，这个接收器有问题了。生活不是去找的，是它自己“撞”上来的，当你的眼睛看不到东西，耳朵听不到的东西的时候，去找是找不到的。实际上每个细微的东西都是在我们每天的生活当中，随时随地都可能从中吸收营养。比如民间语言就很生动，有一次我去买鸡蛋，那个鸡蛋我觉得有点儿小，我就说了一句：“这鸡蛋有点儿太小了吧？”那个卖鸡蛋的人说：“小？我也没咬一口。那鸡蛋生的就这样的嘛。”像这样语言感觉，真是无时无处不在。所以我要说的是，我们写作的人，一定要有这样的敏感度，去接收这些信息。这些信息经过大脑处理的时候，一定要有分析的能力、处理信息的能力。有的人对生活很冷漠，对任何事情都没有喜怒哀乐，这样的人就不要写作了。我有时候走过地铁通道，有人在那儿拉琴，我心里会被打动，会放一点儿零钱给他。我觉得他通过自己的音乐演奏，得到了快乐，也给过路人带来快乐，他不是乞丐，是谋生。所以碰到这些拉琴的人，我就会有一点儿感动。晚上散步的时候，我在我们的小区里面，经常看到一个老头儿和一个老太太，老头儿自己做了一辆小车，只能放下一个人的座位。我觉得这辆车是他自己自制的，因为很小，前边有老头儿蹬车的座位，车斗里只能坐下一个人。每天晚上他蹬着车，拉着老太太，老太太可能是腿脚不太好。每天，只要没有太恶劣的天气，老太太坐在后面，老头儿就拉着她，在小区里兜风。更有意思的，还会有一条小狗，普通的土狗，一直在地上跟着车走。有时候小狗走啊走走，可能是累了也可能是撒娇，它就会跳到那辆车上去，让老太太搂它一会儿，过一会儿它又跳下车，跟着车跑……

生活中让我们感动的事情，也许就是这么一个镜头、一个画面，留下很深的印象。面对这样的情形，你会无动于衷吗？我觉得写作的人，心里其实是很单纯的，能在不美中看到美。在感受生活的时候，应该非常单纯；而在思考生活的时候，就变得非常复杂，这是我的经验。如果你在接收那些生活信息的时候，没有这种单纯，对一切事物都会觉得：噢，就那么回事呗，有什么呀！用冷漠的世故的眼光去看世界，轻轻一句话就把它 PASS 掉了。如果每个人都习惯如此，这个世界就变得毫无生气，毫无意义了。我有的时候看报纸的时候也会感动，比如前几天刚好看到一个故事，讲一个大学生，母亲很早就去世了，他父亲把他养大，这孩子非常努力，一直到考上了大学。考上大学以后，父亲突然病倒了，瘫痪。这个孩子在学校，给他奖学金，他也勉强能够过日子。他还可以做一些家教什么的，可是他父亲在老家瘫痪在床，亲戚轮流去照顾他父亲。假日的时候他回家去照顾父亲，可能那个大学离他老家不是太远，他发现父亲长了褥疮。因为毕竟亲戚朋友都要干活儿的，不可能有那么多时间。怎么办呢？他决定把父亲接到他读书所在的那个大学，在学校附近租了一个房子，背着父亲上大学。与此同时，我们还看到这样的故事：父母卖血供孩子上大学。一个孩子上了四年大学，他父母卖血的总量，可以用桶来装了。但是这孩子后来迷上了游戏机，不上课了，找不到他，他根本不记得父母是怎样卖血供他上学的，这个结局比卖血更悲惨。但刚才前面讲的那个故事，那个大学生每天早上去上课以前，把父亲早点准备好，喝水准备好，中午赶回来给父亲做饭喂饭，然后用晚上的时间去做家教挣钱。就这样一边读大学，一边照顾父亲，直到他毕业有了工作。这两个故事的发生背景差不多，有可比性。哪个使你受到的触动更大一些？我读报并不是为了写小说，报纸的新闻往往不能直接变成文学作品，读报是为了和生活建立更广泛的联系，是生活的宽度。

我觉得人世残酷，总还有亲情和友情，有一些宝贵的情感吧。不会没有的。所以，我们写作的人自己不感动的话，就不可能去感动别人。我们的信息接收器等于是关闭了，这种关闭很可怕。如果我们通常对生活中各种人和事，采取一种冷漠隔绝的态度，你永远不能说自己是在“生活”中。你在生活中是否还会感动，也是能不能写作的标尺。

我还要展开讲的是，刚才我说到了“公民”这个概念，也就是回答我一开始提出来的问题。我觉得自己首先是作为一个公民存在的，我不是一个写作的人，我跟大家一样，我是一个公民。在一个公民社会里，我会有作为一个普通公民的种种欢乐、痛苦、问题、压力，我会关注我们周围的人，关心生活中发生的事情。这时候我不是作为一个写作者存在，而是作为一个公民存在，你忘掉了写作，你跟别人一样，你就是在生活的各种纠葛里。你会作为守法公民去交纳各种费用，但会碰到小区里有些人用种种理由不交物业管理费，从而引发你的愤慨。然后你又碰到各种令人生气的事情，到医院去看病，你会发现医院的管理不合理，医生不尽责等等。你会关注生活的环境，空气质量、不下雪或是太多雨水，刮大风路边全是塑料袋儿，白色污染触目惊心。你去买菜，会看到那些菜农、卖水果的人，搭个棚儿在公路边上，晚上睡在里面。你想的是怎么才能解决这个问题呢？你会看到北京城里每天堵车，这个交通怎么回事儿呀？这时候写作者的身份意识是很模糊的，那是一种起码的善良、道德、公德，也许是公民意识。很难想象一个好的作家，在生活中、邻里关系中，是一个自私的人。

再比如，我们都经常乘坐出租汽车。出租汽车司机一年到头三百六十五天，是没有假日的，因为每天无论他生病也好，家里有事儿也好，都必须向公司交纳车份钱。一天大约需要八个小时才能挣到一百四五十块钱的营业额，用来交车份子钱，然后再继续挣的钱，才是他的净收入。出租汽车公司买一辆车是多少钱？基本上两三年公司就可以收回成本，剩下的都是利润。而司机早上六点钟出门，一直到晚上九十点钟才到家，劳动时间长达十六七个小时，绝对超负荷。有没有人来管这个事情呢？去年在全国政协会上，我就讲了出租汽车这个问题。我说中国还有没有《劳动保护法》，在我们的眼前，我们就看得到，一天工作十六个小时，节假日不能歇车，因为得交那个份子钱。如果今天家里有事，他还得赔进去这一百五十块钱，或者一百六十块钱，或者一百八十块钱。且不说他们吃饭、上厕所，都有很大的困难。为什么没有行业工会组织或别的团体为他们维权呢？我到现在也不理解这个问题。这么严重违反《劳动法》的事情，就在北京城里，我们每天都看得到，可是我们就是无法改变它。我每次打出租汽车，肯定会跟司机聊天儿，问他一些情况。因为我觉得作为一个北京市民我需要知道，作为一个好奇的人，我也想知道真相。但是这些东西，我刚才讲的，我们看到的种种现象，它不会直接变成文学作品的。我不是记者，我不是因为要得到素材要写作，才跟出租汽车司机聊天儿的。不是这个关系，就是因为你在生活中，你的接收器是全方位打开的，你需要知道在你的生活中发生了什么。你需要知道这些司机的想法，这都不是为了要写作，只是想知道这个社会是怎么回事。我现在陆续积累了很多出租汽车司机的故事，也有一些熟悉的司机给我讲过一些精彩生动的故事。但是这些素材并没有立即变成小说，不知要等多久，等我超越了这些“生活”之后，才有可能变成文学作品。很多素材由于提取不成功，就放弃了。我的意思是说，我们并不是因为要写作才需要了解生活的，而是因为某些生活素材的不好或是太好，激发了我们的创作欲望。

那些研究历史的学者，或是写作历史故事的作家，生活在历史资料中。但是他的历史资料，又是被什么激活的呢？很可能是被那些与我们现实生活有关的善恶感受激活的。很多历史小说、电视片，都跟当下的现实生活发生某种对应关系。我们在历史当中，可以看到今天的影子，甚至在很遥远的历史故事中，看到了今天的人物影子，或者是某种折射。何况我们是一个关注现实生活的作家，所以我认为，生活是无处不在的，它存在于任何时间、任何地点。如果我们没有激情和敏感，没有是非观，无论你是在农村最基层的地方体验生活，还是在哪个特殊行业体验生活，你即便“浸泡”在生活中，都和生活隔着厚厚的一层，永远看不到生活背后的那些本质。

我再回头来讲《作女》，因为我听到一些读者的意见，说《作女》还真的是那么回事，在我们生活中，我认识那个谁谁谁，这个人就是挺能“作”的。有人说，我们单位有的女人就是这样的。其实我本人并没有《作女》的那些经历，但当我发现了“作女”的时代特征时，所有的细节都向我涌来了。有点儿像一所新房子的装修前夕，我们以前从来没有留意哪儿有建材店家具店，但等到你决定装修的时候，你突然发现原来小区门口就有一个建材店，小街那儿有个家用电器商城。因为它原来跟你没关系，你看不见它。你心里和它建立了联系，它就在你眼前。《作女》的小说出来以后，很多人都发现，噢，原来我们的生活中“作女”真是比比皆是。

这些“作女”到底对我们今天的生活有哪些积极的影响呢？有一些年纪比较大的中老年的女性读者，看了这个书以后，也会有一点儿激动。当然我知道她们如果批评我的话，肯定不会当着我的面说，可能也有人说我不能接受这部小说。但是也确实有一些中老年读者真诚地表示：哎呀，我要再年轻二十岁，我也得这么“作”一把，我把好时光都给错过了。有一个母亲，这是我没有想到的，她买了这本书去送给她女儿看。我一般都会担心家长反对我这本书，把书都给藏起来，不让她女儿看，虽然女儿已经成年。但是这个母亲主动给女儿买了这本书说：你好好看看这本书，千万不要像你妈妈这样过一辈子。这个例子对我来说确实挺震动的。母亲一辈子的最佳生命时段已经过去了，不可能重新来过。但如果创造出这么一种充满着活力、挑战性的女性文学形象，是不是可以弥补我们的一些遗憾，使我们今天的女性读者，更好地在生活中创造自我呢。

所以，一部小说如果能够广泛地引起读者的注意，确实需要一定的超前性，也就是如何带领引领市场。超前就是引领，而不是迎合。我相信那些优秀的作家，都不会以吸引读者眼球为目的，现在每天如此大量的出版物，一部作品如果不能触动人的神经的话，触动眼球有什么用呢？读者看了一眼，马上就把眼光移开了。好的文学作品，至少能让人的神经震颤一下吧？《作女》就是写出了我们今天的中国女性正在生长的那些因素。也是中国本土、带有成长性的特殊现象。作女的那些故事，其实大家都有体会，我只是从生活中发现了她们而已。

对我来说，生活实际上是由两部分组成的：一部分是当下的生活，还有一部分是过去的生活。当下和历史其实是相伴相生的，构成了我写作的两个来源。比如我们这代老三届作家吧，跟共和国同龄，所以也应该说经历了新中国成立以后的大部分重大事件。亲历了三年困难时期，然后“文化大革命”，再到上山下乡，我是在这段历史当中逐渐成长起来的，它要跟随我们一生，那些创伤始终都在，很难痊愈，它跟共和国的历史并行，也是我们的生命史。因此，不断地回顾、反思我们亲历的历史，实际上是为了找到往前走的路径。这个跟怀旧完全是两回事。现在我会经常听到这种议论，抱怨商品经济时代，人和人之间尔虞我诈，利欲熏心，贫富分化，人都变坏了。很多人怀念五六十年代，认为那时候的人很单纯，是一个风清气正的时代。不过我不太赞同这种看法，因为我是经历过五六十年代的，那个时候出身好的人和出身不好的人，难道是平等的吗？政治歧视下谈不上有人的尊严。那个时候的人与人之间的关系是非常平等和谐的吗？你说一句话都怕隔壁有人听见了，去给你告密，是不是？时刻怕犯政治错误。在那个时代是谈不上人的尊严的，动不动就怕犯政治错误，必须人家这么说，你也得跟着这么说，没有任何个人意志可言的。难道这样的社会是一个合理的社会吗？是一个好的社会吗？那问题到底出在哪里呢？改革开放以后，经济开始复苏，如何避免在新的社会条件下，出现贫富两极分化和新的社会矛盾？这个当然不是我能够解决的问题，而是政治家考虑的问题。但是作为有良知的文学家，对这些事情总是有“反应”的，不会麻木不仁。所以呢，对当下的关注，以及对于历史的反思，在我的写作中不可分割。比如《赤彤丹朱》，在父母的那个历史年代，而《情爱画廊》和《作女》，又非常具有当代性的。再比如像我今年刚出版的中短篇小说集《请带我走》，也可以看到我的写作，长期以来都在现实与历史这两个区间里行走。

现在我简单谈谈《请带我走》里边那个中篇小说《芝麻》。《芝麻》写进城务工的女性生活，由很多现在时的故事生活和细节组成。芝麻是一个借喻，象征微小的、不起眼的东西，其实蕴含着朴素而珍贵的油脂。相声里有一个笑话，一个穷酸的秀才，芝麻饼上的芝麻粒掉到桌缝里头了，要想办法体面地把它弄出来，一颗都不放过。咱们常说“捡了芝麻丢了西瓜”，可见芝麻微不足道，不值一提。而在我们生活里，也有这样的一些“芝麻”，掉在缝隙里面，它太小了，我们看不见它。我写芝麻这个人，是反其意而用。她是从农村出来到城里来打工的一个普通妇女，就像掉在城市街道缝隙里的芝麻一样，需要写作的人把她拍出来。有时候我走在大街小巷，觉得这个城市有很多皱折，在这些皱折的缝隙里面，藏了很多东西。写作的人对于素材就是应该很吝啬的那种，要把它们一一找出来，不肯浪费一点点。《芝麻》属于我对当代生活的即兴反映。它是现在时的，也可以说是新鲜的芝麻，和芝麻秆一起晾干、打场、装袋。我知道那是好东西，就把它们一点点收集起来，经过文学的处理，把积累的素材集中在一个人身上，然后磨呀磨呀，直到把新鲜的芝麻磨成香油。因为长期起来，我有机会接触到一些打工的农村妇女，有时候她们的语言是非常生动的。芝麻的那个原型人物在我家里做家政好几年，和她聊天，她会说很多农村的事情。前几年，村里总共就一台电话机，后来好几家人拉电话线共用一个电话。她往家里打电话的时候，有五六家人可以同时听。村里有一对年轻的夫妇，通电话就说了一句："你好吧？""我好。""我想你了。""我也想你了。"结果第二天全村都传遍了。她告诉我，打电话的时候千万不能说"我想你"，就说："你好吧？""我好。"这样就讲完了，不怕别人听。她女儿七八岁的时候，第一次接到她的电话，听到话筒里传来的声音，非常惊讶，扭头张望找妈妈，一边问：妈，你在哪儿呢？你在哪儿猫着呢？像这样的细节，都是非常真实生动的。她讲到 70 年代河南发大水，村子里只有一家人的房子是最高的，乡亲们纷纷爬到他家房梁上去。我说怎么上梁呢？她说要在天花板上捅个洞，然后从那里爬上去。但是她爸爸没来得及上去，大水就来了，把她爸爸给冲走了。爸爸怀里抱着才十一岁的男孩，大水来的时候，这个孩子猛一下被水冲走了。她爸爸幸好抱住了一棵臭椿树，就爬到树杈上。那棵树不太高，一个闪电下来，他看到有一个东西在脚边的水里一动一动的，他一把抓过来，抓住了才发现这是自己刚才掉的儿子，淹得半死不活。他就把那个小孩儿搭在肩膀上控控，把孩子肚子里的水都控出来，那个小孩儿就活过来了……这样的一些生活细节，我听过不会忘记。下乡回城后，我慢慢觉得，其实生活就在我们的身边。如果对生活的苦难有悲悯之心，有同情之心，有好奇之心，我们的心被触动之处，就是与我有关的生活。

现今对河南人的批评较多，我没有任何贬低河南人的意思，是说生活中的一些现象。这个“芝麻”的家里养猪，她男人一年到头都睡在猪圈里，下猪崽了，一夜夜守着，要不然就被人偷去了，所以她男人长年累月都和猪睡在一起。小偷很厉害，偷了东西出去以后，在外面用铁丝把门拧上，你就是发现了，第二天打不开自家门，就没法去追了。还有一个故事，有一家人养了一头牛，怕牛丢了，所以每天晚上把这头牛牵到自己睡觉的房子里，把牛拉进来以后，牛主人怕自己万一睡死了听不见有人偷牛，就在牛角上面拴两根绳子，另一头拴在屋角的一根柱子上。还是不放心，就在牛腿上拴了根绳子，拴在自己的床脚上，万一有人拽了牛绳，立马就醒了。这个办法还真有用，到了后半夜，真的进来一个小偷。因为农村房屋的墙很簿，墙外就是院子，偷牛的人竟然在墙上掏了一个洞，钻进来把牛角上的绳子给解了，可见小偷动作也很轻啊，然后就把牛从这个洞里牵出去了。牛的主人干活儿很累睡得很死，竟然没有听见凿墙的动静。不过小偷也没有看到牛脚上还有一根绳子，拉着牛出去的时候，那个牛绊着绳子，拉动了床腿儿，拉不动，牛的主人终于被惊醒了。小偷没想到下面还有一根绳子，绑到床腿上了，这根绳子非常重要的，这么一拉，主人就醒了，看到墙上有一个大洞，牛的半个身子已经在外面了，这时候小偷才把绳子松手，跑掉了。

这头牛保住了，被他拉回来，第二天他把那个墙洞堵上了。但是又过了两天，一天早上醒来，他发现那头牛还是被人偷走了。因为小偷有了经验，把牛腿上的绳子割断了，把牛牵走了……

这个偷牛的故事，能够写成一个短篇小说。但我始终没有写，因为我还没有找到这个故事的“核”，没有把这些素材磨成香油。并不是所有精彩的原生态故事都能写成好小说的。现今有很多小说，是写农村人进城怎么受歧视，城市如何邪恶，淳朴的农村人进城后，就被吞噬了，被毁坏了。但是我们没有看到，改革开放二十年来，农村盖起了新的房子，是通过外出务工挣的钱，买了家用电器，买了小型拖拉机，慢慢脱贫了。这个还不是最重要的，最重要的是，大量的农村务工人员到了城市以后，接收了城市的很多先进文化，逐渐地改变了观念。比如“芝麻”的儿子到了十八岁以后要定亲。她就觉得十八岁定亲太早了，要让儿子学技术，学一门手艺，把自己的经济搞好了再结婚，下一代也会生活得更好。农民的观念就这样潜移默化地在改变，这就是社会的进步。美国是一个粮食输出国，农业人口只占百分之一，而中国这么庞大的一个农业国家，未来的发展趋势，必须要减少农业人口，提高农业效率，用农业科技的方法来解决粮食、蔬菜和副食的问题。农民进城务工，确实从事着各种高危行业，面对各种危险，晚报上经常可以看到农民工出事故的报道，还有像《盲井》那样悲惨的故事。但农村也在慢慢富起来，更多的是观念的改变。我写《芝麻》，真正想表现的，是农村人的观念发生的微妙变化，出现了种种处于生长状态的新东西。我写的并不是芝麻，而是寻找含油量最高的那些物质。

《请带我走》里面还有一个短篇小说是《鸟善走，还是善飞》。

作品写了知青生活，但不是那个时候的知青，而是被知青“启蒙”的农场第二代，和老知青现状的交叉关系。我在去年又重回到北大荒农场，见到了当时我认识的一些小孩儿。我们在那儿的时候，他们还是八九岁的孩子，现在都已经四十岁了，成了农场的骨干力量，当年知青老师教过的学生，现在成了农垦系统的主力军。其中有一个孩子，我差不多在二十年前就认识他了，他给我讲一些往事，说自己最早的生活习惯都是从知青老师那儿来的，长大后参加了工作，第一个月发了工资，他就按照当时上海青年穿裤子的标准，买了一条裤脚管上面带褶的，因为上海知青就喜欢穿这样的裤子。从此以后，他在晚上睡觉以前，必须把裤子叠得很整齐，压在枕头下，把裤线压出来。有人嘲讽他臭美，他还是坚持这样做。

这是不是传播文明最初的一种形式呢？后来他看到知青穿了皮鞋，上海知青的皮鞋，永远都擦得非常光亮、干净。他说我后来养成了一生的习惯，就是鞋子上不能有一点儿灰尘。他当时特别喜欢去找知青玩儿，去之前，一定会在家里洗个脸，换一件干净衣服。他妈说，你又要去找知青去了。他说因为知青不喜欢太脏的小孩儿，所以慢慢就培养了一些基本的卫生习惯。他的知青老师教给学生一些体育常识，自制了简陋的双杠、单杠那些体育设施，他学会了游泳，并开始爱上了体育课。知青回城以后，他对着收音机自学体育播音，试着给农场各分场连队的足球比赛、篮球比赛当解说员，还写了好几本厚厚的体育评论。他说这几年知青都回农场来看看，他最想见的就是当年教过他的那个知青老师，每次来人他就积极地去看他们，但是那个知青老师一直没有回来过。他不知道这个老师现在到底怎么样了呢？生活得好不好呢？他为什么没有来？他把他忘掉了吗？这个孩子非常有意思，有这样一种感恩之情，藏在他的心底深处，成为一种悬念。这个故事的感情非常真挚宝贵，感动之余，我的脑子就开始转磨，磨着磨着，我发现其中有一种历史的沧桑感、有关文明的传播、对知青功过的评判。当我把它构思成一篇小说的时候，则呈现出与原生态的“芝麻”不相同的面目。《鸟善走，还是善飞》小说的结尾处理是这样的：他准备了很久，把他所有的作品都准备好了，也找到了那个老师的地址，他打算去看望这个老师，向她做一个汇报，感谢她当年的教诲。因为当年老师教过他一句话：问他们鸟善走，还是善飞？通常人们都会认为，鸟当然是善飞，但老师说有一种鸟是例外，这一种鸟是善走的，是什么鸟？鸵鸟，鸵鸟走路是跳跃性的，步子特别大，步行速度非常快，每小时 30 公里。他从此知道了鸵鸟虽然不会飞，但它以步行的速度取胜，就像他的人生，虽然生活在偏僻边疆的一个农场，各方面条件的局限，使他的人生很难高高飞翔，但他可以在地面上疾走，通过自己的努力来改变自己的命运。所以他后来非常努力地学习各种知识，尤其是体育的知识，成了农场业余文化生活中受欢迎的一个体育解说员，他也在其中获得了极大的快乐和满足。但当他带着自己的奖状、几大本体育剪报，满心欢喜地找到那个老师的时候，那个老师在昏暗的电影院门口的一个体育彩票点卖体育彩票。在他的印象里，他的老师一定在从事体育有关的事业。因为她当年是体校毕业的，是搞体操的。而当他见到老师那一刻，发现她在卖体育彩票。老师完全不认识他了，也已经忘记了当年的事情，三十多年过去了，他怎么能证明自己就是当年那个孩子呢？他站在那里，说出一句：“鸟善走，还是善飞？”他觉得这是一个暗号，是他和老师之间隐秘的通道，希望能唤起老师的记忆。结果那个老师茫然看了他一眼说：你有病吧。然后说：你到底买不买体育彩票呀？别挡道儿……他很失望，把兜里所有的钱都掏出来，没说什么，开车走了。路上他非常伤心，他是一只善走的鸵鸟，但他的老师却从天上跌下来了。有人说我这个小说写得太残酷了，为什么最后找到他老师的时候，会是这样的结局？为什么要用这样一个结尾，来处理这个故事呢？我在这里告诉大家，这个故事中当年的知青生活和这个孩子，是有真人原型的，但后面找到老师的那个结尾，是虚构的。我想表现的是，那个时代已经结束了，那一代被牺牲的人，最后只能是这样一个结局，他们把可怜的知识和文化带去了乡村，但自己却成了时代的牺牲品。（掌声）尽管不是所有的人。这个结尾是对知青运动"种瓜得豆"的非因果关系的一种反讽。当故事成为文学作品的时候，渗透了你自己的情感和对这段历史的理解和认识。小说来自生活，但必须超越生活的原生态，把一滴滴香油收集起来，把油渣饼拿去肥田。

还有一部小说叫《请带我走》，就是开篇的那部小说，也是比较特别的。这些素材也在我心里酵藏了三十年，那是发生在1971年的事情，到现在都已经三十多年了。新鲜的芝麻晾干后就可以磨成香油，但是还有很多的素材，需要酵藏很多年以后，慢慢发酵。"文革"时期，我们杭州知青有一对兄妹，父母被隔离审查了。他们都是杭州干部子弟，没有出路，看不到前途，到最后非常绝望的时候，他们想到了过江去。他们都是学俄语的，黑龙江、乌苏里江都是中苏边境，过江后也许还有一线生机。然后他们到我们农场来住了几天，来看望一个女同学，实际上是辞行的意思，但不能说出来。当然，哥哥住在男生宿舍，妹妹住在女生宿舍她的好朋友这儿，夜里当然会说一些悄悄话。他们兄妹第二天就走了，离开了我们农场，直奔江边。因为哥哥插队的地方就在江边，非常顺利地就过江去了。过江以后，因为他们家庭的这种背景，还有他们会说俄语这些特点，是有使用价值的，就没有被遣送回来。这兄妹俩非常聪明，后来就一直留在苏联了。但江这边却展开了严密的调查，得知他们过江前到过我们农场，这就成为一个非常严重的政治事件，保卫部门对所有涉案人都进行了问讯，既然你跟叛国投敌的人有过一次接触，谁能证明你不是其中的一个策划者或者说是同谋呢？和我要好的那个女生，也就是那个妹妹的女同学，没法证明自己的清白，受了处分，本来她有可能入党提干，这一下全砸了，再也没有政治前途可言。几十年以后，我跟杭州知青聚会的时候，有人告诉我，说那个当年过江的哥哥后来回来过杭州，苏联解体之后的90年代，像他们这样身份的人，被允许回来探亲了……就是这样一些零散的材料，后来我写成《请带我走》。小说里设计的两个男女主人公，一个从俄罗斯去了法国定居，另一个被审查又被一撸到底的女孩子，直到1977年高考恢复以后，才有机会上大学，她从此再也没有选择政治和文化方面的专业，这个事情对她的伤害太大了，她学的是生物，后来去了美国留学。小说一开始就是，他们两个都回到国内，但两个人互相都找不到。后来这个男主人公得知女主人公其时也正在这座城市，他特别想和她见一面，对这个女孩子说一声“对不起”。最后他们终于在机场见面了，男主人公对女主人公说：那时候我们太年轻了，没想到临走前来向你告别，会给你的前途造成这么大的伤害。多年来我一直希望见到你，就是想跟你当面道歉……却没想到女主人公回答他说：我不需要你说对不起，如果不是因为当时这样一个突发事件终止了一切，我可能就会变成另外一种人，这件事情改变了我的人生轨迹，所以我实际上应该感谢你。而那些真正应该跟我道歉的人，却从来没有出现过……

《请带我走》这个小说题目，应该包含着更多的意思——带到哪里去呀？谁来带我走？我们到底要走到哪里去？这个题目蕴含的问号，也是对整个社会、民族命运走向的质疑。

好了，这个讲座时间够长了。如果归纳一下“文学和生活的关系”，大致有这么三条：一、生活是什么？生活不在远处，热爱文学的人，随时都在生活之中。二、只有那些对生活心怀悲悯的写作者，才能进入生活的深处。三、要把生活素材变成文学作品，重要的是思考和提取。

其实，说到底，文学写作的经验和奥秘，难以表达，也难以传授，更多是一种意会和开悟。我只能把自己多年来的创作感受，尽可能坦诚地跟大家交流。有不妥之处，还请大家谅解。谢谢！

傅光明：其实，并非每个作家，我们每个人的生活中都有独特的经历。从张抗抗所讲，我们应该能够感到，创作角度上来说，问题的关键是如何把这生活中独特的经历、独特的感受，提炼、升华为艺术。记得电影《凡·高》中一个场景，印象非常深刻：割了耳朵的凡·高在画风景。另一个画家跑过来，看看风景，再看看凡·高的画稿，发现没什么可画的。凡·高不悦地对他说了很多大艺术家都会说的一句话：生活中不缺少美，而缺少发现。关键是怎样用艺术家的感觉去体悟生活中的素材，用张抗抗的话说，她也是这么做的，就是把生活素材的“芝麻”，磨成艺术的“香油”。最后感谢抗抗老师带给我们的精彩演讲。

知青文学的忏悔之路

陈惠琼　葛东辉

编者按：在知青作家中，张抗抗似乎具有更为独特的心理历程。她在1975年出版了反映知青上山下乡生活的长篇处女作《分界线》。但是，进入新时期文学之后，她却又最早摈弃了“苦难诉说”，开始在作品中对知青往事进行审视和反思。在“知青文学”的发展与开拓中，张抗抗作品中所触及的“忏悔意识”已是一个不可回避的话题。近日，中国作协副主席、著名作家张抗抗到江门参加中国作协第七届主席团第八次会议。期间，我们就“文学与忏悔”等话题在广州采访了她。

分清忏悔的主体和对象

羊城晚报：张老师，您好！请您谈谈文学忏悔与文学现代性的关系？

张抗抗：“文学忏悔”更准确的表达，应该是指文学作品中的忏悔意识。文学的现代性主要指文学与当下社会的关系中某些新的精神因素。当下性必然建立在对历史的不断回顾和对照之中，如果没有对历史的清算与梳理，对现代性的描述和阐释将会缺乏一个坐标系。当代许多优秀的文学作品，比如陈忠实的《白鹿原》、王蒙的《活动变人形》、莫言的《生死疲劳》等等，都对中国现代史和当代史做出了深层解构；铁凝的《玫瑰门》，余华的《兄弟》等，均对“文革”时期人性的残忍和时代的强权暴力有所揭示。而残雪的作品中，对于民族性生成的缘由的探讨和批判，则更清晰、更自觉。他们都以各种视角表达了作家的某种忏悔意识。

“忏悔”源自宗教，主要生成于基督教文化中的原罪意识。信众的“忏悔”往往需要由一个具体的神父来接受。佛教引导信众认识自身的“贪嗔痴”，对“恶业”进行悔改，与基督教的忏悔理念相似，但也有差异。总体而言，中国民众在本质上缺乏宗教信仰，因而缺乏“罪感”，也就是忏悔精神。郭小东教授带领学生研究“忏悔文学”，这是一项亟待填补空白的课题。在巴金先生提出对“文革”进行忏悔之前，整个当代文学的忏悔意识是很薄弱的。因为在我们的文化土壤中缺少这一生命“基因”。在中国当代文学中，至今还未出现真正具有深刻忏悔意识的作品。

就你们的问题而言，涉及“忏悔”的文学亦有广义和狭义之分。广义的忏悔包含那些但凡具有批判与反思意味的作品；狭义的忏悔，在作品会确立一个忏悔的主体和对象。也就是说：谁（主体）在忏悔？为何（对象）忏悔？向谁忏悔？

羊城晚报： 您认为知青作家与经历过“文革”的知识分子作家的忏悔意识有何异同？作家的忏悔和作品中人物的忏悔是否一致？

张抗抗： 经历过“文革”的老一代知识分子，接受过西方的启蒙教育，具有起码的人道主义立场，对于那些违反人道扭曲人性的行为有一种天然的反感和抵牾。巴金在20世纪80年代的《真话集》里，已经开始思考“文革”中知识分子为什么会顺从盲从伪真理说假话？并在自己受迫害的同时也去伤害别人？而知青作家“生在红旗下”，接受十七年革命教育，基本上不知道“忏悔”为何物。20世纪新时期的知青文学（包括我自己在内），大多是“诉说苦难”“批判社会”“自我肯定”的三部曲。一部分知青作家是在渐渐读到更多的西方现代主义文学，听到老一辈知识分子发出忏悔的声音和呼吁之后，才开始慢慢反省自己的。这两代人认识上的距离，在于各自的时代背景、个人经历、文化底蕴、思想认识的差异，所以老一辈作家更早更自觉地进入“忏悔”情境是必然的。

在目前我读到的知青文学作品中，“忏悔意识”仅是一种隐现的、潜在的、模糊的碎片，是勉强和被动的。以我本人在“文革”中的经历来说，我始终处于一种受害者的处境，我没有做过坏事，但是遭受了来自时代和知青内部的各种伤害和打击。在很长一段时间内，我都认为自己没有什么可忏悔的。我心里很难产生类似陀思妥耶夫斯基和托尔斯泰的作品中那种以作者本人为忏悔主体的罪感和耻感。即便在引起你们关注的本人那几部涉及“忏悔”意识的小说中，“我”只是一个相对清醒的旁观者，我只是在替我的知青朋友们，担当起一份责任而已。然而，当我认真检讨自己在“文革”中写作长篇处女作《分界线》的经历，我发现虽然自己写作的初衷仅仅只是出自一个文学青年渴望成长的单纯愿望，但我无法否认一个令人痛苦的事实：每一个曾经服从与迎合了那个时代思潮的个体，其实都是那个旧体制不自觉、不同程度的合作者和共谋者——这恰是“文革”得以发生并延续的土壤和原因。在这个意义上，“忏悔”不再是宗教的“专利”，它对于我们每个人都极为沉重，极其必要。

从反思到忏悔的自觉之路

羊城晚报：回顾您的创作历程，您认为您的忏悔叙事是否有阶段性变化和发展？有哪些？

张抗抗：确实可以分成几个阶段，这个阶段性也是时代的不断进步所致。虽然我较早开始自我审视并反思知青自身，我仍然不认为自己拥有了完整自觉的“忏悔意识”。与那些颂扬知青英雄主义和理想主义的主流知青文学不同，我在1980年发表的短篇小说《白罂粟》，已经涉及“文革”中知青盲目遵从唯阶级论、不惜残害他人生命的暴力倾向，这个小说在当时被认为是宣扬资产阶级人性论。我发表于20世纪80年代的短篇《牡丹园》《火的精灵》，都曾描述过知青对自己在“文革”表现出的某种懊丧悔恨的心情。1986年出版的长篇《隐形伴侣》，借助知青生活和人物，我对人的“潜意识”进行了探讨，其中隐含的对自己的批评检审，是潜在的另一主题。90年代前期发表的中篇小说《永不忏悔》，故事揭示了知青在下乡年代的种种劣迹、不自觉的虚伪、粗鄙及无知。但由于该文的题目，曾被一些粗心的批评家误读。那部作品试图解答困扰知青已久的一个心结：即使我忏悔，但谁有资格做我的忏悔神父？即使我曾有错，但神父才是真正有罪的。（神父是真理的化身、是神的意志的代言者、更是教会权力的象征）所以我说的那个“不忏悔”，只是表达了对强权不满和抗议。那是认识的第二个阶段。

发表于20世纪90年代的中篇小说《沙暴》，以及1997年发表的中篇小说《残忍》，可以算作一个新的阶段。进入到知青如何以革命的名义破坏自然环境、对生命尊严的无情践踏那种的叙述语境，"忏悔"的主体重新折回知青自身。2003年发表的中篇小说《请带我走》，那个故事在我心里存储多年无法释怀，可谓更鲜明、更自觉地表现了那一代知青忏悔意识的苏醒。我为知青这一代人中那些真正应该忏悔而至今没有勇气付诸行动的人，"越俎代庖"做了这件事情。现实也许并非如小说写的那样，但我希望它应该是那样的。

知青文学的发展需要突破传统路数

羊城晚报：您认为当下的知青文学出路在哪里？

张抗抗：我无法指明知青文学的出路，今年是知青上山下乡四十周年，这一代人正在退出历史舞台，固有的生活与认识的局限性恐怕难以超越。我们不能苛求现有的知青文学，20世纪50年代至70年代是一个封闭而且缺少自由思想的时期，包括我在内的大多数知青作家，直到70年代末才获得独立思考的能力。也许某种新型的"后知青文学"正在酝酿之中，新作品和新作者说不定哪一天就会异峰突起。二战后苏联出现的《这里的黎明静悄悄》《活着，就要记住》的作者，已不是当年直接参加二战的亲历者。无论由谁来承继与书写知青文学，继续讲述那个业已远去的老故事，我都希望之前的三十年来那种既有的"知青文学"模式，能在21世纪的思维方式和文学话语方式下，有所突破。

羊城晚报：您对广东知青文学有哪些了解？

张抗抗：我对广东的“知青文学”了解不多，最早阅读的是孔捷生的作品，他的《在小河那边》《大林莽》等都是那个时期知青文学的代表作。若干年前我曾参加过郭小东的知青作品研讨会，那种史诗般的宏大叙事令我望尘莫及，他对于知青文学写作的执着、研究的独到见解更令我钦佩。期待他能为知青文学的发展开凿新路。

《收获》与我

时间：2011 年 8 月 12 日上午

地点：张抗抗家

对话人：张抗抗

蔡兴水（复旦大学中文系博士生）

蔡兴水：作家和文学期刊的互动关系是当代文学批评中还没有被深入探讨的重要问题之一，不论是对作家本人的成长，还是对刊物的发展，都值得我们共同来关注。希望你就你个人的创作历程和刊物的关系做一番回顾。我们就从你是什么时候开始发表作品谈起。

张抗抗：纯文学杂志在新时期文学之初是极其重要的思想载体。那时报纸的控制非常严格，没有现在的副刊那样活跃，而且图书市场根本没有形成，这样，文学期刊的作用就显得特别重要。当时许多人都关注文学，期望通过阅读文学杂志来解答自己内心的问题，寻找精神出口。80 年代的文学期刊发表了不少好作品，对“文革”、对各种社会现象进行揭露、反思。新时期文学一步步艰难地前进，都是通过文学期刊来体现的，我个人有切身的体会。我就是从杂志开始进入文坛的。我在1979年写成新时期的第一个小说，短篇小说《爱的权利》，就发表在《收获》上。

蔡兴水：在1979年第二期上面。这是不是你新时期发表最早的一个作品呢？

张抗抗：1978年我写过一个短篇小说，交给当时《上海文学》的茹志鹃老师。早在70年代“文革”期间我写《分界线》时就跟茹志鹃老师认识了。茹志鹃老师叫我改了好几遍，没有改好。后来我写了《爱的权利》，茹志鹃老师那时要离开《上海文学》去搞创作了，她告诉我把作品寄给《收获》的李小林，《收获》当时已经复刊，我们这些刚刚写作的文学青年，觉得《收获》离自己非常遥远，所以此前根本没敢想给《收获》写稿。我很忐忑地把稿件寄去了，很快就得到回信。是孔柔编辑给我写的信，提了不少具体意见。我是否按照他的意见作了修改，已经记不太清楚了。当时《收获》的几位主要的责任编辑包括孔柔、郭卓，可以说是新时期之初许多新锐作家的“博导”。

蔡兴水：我插句话，你最早写的那篇小说叫什么名字，后来发出来没有？

张抗抗：那篇小说最初叫《破浪行》，后来改为《他是不是英雄》，修改以后发表在其他刊物上。1979年发表在《收获》上的《爱的权利》，是我在新时期发表的第一篇作品，对我的创作来讲很重要。它使我重新建立了自信，觉得自己迈入了最好的杂志门槛。因为发表了《爱的权利》，所以，后来我几乎所有重要作品都是在

《收获》上发表的。《爱的权利》之后，是1980年的中篇小说《淡淡的晨雾》，这一篇获得了全国优秀中篇小说奖。1981年写了《北极光》，虽然它没有在全国获奖，但是在读者中产生的影响是非常大的。一直到去年秋天我去美国，国外读者还保留着对《北极光》的印象，让我觉得很不好意思。《北极光》之后是《塔》。大概又过了两年之后是《隐形伴侣》，这也是我的重要作品。它是我在新时期的第一部长篇小说。《收获》当时用了很大的篇幅，分两期发表。

蔡兴水：那以后，隔了很长时间，你没有在《收获》上发表作品，是给其他刊物了吗？

张抗抗：《隐形伴侣》之后1987年、1988年，有比较多的活动，几次出国访问，写得少些。从1989年到90年代初，沉默了一段时间，又过了几年以后才缓过来。但那段时间我的创作很少，中间可能有一些作品，自己认为不是特别好，就没有给《收获》。我自己的标准一直是：只有比较成熟的作品才交给《收获》。我觉得自己的新作质量必须同《收获》本身的质量对等。而且《收获》是很“无情”的，如果写得不好的稿子，《收获》也不会采用。别指望是《收获》的老作者就会怎么样。所以，你一定会自己先掂量掂量，比较有把握的，才给《收获》。在和《收获》合作的过程中，我几乎没有被退过稿子。一直到1991年，写了散文《牡丹的拒绝》给《收获》，那时开始写一些随笔了。《牡丹的拒绝》表明90年代中国知识分子的一种“拒绝”的心态。这是我在《收获》发表的唯一一篇散文。1994年写了《赤彤丹朱》，因为这个长篇小说是以中篇来结构的，其中一个中篇就给了《收获》。《收获》当时已经不可能发表长的作品了，而且也是事前说好给个中篇。

蔡兴水：《赤彤丹朱》后的这段空档又是什么原因造成的呢？

张抗抗：中间有一个《情爱画廊》，这部小说不适合给《收获》杂志。我写完了交给出版社，大概一个月就印出来了。我没把握《收获》是否会接受，《收获》也来不及在出版之前印出来。

蔡兴水：那是“布老虎丛书”的一本，策划人是安波舜，没记错吧？

张抗抗：对。正因为当时所有的文学杂志排版周期，都没有出书快，中间隔了这个长篇小说，加上那几年随笔写得比较多。再就是我搬家了，大概有一年没法写作。所以，直到去年才在《收获》上发表中篇小说《集体记忆》。

蔡兴水：你和《收获》的交往贯穿了新时期文学的整个过程，你对《收获》的特点应该是比较知情的，请谈一谈。

张抗抗：有几点是比较重要的。通常《收获》接受了稿子之后，编辑要和作者沟通。稿子交出去后，一般都会有一个“返修”的过程，要求你进行修改。孔柔和李小林写给我谈意见的信件，好几页都写得密密麻麻的。这个修改过程帮助作者“上一个台阶”。从 70 年代末到 80 年代中期，都有《收获》编辑的意见介入我的写作。跟全国大部分杂志不同的是，《收获》以一种“介入”的方式和作者联系。

蔡兴水：一般刊物是不是认为你是名家，只要能要到稿子就满足了，不敢轻易要你修改，或者说，也不好过多地参与？

张抗抗：也不见得是敢不敢，那时候我们不过是二十多岁、三十多岁，没什么名望，编辑应该不存在什么“敢不敢”吧。这可能跟杂志的风格和文化背景有关。《收获》是高品位的文学刊物，编辑看到作品有一点点瑕疵，都不会放过。《收获》的编者把培养作者看得比作品更重要，要通过一次次修改使作者“成长”。所以他们每次来信，都会提出中肯的具体意见。像孔柔老编辑和李小林，都会把意见写在《收获》特制的小信笺上，写得很密，信纸很薄，积起来都有厚厚一沓。我到现在还保存着他们的来信，很珍贵的。他们会在信中跟作者交换意见，当然不会强求你修改，但一定会把意见告诉作者。也许别的作者比我写得好，不大需要修改，反正我的作品通常都是要修改的。我记得关于《北极光》，当时我在北京，李小林给我打过一个很长的电话谈意见。她很坦率很真诚，比如你的人物塑造哪些地方比较生硬，哪些段落不恰当等等，我都是心服口服的。就是《集体记忆》修改得比较少，只去掉了一两句话，是肖元敏责编的。大部分杂志，作品是能发表，还是不能发表的问题，比较简单。但和《收获》合作，我感觉自己不是一个单纯的作品提供者，而是《收获》的朋友。它严格而苛刻，像一个好朋友一样，给你最好的意见，让你变得更出色。

蔡兴水：这里面恐怕也传递了一种优秀的编辑传统。

张抗抗：是的。《收获》从创刊开始，就定位为纯文学杂志，不是那种附属性的杂志。即便在 20 世纪的五六十年代，官方的意识形态色彩也很淡。在当时那种被污染的政治环境下，坚持自己的精神品格，我很钦佩。

蔡兴水：在我看来，它一直想坚持更多一点知识分子的个人化的东西。

张抗抗：对。《收获》编辑的文学水准、思想的涵养，都比较深厚，或者说编辑资质更好一些。《收获》编辑部人员一直是少而精干，延续了民国那种相对自由环境下的同仁刊物传统。

蔡兴水：靳以、巴金是三四十年代重要的编辑家，合作办过多份刊物。他们受到鲁迅及其他文学前辈的影响，把“五四”以来知识精英的精神传统注入文学期刊的编辑理念当中。所以,《收获》给人的面貌比较特殊，感觉不同寻常。他们把继承的精神带入新中国的文学期刊中，一脉相承地延续到现在。

张抗抗:《收获》的编辑在阅稿时，有自己的审美思想和文学观，所以《收获》是一家有独特风格的杂志，新时期以来，它也很少受到潮流的干扰，跟别的刊物不太一样。比如《当代》《十月》比较关注当下的现实生活,《花城》在80年代后期就有了浓厚的先锋色彩，发表较多年轻作者的前卫作品。但是《收获》一直很沉稳，它不大容易被太新潮、新奇的东西左右，在坚持人文主义精神的同时，又注意选择那些既有现代主义的技巧和审美理念，在艺术上又比较成熟的东西，更注重作品的文学价值，跟政治和现实保持了一定的距离，这是它比较可贵的地方。毫无疑问,《收获》是一个具有知识分子良心、有责任感的刊物。90年代上半叶它的有些栏目相对来讲有点沉闷，虽然它比较成熟，对外界的诱惑不会轻易动心，但若是过于板起面孔，坚持固有的栏目不变，也会丢掉一些读者。

蔡兴水：你和《收获》接触这么多年，谁是你作品的责任编辑?

张抗抗：开始是孔柔，后来是李小林，像《爱的权利》《淡淡的晨雾》是孔柔先生编的,《北极光》《隐形伴侣》，都是李小林编的，小林编稿时，那些修改意见都是她自己亲自写的。但李小林要照顾巴老，事情太多、太辛苦了，慢慢地具体工作就由年轻编辑来做了。《赤彤丹朱》中的“非红”以及《集体记忆》，都是肖元敏编的。小林把她从《上海文学》调过来，小林的文学审美眼光挺准的，有天生的遗传基因在里头。肖元敏也是很有自己想法的人，兼收并蓄，编辑水平也比较高。

蔡兴水：《收获》的变化也是近几年刊物发展趋势推进的结果。由于纸张、印刷、广告等费用的增加，刊物的价码不断地上扬，而且读者的娱乐空间大大扩展了，刊物要再继续维持生存，激起读者的阅读兴趣和留住他们，必然也要在新鲜感、娱乐性、文学性上有所动作，这已经不是《收获》一家的事了，而是整个文学期刊界共同面临的改革问题。现在要维持过去的某些东西不是不可能，但也必须是变化中的维持。

张抗抗：对对对，是变化中的维持，也是维持中的变化。随着程永新的成长，他在《收获》有更大的发言权，就可以按照自己的意志来改变《收获》。我注意到近几年《收获》的风格有了一些变化，不断改版，增加了许多独创的栏目，并发表了不少新锐作家的作品，做得都很成功。2000 年第一期发表了我的《集体记忆》，让我觉得它又是开放性的。《收获》过去对作者还是有些挑剔的，没有达到一定的成熟度是不大轻易使用新作者的。但是这几年新作者越来越多了。

蔡兴水：新作者、新面孔会提供一些新鲜感，《收获》这个杂志给人的初步印象往往都是比较平稳，实际上也是一些比较老式的传统的写法占据了大多数版面，但是随着刊物的发展，我们还是可以感受到一股流动的生机，一种伴随刊物发展的新鲜气息渗入其中，像 80 年代中后期，它接连刊发了马原、余华、苏童、格非、孙甘露等实验作家的先锋色彩比较浓郁的作品，给人耳目一新的快感。还有到 20 世纪和 21 世纪之交时，我们又可以感受到刊物折射出来的动感，同样可以发现编辑在其中发挥的对读者的引导、推荐作用。我的感觉是，《收获》的变化是间歇性的、阶段性的，它在整体向前推进到一定的程度时，才发生一定的变化，所以总体看起来好像很沉稳，但是阶段性考察时又是有所发展、变化的，不是凝固的，而确确实实是流动的，是有活力的。

张抗抗：现在的《收获》不断推出各种新小说，作者和作品都有新的面孔。但是它仍然能够把传统的人文精神和现代的表现方法融合得那么好，这在全国文学期刊中也是少见的。《收获》毕竟有其他刊物不能替代的地方，它的人事关系比较稳定。其他刊物常常具有多变性、不稳定性，比如不断地更换主编，一次次爆发“政变”，内部冲突，钩心斗角。不少大型刊物的人事更迭都比较频繁。《收获》就不一样，巴老的威望支撑了这个刊物，李小林接替后，也保持了这个局面。她对作者很真诚，大家都很喜欢她，很服气。一份杂志能有一个相对稳定的掌门人，就能维持长久的生命力。在现有体制下，《收获》是一个比较侥幸的现象。

蔡兴水：杂志的审美理念也就可以相对稳定，并延续下去。

张抗抗：李小林很不简单，她经办的是一份老刊物，但她从来不拒绝新思想。她从很早开始就以锐利的眼光，但又审慎地选择那些好作品。我的《隐形伴侣》那种潜意识流与现实交错的写法，她都接纳了。今年的《收获》有一些新的因素融进来，比如阿城的对话栏目，余秋雨的旅行散文，贾平凹的“走西部”栏目，都提供很多新鲜的文学因素。

蔡兴水：我正要问你这个问题，《隐形伴侣》发表出来后有没有引起争议？

张抗抗：还好，没有引起太大争议。80年代中期，人们已经开始接受一些非常规的作品了。李小林是“文革”中的大学生，受过良好的教育，经历了“文革”的创痛，认识事物有历史深度，而且巴老又是那样的一个具有深刻的人道主义同情心的人，长期的家传影响小林，综合的因素合起来造就了李小林那么个人。小林既开放，又能承袭传统。她的文学直觉非常好，她总是非常直率地和你谈意见，大部分都是有道理的，非常敏锐到位。

蔡兴水：请你具体谈一谈在你的创作中，李小林给你的影响。

张抗抗：《北极光》的修改比较大。小林是责任编辑，提了很多具体意见，主要是关于那个名叫“曾储”的青年形象塑造的真实性。我至今还保留着她写来的那些信件。她的编辑意见不仅仅使我当时的作品直接受益，还影响了我的整个文学道路。

蔡兴水：《收获》不能无视时代的变化，同时它又不愿放弃自己的追求，不敢远离那群特定读者。所以，它在坚持文化性时，大力在趣味性上做文章，从中我们可以看出编辑的这种努力，既想保持自我，又走近读者，以开放的心态接纳更广泛的读者群。关于《收获》这份杂志，我们已经探讨了它悠久的历史、编辑的素质和刊物的品格，那么这本杂志还有哪些地方你认为比较独特的或者和其他刊物不同的地方？

张抗抗：很多杂志到了一定的时候，往往经受不起强大的社会冲击，大家束手无策乱了方寸，不知道怎么去面对市场。《收获》却在一次次冲击面前能够沉住气，坚持自己的品位。它不媚俗，但又不墨守成规，而是润物细无声。

蔡兴水：你的作品发表过程中有没有碰到阻力，如被退稿，被删改，或者有过一些政治因素的困扰？

张抗抗：在70年代末80年代初的文学演进中，几乎所有的文学刊物都承担着很大的压力。文学杂志是当时唯一的思想园地，动不动就会遇到麻烦。这样我就不得不讲到我那篇直到现在还有人关注的短篇小说《白罂粟》。1979年，黑龙江的《北方文学》要办一期女作者专号，向我约稿，我写了这一篇给他们。到1980年第三期要出刊，当时我正在中国作家协会第五期文学讲习所学习，3月份出刊前送审，《白罂粟》被认为是宣扬了资产阶级人性论。小说讲一个知青和一个劳改释放犯的故事，引起了审稿人的注意，被撤了下来，又没有办法补上新的作品，导致那一期刊物薄了许多。当时总是不时地听说谁的作品被撤下了，哪家杂志开了天窗了。《白罂粟》被撤下来以后，我就寄给了《上海文学》，但编辑还是希望我能做些修改，主要意见是“二劳改”最后不要被知青杀死，那太残酷了。我说：“不行！他必须要死。否则这篇小说就没有力量了。”后来《上海文学》基本上按原样发表了。在《收获》发表的短篇小说《爱的权利》，没有遇到什么障碍。接下来是《夏》，我是直接寄给《人民文学》的。据后来编辑告诉我，这篇小说也是差点发不出来。尽管没有什么政治性问题，但它写了一个追求个性解放的女孩儿，比较离经叛道。他们犹豫着发不发，在涂光群先生的坚持下才得以发表了。没想到第二年评奖的时候，它得到那么多青年读者投的票。当时读者非常关注文学，《夏》在那一年短篇小说评奖中得票率是非常高的。我现在说不准排名的位置，反正是排在很前面的。它完全是读者评出来的，不像后来的《淡淡的晨雾》是专家评定的。《淡淡的晨雾》也是介入了《收获》编辑比较多修改意见，他们觉得某些部分过于戏剧化，记得好像修改了两遍，《收获》提出的都是文学上的修改意见，不会改变你的思想宗旨，但是会坚持要求你表现得更文学。所以，我在《收获》从未碰到压力和争议。一旦《收获》选定的稿子，一般都能发表，而被它发表了的作品，很少受到追究。

蔡兴水：据说，《收获》从来都是要接受宣传部审查的。只是巴老还在，恐怕会留点情面吧？

张抗抗：巴老这个因素当然有，但主要是《收获》不会选择那些非文学的作品，纵使尖锐深刻，但文学性必须很强。

蔡兴水：也不排除这样的情形：在其他刊物，可能通过非文学的技法造造声势，索性惹一下，来吸引读者，或者借机炒作一番，《收获》则从来无须借助这种低级手段，这就是《收获》。说它沉稳也罢，说它大家风度也罢，都表现出和其他刊物不一般的气派。

张抗抗：是的。我最担心的实际上是《牡丹的拒绝》和《集体记忆》，这两篇的批判色彩很浓，但是也都没有惹麻烦。《收获》还是有一定安全度的。《赤彤丹朱》的第一部分发在《收获》上，也没遇到什么障碍。

蔡兴水：《赤彤丹朱》其他部分发在哪些刊物上？

张抗抗：分发在国内的几个主要杂志上。第一部分比较长，大概有十几万字。它的上部《非红》发在《收获》上，写母亲在新中国成立前，从抗战到解放战争时期。下部《非梦》写新中国成立后的母亲，发在中国青年出版社的《小说》杂志上。第二部分《非仇》写奶奶和外婆，发在《钟山》上。最后有一部分《非黑》写父亲，发在《花城》上。80 年代文学期刊蓬勃兴旺，对整个中国民众思想的进步、文学素养的提高，都产生过极大影响。80年代的作家在某种程度上成为人民的代言人，是精神先驱或者说是思想先行者。90年代以后，作家对读者的引导作用逐渐下降了，商品市场的利润开始引导作家了。刊物的办刊方针出现了混乱，然后刊物自负盈亏，陷入危机，有的没有筹措到经费，就变成通俗刊物，从那么受宠的位置一下子变成被冷落，甚至要被遗弃的角色，有的就不断地变换面孔来吸引眼球。期刊的道路折射出中国经济、中国体制的演变，也是文学期刊痛苦的蜕变过程。中国的文学杂志大多数缺乏鲜明的个性。不像西方的杂志，尽管很多，但各不相同，读者对象分层分类，可以细致到同性恋有同性恋的刊物，养宠物的有专门的宠物杂志，就是文学杂志区别也很大。

蔡兴水：这就是我曾经在一篇文章中提到过的刊物的类同化，栏目的模式化，加上内容的重复相互抄袭，重复设置，和内容的平淡乏味的近似，这也是导致诸多杂志在市场冲击下的必然命运。

张抗抗：杂志风格的雷同，导致大量平庸的作品。体制不允许杂志的个性化，所以杂志没有出路。现在大部分纯文学杂志都难以为继。对那些还在关注文学、热爱文学的一部分业余作者，他们不可能一下子就能达到《收获》的水平，必须有些一般性的杂志让他们发表作品，刊物是文学的苗圃，为他们提供生长的条件。但纯文学杂志大多只有一两千份的发行量，还包括赠送的五百份。因为热爱文学的读者就那么多，有文化的人中，再去掉对文学不感兴趣的人，都去掉之后，最后剩下来的读者就这么点，从哪里去增加发行量呢？但是又不能没有这样的杂志啊，一些企业或个人愿意资助、扶持它当然也是一种办法。西方的很多杂志发行量都是很小的。过去用国家财政拨款的方式来养活这些刊物，也带来负面作用，形成从经济依附到人身依附的关系。现在要打破过去的体制，刊物在经济上逐渐地自由，是否意味着将来能够给他们带来一定的精神自由呢？当然可能还有一个漫长的过程，但是至少应该考虑到，一个独立的杂志必须有自己独立生存的能力，从这一点来说，市场的冲击是有意义的。从理论上讲，一个杂志也不应该被纳税人养着。你向往着一个更自由的体制、更自由的社会到来的时候，自己又怎么能够排除在外面呢？你所做的一切努力都是希望这个社会更加开放、更加自由，可是你为了杂志的生存，却甘愿永远被官方的机构豢养着，这在精神上是互相矛盾的。所以再困难、再痛苦，你也得承认这是一个必然的发展趋势，只是我们还有没有能力来应对这个变化。

蔡兴水：你在《收获》上发表的作品，在你的整个创作中占有怎样的分量？

张抗抗：那都是我最好的作品。刚开始我就讲，我把自己最成熟的作品全都给了《收获》。

蔡兴水：我考察了你在《收获》上发表的一共八个作品，简单谈一下读了之后的感觉。作家的类型可能很多，女作家的类型当然也很多，有很纯情的、小家碧玉型的，但感觉有点狭小，你的作品中则有种很尖锐、刚劲的东西，但你的感觉又不乏细腻，你的作品中还始终包含着一股反叛的力量，你通过创作似乎总在挣脱着什么。这样，在你的创作中就呈现出一种比较大气的境界。你的作品中带有男性化的思考的视角，但又能把女性的情感因素融合到其中去。这使你的创作有了持续发展的可能性和潜在力。

张抗抗：谢谢。《收获》在我的整个文学创作道路上是非常重要的。在我的成长中，《收获》一直在为我浇水，为我修枝，一直在扶持我。其他的刊物也有这种作用，但不像《收获》这样前后持续了二十多年。我的八部作品都是各个时期的标志性作品。《集体记忆》依然延续了我作品一贯的追问。

蔡兴水：不知道刊物跟地域的关系会不会影响作家？北京的作家在北京的刊物上发表作品和在其他地方发表作品，具体而言，如在《收获》上发表作品，这其中有没有什么微妙的因素在发生影响？

张抗抗：肯定是有的，但不是决定性的。我们刚才讨论了《收获》的由来，它是有历史、有质地的。北京的《人民文学》杂志与它可有一比。《三联生活周刊》也很有特色。但北京的刊物容易受到干扰，比如信息的干扰、政治的干扰，有好有坏。既然它可以大量吸收各种信息，那么这种信息同时也可以破坏它。大城市肯定在信息方面有优势，但对于文学刊物不一定有利。像《作家》《天涯》《大家》《山花》，这些文学杂志都办在比较偏远的省份，需要天时地利人和的种种机缘。

蔡兴水：从作家的角度看，会不会北京的作家更多地在北京的刊物上发表作品？

张抗抗：北京的刊物约稿当然方便啊，但作家首选的是杂志的影响。比如我对《收获》这个品牌的喜爱等原因，我会把自己比较满意的作品给《收获》。作家对刊物质量的选择，是放在首位的。去年我有一篇《感悟珍珠港》，就寄给了《随笔》，凡有深度和锋芒的文章，我会首选《随笔》。第二位要考虑的是感情因素。我与《收获》有二十年的友情，当然选择《收获》。除此之外，哪位编辑更敬业，水平高、约稿诚恳，那么由于感情的因素，我会首先考虑支持这个朋友。第三才是稿酬，在刊物质量差不多的前提下，哪家杂志稿费高一些，也会考虑把稿子给它，但这种情况很少。

蔡兴水：《收获》这样的刊物当然希望能够把所有的好作家、好作品都拢到自己的刊物上来，但是也有一些在我看来十分优秀的作家，比如刘震云等作家，就从来没有在《收获》上发表过作品。另有一些优秀作家，像韩少功、铁凝、残雪等，没有在《收获》上发表多少作品。他们最重要的作品基本上都没有在《收获》上发表。请你从作家的心态上分析一下这里面有什么微妙的原因？

张抗抗：我不知道，想必其中有一些别的原因。《收获》总不能一网打尽中国所有最优秀的作品吧？每个杂志都有自己的作者队伍，会有约稿先来后到的问题，你先答应了谁，谁先做了这个事情，而且谁在约稿的时候特别恳切认真，中间不断催稿，使你最后无法逃脱，有很多因素的。比如《收获》就没有其他刊物约稿那么迫切，很少主动去找作者约稿。而作家有了一定知名度了，他不会主动去送稿子的，而且他这里也是供不应求的。有时候谁家来约稿了，他不会说："不行！我得给《收获》。"《收获》也没找他，他给它干吗？他这边已经是不可开交了，不见得要主动去给《收获》。我因为在历史上已经和《收获》建立了这么一个关系，所以总是把自己认为最好的稿子给《收获》发表，对别的作家来说，不一定是这样的。

蔡兴水：这是互利互惠的事情，就是我开头说的互动关系。刊物与作者是相互促进、相互影响的双方，互相需要，互相离不开。作家推动刊物，好作品推动好刊物，刊物反过来也影响作家的成长，促使他们更快成熟和发展，更顺利地写出优秀的作品。

张抗抗：现在文学刊物处于一个激烈阵痛的变化时期，都希望改变自己，都在调焦，希望既能和市场达成契合，得到读者的认可，又能推出那些在文体、内容上有创意的好作品，还能不断地发现新人，这确实是很难的。所以今后文学刊物会更加重视“策划”，出版社也同样。策划实际上就是寻找刊物与读者的交叉点，找准选题和读者对象。而我们写作的人，既要坚持自己的艺术个性，又希望获得读者，还不能被“策划”的选题牵引。这对于刊物和作者，都具有挑战性。

地气之上还有可仰望的星空

——对话张抗抗

杪椤

对话时间：2017 年 7 月

对话人及对话整理：杪椤

一、作家也是公民

杪椤：首先感谢您在百忙之中给我请教的机会。前几天联系您的时候，您正在湖南吉首调研，那是全国政协委员的活动吗？通过您的这些工作，我们看到一位作家对社会和人民的责任担当。大多数作家埋头书斋的时间比较多，我希望知道，您从事这些社会工作，是否需要有身份上的某种转换？在时间的分配上，诸多的社会工作是否也会影响您的创作？

张抗抗：5 月我去湖南几天，是作为国务院参事调研，每年都会外出调研两次。这两年我们文化小组选择了“全民阅读”这个课题，研究部分城镇的实体书店和图书馆状况，向政府提出可供参考的意见和建议。国务院参事室每个月还有两次集中活动和其他会议，每年投入的时间加起来，可量化的也有20天左右。作为连续三届的全国政协委员，每年参加“两会”，会前需要进行提案准备，休会期间还有和提案办理单位的沟通，一年里总共要占去大半个月时间。我担任全国政协委员十五年，提交近百个提案，其中只有一小部分被接受，虽然解决了一些问题，获得过优秀提案奖，算是办复成功率比较高的，但作用很有限。作为一个写作者，文学创作毫无疑问是我的主业，每年的时间总长度就那么多，减少了那么多写作时间和读书时间，当然很是心疼。作家担任社会职务是以牺牲自己的学习写作时间为代价的，作家最重要的发言方式是写作，循序渐进地对人和社会发生影响。但是作家同时也是“公民”，负有一定的社会责任，我需要转换的不是“身份”，而是尽可能管理好自己的时间，把履职作为“学习”与“观察”，用这些机会尽可能多多了解那些自己不熟悉的事物。世间万物各有得失，自有内在的平衡关系，十五年的政协委员和八年的国务院参事经历，是另一种平台和场域，给予我更宽阔的视野和别样体验，有付出必然会另有收获。

杪椤：您连续担任了第七、八、九届中国作家协会副主席，对于当代文学、文化现象多有建言。作为国务院参事，您推动了《著作权法》第三次修改工作的启动。在全国政协“两会”期间您接受媒体采访时，内容涉及全民阅读、提高稿酬个人所得税起征标准、对国产文艺片的扶持、呼吁政府减免实体书店税收和房租等诸多提案。您对实体书店日渐衰落的现状尤为关注，还就这个题材写作了中篇小说《把灯光调亮》，发表在2016年第10期《上海文学》上，在今年获得了《小说选刊》的年度大奖。这是一部向书业人致敬的小说，同时也传递出您对我们民族文化素养的深切担忧。我由此感觉到，社会世俗化的程度在加剧，传统意义上的文化影响力在减弱是一个不争的事实。您怎样看待这个问题？

张抗抗：“调亮”的反面是很多东西正在快速黯淡下去。21 世纪以来，中国进入了信息社会，如今手机和平板电脑已基本普及，高科技工具化时代，毕竟为我们带来快捷方便的学习和工作方式，好像没有人能够阻挡这个时代的到来。我常常觉得空气中充满了信息波，吸一口气都有很多条信息钻进了鼻腔。从博客到微博再到微信，人人都被信息绑架了，也不知道会被劫持去哪里。前些年的博客时期，博文还以分析和观点吸引受众，到了微信时代，点击——转发成为一切，人们知道得越来越多，却没人肯用脑子想事情了。除了专业必需外，很少有人能够完整地阅读一本纯文学作品，或是文史类读物。以前我总是强调，不能一概笼统地抵触电子产品，用什么工具阅读不重要，重要的是阅读的内容。除手机里那些可有可无的八卦新闻之外，微信毕竟还在传播很多重要的人文信息，何况手机也可以输入很多经典作品。但如果手机和网络大多是快速生成的低营养读物，每个人的时间都被轻松的娱乐（包括游戏毒药）所占有，传统文化一点点被所谓的现代生活方式蚕食消解，而真正的现代精神，例如独立思考、尊严与宽容并没有建立起来，这个民族怎么会进步呢？也许有人抱怨，是这个碎片化的时代把我们的阅读碎片化了。其实不然，每个人的日常生活原本就由时间的碎片组成，需要我们去缝合连接。大多数人都有双休日，一年中多次小长假，是我们自己缺乏自控能力，把生命任意挥霍在无意义的信息上。一个好的政府，会尽力构建完整的现代公共文化服务体系，让实体书店、书吧、图书馆更多地覆盖所有人群，为全社会提供各种阅读的便利，使得文化成为民众的自觉需求。什么时候浙江省所有的阅读站点，如果都能读到《江南》杂志就好了。

杪椤：您是中国作家协会权益保障委员会副主任、中国文字著作权保护协会的副会长，您连续多年关于提高稿酬个人所得税起征标准的建议，得到作家们的欢迎。虽然到目前尚未解决，毕竟体现了作家对著作权保护的自觉意识。提起版权保护，网络时代，信息传播方便快捷，文学作品被抄袭、盗版等现象时有发生。您认为有什么好办法来遏制这些现象？

张抗抗：关于提高稿酬个人所得税起征标准的建议，其实最早来自于中国作家协会权益保障委员会。前天我们刚刚召开了会议，讨论今年下半年维权工作的重点。近年来，盗版侵权已经从纸本书更多转向了网络。那些正规文学网站上每天推送的原创新作品，常常上传后几分钟就被链接到盗版网站上了，令网络作家叫苦不迭。我们这些用“传统”方式写作的作家，作品未经授权就被随意“刊登”在网上，也是常有的事情，汪洋大海一般的网络网站，发现都难，何谈制止。所以现在出版社和作家签署的合同，其中都有一条，要求作家同时向出版社授予“信息网络传播权”“数字产品出版、销售权”“游戏改编权”，也就是想方设法堵住漏洞，为维权修筑防护堤坝。然而所谓网络，本身就是由“漏洞百出”的网眼构成，它是一个开放性的系统，复制模式可以产生无限大的空间，堵漏十分艰难。中国作家协会的权保会是一个专为作家维权服务的机构，由省市作协的维权办公室、文学网站代表、知识产权专家、律师等人组成，及时研究侵权的新动态，维权的新路径、新方法。所谓“道高一尺，魔高一丈”，科技时代产生的新问题，很多都需要用更先进的科技手段去“杀灭”。我们期待并呼吁《著作权法》的修改，更加大网络侵权的打击惩罚力度，用法律武器维护作家和作品的正当权益。我们也呼唤网站的行业自律，只有大家都遵纪守法互相制约，共同创造一个健康的文学生态环境，“个人权利”才会成为可能，这也是所有作家最大的公共利益。

杪椤：您还关注到原创小说 IP 改编和网络文学精品化的问题，网络文学方兴未艾，商业机制起到很重要的推动作用，一些“大神”级的网络作家获得了丰厚的利益回报，有些组织和媒体还发布“作家富豪榜”之类的榜单。网络“大神”们的收入相对于严肃文学作家获得的稿费和版税，简直是天壤之别。您怎样看待这个问题？

张抗抗：网络上的连载小说，靠读者点击率计算收入，加上电影、电视连续剧，还有游戏的 IP 改编，这个商业模式推出后逐渐成熟，这两年，最受欢迎的网络“大神”级作家，已经可以达到年度总收入几千万元，甚至近亿万元，这个数字确实很惊人，以传统方式写作所获得的版税和稿费，就算是比较畅销的作家，衣食无忧小有积余，但和网络作家比，发现收入完全不在一个“等级”上。纯文学或是主流文学，逐渐被商业化的消遣性读物所代替，作家群体逐渐被冷落，整体性地感到失落，心理不平衡很正常，很可理解。再加上市场经济条件下，个人利益诉求有了明显的变化，不要说和网络作家比，就是体制内的“共同利益场”也在不断分解，就是纸本书的销量再高，翻译作再多，如果没有转让版权，改编成大型电视剧，收入依然微薄。

我认为这个问题需要从三个方面来说，一是全世界的市场经济国家，都是以消费者的实际需求来决定价格的。需求越多越高，供给者所获的酬劳就会水涨船高，这是价格规律。网络小说的读者需求量如此之大，作者每天上传6000字到8000字的“作品”，天天如此长年不断，辛苦经营维持自己的读者群，一千字一千字的点击率，才积累成那个庞大的“白金”收入数额，这需要付出多大的体力和劳动量？还有极其丰富的想象力和知识积累。网络写作并没有门槛和限制，谁如果不服气，可以去试一试，反正我知道自己的能力不及，也没有兴趣。二是我们当然应该质疑这个文化产业的商业模式，是否有利于滋养国民文化素质。这个模式是怎样“以市场名义”（或可说是“以金钱的名义”）被纵容、培育起来的？如果那么多人都沉迷于武侠、奇幻、言情、玄幻、穿越的网络小说，而对那些优秀的经典文学作品不屑一顾，这个民族的审美趣味、阅读口味肯定是有问题的，至少是一个不爱用脑子的民族。三是传统作家的写作，如果对自己而言只是一种纯粹的精神活动，对经济利益并无所求，（当然能够得到合理报酬、增加收入也很高兴），那么就不必艳羡网络作家的丰厚稿酬。人各有志、文各有才、才各有天。面对黑洞般巨大无限的网络世界，或坚守，或易辙，完全取决于个人选择。

桫椤：您有没有读过网络小说？如果读过，有没有自己喜欢的类型呢？

张抗抗：我在20世纪90年代中后期，就已经在“新浪读书”上读过安妮宝贝和慕容雪村的作品，那是中国最早的网络小说代表作，后来我担任过“网易”的网络小说评奖的评委，侯小强创办“盛大文学”时，我鼓励支持他把“盛大”办成一个高质量、高品位的网络小说平台。侯小强对中国网络文学的发展有很大贡献，当年他给我介绍一些网络文学作品，也向我推荐了当年明月和唐家三少这样优秀的网络作家。（当年明月的《明朝那些事儿》后来出版了多部的纸本书，很畅销。他自己改编成话剧，由田沁鑫导演，舞台呈现很前卫的那种，与其网络小说的“出身”很匹配。）侯小强希望我帮助这些青年作者加入中国作家协会，后来我是他们入会的介绍人之一。2017 年 11 月换届的中国作家协会第九次代表大会，唐家三少当选为主席团委员，逐渐进入“主流”。但我对网络写作最初的好感，来自它对传统文学体制的反叛，我欣赏文字中那种无拘无束、自由自在的纯真气味。网络文学初萌阶段，作者只是为了表达自己的内心而写作，只求读者的呼应，很少功利诉求。网络为每一个热爱文学的人发表作品提供了可能，人人都可成为写作者，那是网络写作最具魅力的时期。后来它被纳入了商业的轨道，成为大众的热门消费品，对此我颇感遗憾，此后便很少浏览网络小说了。但我知道有些文学网站例如阅文集团的“起点”、中文在线的“17K”、纵横中文网，还有女性文学网站晋江，影响力很大，每年都有一些不错的作品。但网络小说实在太长了，据说 30 万字都被称为“短篇小说”，我实在没时间看。

杪椤：网络小说现在读者很多，根据中国互联网信息中心提供的数据，截止到 2016 年底，网络小说的读者超过了 3 亿。您觉得在未来网络文学会取代严肃文学成为主流文学吗？

张抗抗：我们今天的生活节奏就像眼前正在飞快跳动的屏幕。浙江省作协是全国最早成立“网络作家协会”的，记得有一年我在杭州参加“悦读盛典”颁奖礼，夏烈拿着一个大本子，请到会的作家为浙江网络作家协会题词签名，我颇感惊诧，一时都不知道自己该写一句什么祝贺的话。中国作家协会已成立了网络文学创作委员会，据说还要成立网络文学创作中心。网络文学已经从最初的“被动边缘化”进入了“自我主流化”，至少已经是主流的一部分。其实网络文学在未来是否会取代严肃文学而成为“主流文学”并不重要，网络是文化的一种传播手段之一，织网是为打鱼，但人不要被网缠住了。我倒是认为，网络文学与所谓“严肃文学”的边界会越来越模糊，“网络文学”只是一种文学产品的运载方式，具有阶段性，而“严肃文学”越来越多地被互联网系统吸入并传播，未来的趋势是它们将会在网上二分天下，甚至逐渐融合，我们当然应该把好东西送到网上去，而不是相反，读者则可各取所需。但是这个世界变化太快，未来的事情谁知道呢？也许将来人工智能的机器人写作会成为主流？

杪椤：在我们的传统观念里，文学是耻于和经济利益挂钩的，但在当下，文学显然在某种程度上受到了市场的冲击。您是经历过时代大变革的前辈作家，是历史的亲历者和见证人，您的作品中对文学、对心灵和精神的坚守一直令后辈景仰。我想请教的是，在商业消费时代，您觉得文学对现实生活最重要的作用是什么？

张抗抗：其实在人类文明史上，文学一直具有抒情、娱乐、叙事、教化等多种功能，但这些功能始终是“虚”的。文学在虚构的“现实”中揭示更为真实的生活本相。进入商业消费时代，文学的娱乐功能被过度开发并强化。但仍然有很多人，不会满足于“被娱乐”，而是渴望从文学中获得精神的慰藉，在幽暗的迷途中寻找远处微弱的亮光。在我看来，文学对于现实生活最重要的作用，就是“无用”。消费时代“有用”的东西已经太多了，人们习惯对什么事情都要问一声“有用吗”，这很可怕。文学一旦“有用”了，就有成为工具的嫌疑，在这个世界上，我们最好保留一些“没有用”的事情。在某种意义上，“没有用”比“有用”更重要。文学就是这样一种虚实无定的精神产品。

二、北大荒是最美的地方

杪椤：“文革”中去北大荒下乡，我想这可能是您生命中最重要的转折。您最初好像并没有直接去北大荒，而是先在杭州本地插过几个月的队。请问您后来为什么下决心离开杭州？

张抗抗：我在 1950 年出生，1963 年考入浙江省重点中学杭州第一中学，1966 年初中毕业。我的文学爱好始于我的少年时期，受我父母很大的影响。“文革”中我父母由于“历史问题”都被审查，我担惊受怕地带着妹妹生活，在校园和社会上晃荡了三年。“上山下乡”的潮流到来的时候，我带着文学的梦想和浪漫情怀，去想象另一个陌生的世界。1968 年底，杭州知青开始报名去黑龙江省的同江、抚远、萝北等边境地区，但是那时我的家庭出身没有资格去反修前线，去那些地方都得政治上可靠的学生才可以。我又不可能留在城里，无路可走之下，1968 年春节后，舅舅帮我联系了德清外婆家不远的陆家湾大队，那是一个富庶美丽的江南鱼米之乡，我还带去了两个同班女生邱燕君和李梅。陆家湾是全县的先进大队，书记是一个非常能干务实的中年人，对我们知青也很好，队上有集体的灶头可以蒸饭，下工回来不会饿肚子。外婆家就在镇上，她经常叫了小船来给我们送好菜，像黄鳝烧肉、笋烧肉什么的。大队认为我们几个杭州女知青干不了什么重活儿，春天来了，安排我们在蚕种场采桑叶。但我反觉得这种田园生活太平静了，气闷、没意思。也许心里有文学梦的人，脑筋都不太“正常”，加上青春期莫名的烦恼，就会做出一些“出格”的事情。到了 1969 年 5 月份，黑龙江省中部地区的五大农场，全部对浙江知青开放，省农场管理局到杭州来“招工”，在各个学校里贴出了白纸黑字抄写的情况介绍，让大家了解每个农场的土地面积和气候等等，欢迎老三届知青报名，不受家庭出身的限制。1969 年 5 月的一个夜晚，当我得到这个消息以后，就立即赶往杭州一探究竟。那个钟点已经没有班车了，那晚的月亮很圆很亮，我独自一人步行了 18 里地去县城，走到县城后，第二天早上坐早班长途汽车回到杭州，赶紧去学校报名处。那不是被迫，是完全自愿的。记得在那里准备报名的同学人头涌动，互相讨论哪个农场的交通方便、种小麦还是种水稻什么的。同学们都在说革命理想、保卫边疆什么的。但我心里私藏了一个文学梦。我最终选择了去黑龙江，毅然离开了外婆家生活安逸的江南水乡，这跟我的文学理想有很大关系。上火车那天清晨，站台上哭声一片，车上车下的人都在哭着告别。可我却特别兴奋，一点儿眼泪都没有。那时虽然我的母亲还在牛棚里，但我心里充满了对北大荒的憧憬，根本顾不上她的处境，此事成为我终身的愧疚。

杪椤：您在东北这八年里，是在鹤立河农场？就始终在这一个地方吗？主要从事什么样的工作和劳动？

张抗抗：是的，八年始终在鹤立河农场。我在菜园队、瓦厂、科研班干过多种杂活儿。当时大多数知青都在混日子，收工以后女孩子织毛衣，男生打扑克、喝老酒，可我不愿意虚度年华，内心有一个与命运抗争的声音。所以我全部的业余时间都用在读书和写作上。连队宿舍经常停电，我自己买蜡烛，做小油灯为读书用。1972年10月，我在上海《解放日报》上发表了第一篇作品，尽管只是一个千字的小小说，却给予我极大的写作自信。后来又在上海《文汇报》上发表了长散文。尽管当时的物质生活很艰苦，但一旦有了精神追求，心里就不会觉得空荡荡的，我知道自己在努力，我记下了一段有趣的故事、读到了一个好句子，就觉得自己今天这一天没有白过，我就没有浪费青春。我心里揣着个小秘密——“我要写作！”但凡拥有文学情怀的人，通常比较敏感，善于观察并感受生活中那些与众不同的事物、记录大自然春来秋去的种种细微变化，还有知青们的生活细节、人情冷暖等等。那时没人能知道几年后中国会发生那么大的变化，将会开始一个拨乱反正的新时期。其实下乡几年以后，很多知青开始积极活动，为自己寻找新的出路。但我当时对这些都不为所动，我有了自己的兴趣爱好，我哪儿也不去，就待在这个地方“钻木取火”。当我沉浸在阅读和写作中，无论是苦难，还是苦恼，都被文学化解了。1973年，我开始酝酿一部知青长篇小说，我身边带着一个小小的笔记本，可以放在口袋里的那种。劳动休息的间歇，躲在没人的角落，记下想好的一部分小说提纲，休息15分钟，往往只能写几行字。这样积少成多，到了年底，小说提纲有了雏形。那时恰好我被调去场部宣传队写文娱节目，过了半年也没写出什么优秀的节目。到了1974年春天，我的小说构思基本成型，回家探亲去做一个甲状腺结节手术，术后的假期，我开始在家里写长篇初稿，写完后投送到上海文艺出版社（那时候出版社改了一个奇怪的名称叫“出版革命组”），得到了出版社的肯定，在任大霖、谢泉铭、陈向明编辑的帮助下进行了修改，1975年出版了长篇小说《分界线》。当时我的政治理念被时代所左右，一心想在文学中寻求安慰，不可能超越意识形态的控制，但内心对于真善美的渴望，与冷酷的外部世界是抵触和矛盾的。我不喜欢伪善的现实，言行却又不得不服从它。后来出版社为我向农场请了创作假，让我帮忙出版社阅读知青来稿，编辑一本知青多人散文集。1976年夏季，这个工作结束了，我回到农场。那时兵团建制已经取消，鹤立河与原兵团十六团合并为新华农场。新华农场领导把我安排在宣传科搞通讯报道，经常下连队跑来跑去，有了更多接触农业生产和各分场知青的机会。但我不擅长写通讯，写的稿件很少被《合江日报》和《农垦报》采用，不是一个称职的报道员。干了一年，1977年6月，我去哈尔滨上学了。所以，如果扣除我在杭州和上海的两年，我在鹤立河农场足足待了六年。

杪椤：北大荒插队知青中后来走出了一大批作家、艺术家，您是一位，还有梁晓声、肖复兴、陆星儿、濮存昕、姜昆等等，您与他们中的一些人在当时有过交集吗？

张抗抗：我们都是同时代的人，知道今天的“成功”来之不易，自然是惺惺相惜，对彼此的作品和“成就”都很尊重。其中我和梁晓声联系较多，他身上有一种质朴而执着的正义感、未泯的天真令人欣赏。他至今都不用电脑写作，因为他的手稿很干净，不需要修改也就不用誊抄，不像我的稿子总是改得乱七八糟，所以我接受电脑较早，使用电脑最积极。梁晓声发言也和写作一样，逻辑思维能力很强。他对知青和“文革”有清醒的批判，我和他对一些大事的看法比较相近。那部遭人诟病的《知青》电视剧，在拍摄中被改得面目全非，人们对梁晓声有很多误解，他的苦恼无从诉说。陆星儿当年也是有才华的青年作家，和我一样也在“文革”中开始发表作品，我觉得她的作品很饱满，有生活。1977 年她参加高考，就住在我读书的黑龙江省艺校的同班同学宿舍里，后来她考上了中央戏剧学院，我很羡慕。80 年代我到北京定居后，和她也有来往，她为人厚道，心性善良，后来回上海后我们联系就少了。遗憾的是她生病后我没有机会探望她，她英年早逝太可惜，否则还会有更好的作品问世。梁晓声、姜昆和濮存昕都是全国政协委员，我们每年 3 月份见面，常常一起参加韩美林的活动，很开心。姜昆所在的那个十六团，土地就挨着我们鹤立河农场，夏天我们在大田铲地，能够望见十六团的农田上空洒药的飞机（兵团那时候就比较先进，已经用飞机洒农药了）。冬天兵团司令部举行会演，我们宣传队集体去佳木斯观摩，肯定还看过姜昆宣传队的节目，当时觉得他们的水平好专业啊。后来兵团建制取消了，与农场一起划归省农垦局，十六团和我们鹤立河合并成为新华农场，我就算是和姜昆一个农场了，但我和姜昆对“知青”的看法大概不尽相同。濮存昕就更有故事了，他当时也是兵团宣传队的骨干，1976 年我的长篇小说《分界线》出版后，他想把小说改成话剧，就写信给我，打算到我们农场谈一谈改编的想法，信封的落款是“十五团宣传队”。但我不记得是否给他回过信，也不记得他是否来过新华农场。他这封信很奇怪地被我保存下来，当时濮存昕还不是名演员呢。很多年后我偶然翻到这封信很惊讶，把信复印了寄给他。这一代知青人才的艺术天分，早在青年时代就萌发了，北大荒是他们最早展示才华的舞台。前些年濮存昕每次有新戏上演，都会在人艺传达室给我留票。他身上有一种儒雅的书卷气，那是多年的文化氛围“养成”的，所以他擅长塑造各种复杂的舞台形象，他饰演的哈姆雷特、李白、大将军寇流兰，呈现出人物丰富的内心，有气势，更有层次，像濮存昕这样既有才华，又有社会责任感，公德私德俱佳的演员，我很钦佩。但我们之间一直没有机会交流对知青的看法。

杪椤：现在回想起北大荒的知青生活，您首先会想到哪些给您留下深刻记忆的事？

张抗抗：尽管我对知青运动持批评态度，但那片土地是没有过错的。我曾经写过一篇散文《最美的是北大荒》，记忆会不自觉地进行筛选，留下来的大多是美好的。北大荒的夏天，草甸子里那么多的野花，我的心情一下子就灿烂了。从地平线尽头漫上来的云彩，层层叠叠变化无穷，令人着迷，我经常傻傻地坐在地头看云，痴迷陶醉。有时候傍晚下了工，到小河边洗衣服，岸边是各种野花，河水很清，小鱼小虾在水里生动地游来游去。月亮圆了的日子，亮晃晃地照在冬天的雪地上，空气冰冷而透明，月亮在雪地上的反光，刺得人睁不开眼睛。那时候知青都穿棉胶鞋，里面有毛袜子和毡垫。棉胶鞋很笨重，踩在新鲜的雪地上，发出扑哧扑哧的声音……很多很多美的瞬间，会让自己感动，那一刻就会觉得生活还值得过下去。一个人只要没有失去发现并感受美的能力，心灵就不会枯竭。那时我虽然已经有了朦胧的文学追求，但是没有具体的目标，不敢指望写作来改变自己的命运。整个国家的前景都是黯淡的，我的父母都有“历史问题”，我没出路，只是希望通过写作排遣孤独，为这种看不到前途的生活增加一点亮光。我现在都能清晰地记得，当我在大豆地长垄上铲草的时候，一步步往天边走，北大荒的土地望不到尽头，几乎令人绝望，但一想到写作和书，心里就有一股一股的泉水在涌动，一会儿暖，一会儿凉，我现在都能感觉到那种冲动的时刻有多么迷人。我一边手脚不停地干活儿，一边在想着一篇短小说或是一篇散文，或是书中一个好句子，心里似乎有一阵阵冲动，脚底就有了力气。就是这样的激情，支撑我度过了那样艰难的岁月。1973 年冬天，我随瓦厂的知青在鹤北林业局的一个林场的山沟里待了三个多月，白天踏雪上山清理杂树，也叫“清林”，坡上雪深没膝，阳光在山顶上抹了一层金色，锋利的小斧子溅起雪沫。工间休息，我用厚厚的棉手套拂去大原木上的积雪，坐在木头楞上，听小清雪沙沙落在松树的针叶上，那是我第一次听见下雪是有声音的，汗水捂湿的口罩在寒风中冻成了一块硬坨……下工后天黑了，晚饭后在帐篷一角，点亮我自己买的蜡烛，在烛光下读书写信写笔记……那一个原始森林里的冬季，是我知青年代最难忘的日子。每天清晨出工，我都会在雪地上辨别那些银链般的小脚印，昨夜是哪些小动物来过……几年以后我们陆续离开了北大荒，离开了我们曾经流血、流泪和流汗，痛苦与欢乐交织的土地。在我们心中却留下了对它千丝万缕的眷恋。尽管后来我去过祖国和世界上许许多多美丽的地方，但在我的心灵深处，将永远固执地认定北大荒是最美的地方。也许是因为这种美是属于我们自己的——它属于我们苦难生活的一部分。

杪椤：您是考入黑龙江省艺术学校才离开北大荒的？当时选择学编剧，是出于急切改变知青命运的想法，还是因为前期已经有了一些创作成就而选择了自己喜欢的专业？“上山下乡”运动结束后，您父母当时都在杭州，您为什么没有选择回南方？是什么原因促使您留在了黑龙江？

张抗抗：1975 年，我在上海出版了《分界线》，一个默默无闻的南方知青，忽然出版了一部长篇小说，在当时也算个事儿。黑龙江省文化局听说后，创作评论办公室就很想把我调到省里去“培养”。但知青是农业户口，更没有城镇的工作编制，顶多只能“借调”。黑龙江省文化局局长延泽民是个爱文学，更爱文学人才的老干部，他找到了一个办法，在省艺术学校办个编剧专业，招收基层那些有写作基础的青年业余作者，就可以把知青人才都“集中”培养了。省文化局的老师还特地到我们农场来“招生”，那时大学招生还没有恢复，我当然不能错过这个读书学习的好机会，几经周折终于成行，于 1977 年 6 月，离开了我生活八年的农场，到哈尔滨上学。文学伴随着我度过了知青整整八年时间，是文学让我没有虚度青春年华。然而那年秋天突然高考恢复，我真是亦喜亦悲，因我是省文化局千辛万苦招来的，不能中途辍学重新报考大学，只能就此与大学别过。入学后，很快迎来了 1978 年的思想解放运动，还有知青大返城。等我 1979 年从艺术学校毕业时，黑龙江省文联和作协都已恢复了，领导分别找我谈话，提出了一个“诱人”的条件：假如我能放弃作为知青回杭州，而留在哈尔滨，那么省文化局将会安排我去省作家协会“从事专业文学创作”，也就是当“专业作家”。我为此又兴奋，又犹豫不决，离开家乡已经整整十年了，我当然想回杭州工作，但是如果留在哈尔滨成为“专业作家”，就可以实现我多年的写作梦想。我和父母反复书信商量，他们明确表示要以文学事业为重，无论在南方、在北方都可以写作。他们是我从事文学的最坚决的支持者，就这样，我成了黑龙江省作协最年轻的专业作家，那年我刚满 29 岁。毕业后，我很快写出了短篇小说《夏》、中篇小说《淡淡的晨雾》《北极光》等作品，与新时期文学共同成长。我因渴望从事“专业创作”而放弃了回到故乡杭州，我至今并未后悔自己当年的选择。

杪椤：读过您反映知青生活的小说，再结合您后来有关的回忆文章，我觉得在对历史的审视和反思上，您在同代人中最为清醒，而且您能够勇敢地直面民族和国家的苦难。后来的很多人以纪念青春为名，称自己的知青生活“无怨无悔”，完全忽视了荒谬的政策给一代人、给整个国家带来的灾难，甚至连自己都不肯正视自己的生活。时过境迁，您怎么看那段下乡的经历？

张抗抗：1997 年知青上山下乡三十周年前后，有很多纪念活动，当时有一种“青春无悔”的说法，我不赞成，认为这会导致错误地客观地认识历史。由于实在无法保持沉默，应约写了一篇随笔《无法抚慰的岁月》，发表在上海《文汇报》上。很快就有老知青读者来信批评我，后来对此也始终存有争议。我之所以不同意说“青春无悔”，是针对那些至今仍在为“文革”辩护的既得利益者。如果简单地说无悔，那就意味着肯定“文革”是正确的，知青运动的评价涉及对“彻底否认‘文化大革命’”历史决议的态度。后来“青春无悔”和“青春有悔”分成了两大阵营。如果“青春无悔”，就是说你对那个时代感到满意，你若是无悔，当然觉得那个年代是正确的。一个人当然可以不后悔自己曾经的选择，但这不是个人的事情，是一段历史的标志，代表着对“文革”的立场和态度。如果知青上山下乡运动是正确的，为什么后来全体返城了呢？（包括那些人自己在内）再反问一下，既然无悔，如果让你们的孩子在 21 世纪重新去上山下乡，你能愿意吗？二十年后再来回顾当年的争论（现在还有人坚持“无悔论”）我对此已经很厌倦了。尽管每个人都尊重自己曾经的“理想”，对这段历史有一种怀旧的感情，可以理解。但时至21世纪，老三届知青应该对这段历史有一个客观清醒的、理性的认识。上山下乡当时是怎样发生的？上山下乡给整个社会带来了什么？事实上，大部分知青下乡后无法养活自己，更不可能继续学习，那么多人失去了受教育的机会（很多小知青连初中都没毕业），整个国民经济陷入倒退和停滞。70年代有很多怪事，一边是知青上山下乡，一边是城市工厂在招工；到了1973年，国家不得不重新招收工农兵大学生，整个国家的秩序都混乱了。无论是什么样的原因，带来的后果都无法证明这场“知青运动”的合理性与正确性。知青创造的经济价值和效益低下，甚至是负数。比如黑龙江省红兴隆和建三江那一带，大规模的开荒对湿地的破坏很大，知青当时在湿地上开垦的耕地，如今已经全部放弃全部复原，重新变成湿地。为什么呢？因为开荒造成了整个建三江的气候环境恶化。那是一块巨大的湿地，是我们北大荒的肺，变成“良田”后，北大荒的地下水位下降，无法呼吸了。当然这些不是知青的过错，是极“左”政策造成的。然而，时隔四十多年，老知青总该有点反思、有所醒悟吧？你们所“无悔”的那个是什么呢？是为自己在十年八年里没有为国家创造效益无悔？为自己成为那个极“左”政策的实行者牺牲者无悔？为那些因工伤疾病而死在北大荒的知青战友无悔？真是一点都说不通啊。所以在我看来，老知青“无悔”的豪言壮语，只不过是一种自欺欺人的自我安慰。再比如以我个人来说，我是从北大荒走出来的女作家，在老知青中算是比较成功的一个人吧。但我为什么不赞成“青春无悔”？因为我不是从自己个人经历出发的。北大荒的八年生活，在某种意义上说，确实成就了我。如果我在江南市民的生活氛围中安于现状，也许不会成为一个发奋勤奋的好作家。但这并不意味着，唯有上山下乡运动能够造就我。我这粒种子本来就在那里，它可能发芽，有可能不发芽；小苗有可能长得好，或长得弱。但如果没有70年代后期的思想解放运动、没有80年代的改革开放，所有的种子都可能被摧毁了。曾有人说，是“文革”造就了你们这些知青作家，你们难道不知感恩？如果真是那样，我宁可不当这个作家，也不要一代老知青被“文革”毒害成今天这个愚昧的样子。如果没有“文革”，老知青那一代人本来可以接受更多教育，为社会的进步有更多创造，他们的个人命运也可能会更好。整整一代人就这样荒废了，他们所牺牲和浪费的青春、时间和生命，是不能用“青春无悔”这种空洞和虚假的豪言壮语一笔抹去的。知青对农垦、对乡村最大的贡献，是文化的“植入”。当初知青下乡是去“接受再教育”，但结果反而是知青仅有的一点“文化”，反哺了那些“教育者”，成为知青运动的“副产品”“衍生品”，这种歪打正着的戏剧性错位，成为对“伟大理想”的极大嘲讽。难道因此就可以说上山下乡好得很、“文革”就是好吗？这是不能反推理的，我反对这种简单化的知青思维模式。如果“文革”那种非理性的暴力行为始终不能得到彻底清理，在某些条件下，会像土壤中没有得到杀灭的细菌一样被激活。

杪椤：在有关知青生活的书写中，您实现了自己的目标吗？在“知青文学”这个角度上，您觉得您的写作与同代作家最大的区别在哪里？

张抗抗：在我整个创作中，其实有关知青题材的作品占比并不多，知青生活并非我唯一的创作来源，我不认为自己是一个专事“知青文学”的作家。我间断性地写过的那些知青生活的中短篇小说，只是借用了知青生活这块乡间“宅基地”，在上面盖了自己的房子。关于“知青小说”，有很多作家的作品比我更宏大更“专一”，比如说广东的郭晓东、北京的梁晓声、四川的邓贤、上海的叶辛，我特别欣赏天津王松的《双驴记》。他们每个人的作品也都有所不同，我和他们大体上的区别，可能是对这段历史的认识着眼点不同，我不认为小说仅仅只是讲述故事，我更看重故事之外那些“形而上”的东西。所以目前为止我所有的“知青小说”，几乎都在叩问知青自身，寻找那段历史与人性弱点之间的关系。这方面的代表作是中篇小说《永不言悔》《残忍》《请带我走》。我对自己为数不多的“知青小说”，虽然有很多不满意，但我自认为还是有很多艺术创新和一定思想深度的。我并没有为自己设置目标，所以谈不上抵达和“完成”，还会继续探索。

桫椤：谓“国家不幸诗家幸”，北大荒插队为您以及有着相同经历的作家提供了丰富的生活经验。您认同“知青作家”这样一个标签吗？知青生活给您带来的最大影响是什么？您觉得这种影响和您现在的生活还有关系吗？

张抗抗：我不太认同“知青作家”这个标签。知青只是我们曾经的一个身份，我们早已融入了社会的知识阶层。当年的知青写作，也早已超越了知青生活，进入更广阔的社会领域。改革开放已经近四十年了，老知青的后半生（当代也包括那个年代过来的所有人），一直在“脱胎换骨”之中，要从“红卫兵”和“老知青”的思维模式、语言、行为方式，“蝉蜕”为一个正常社会的“公民”意识和身份认同。这个转换是很艰难的，直到现在，我们还常常会从某些人的日常用语里，看到“文革”的影子。尽管，知青上山下乡运动对知青的个人成长有一定的积极作用。它锻造了人格，锻炼了意志和毅力，锻炼了体魄。知青为贫瘠落后的乡村和农场带去了文化和知识，这是“种瓜得豆”的收获。北大荒八年，我懂得了春天耕地播种、夏天除草打药、秋天收获准备过冬柴草、冬天烧炕生炉子取暖。家家都要种菜园子，喂鸡养猪，四季轮回人情冷暖，一样样都是非常具体的。我从小在城市长大，对农村生活一点儿概念都没有。如今我略知农事，也要感谢北大荒生活。我刚去北大荒的时候，什么都不会做，也不敢和人多说话，不善人际交往。可是家在两千多公里之外，没有人会来替你解决问题，我必须学会适应北大荒的气候，学会独自面对困难，哪怕是磨镰刀、打绑腿、烤鞋垫，都得一样样学会自己做。北大荒这八年，对我性格成长是决定性的，我渐渐地变得坚强起来，性格也逐渐开朗。80 年代我在北京安家后，这三十多年接触的大多是北方人，受到他们那种达观爽快的性情影响，变得越来越像北方人了。知青生活虽然只有八年时间，但在我们这代人身上都留下了不可磨灭的痕迹和印记，我也不例外。比如我特别珍惜纸张，每次收到的文件打印稿，总是要把空白的背面使用过后才肯扔掉。因为在农场的时候，纸张获得不易，笔记本也无处存放，所以所有的字都写得很小很密，我直到现在也不敢浪费每一张纸，对食物和水也同样珍惜，这仅仅是一些小的生活习惯。如果说大的方面，就是知青生活和那个时代，永远都像一座界碑立在我面前，让我随时随地都在提醒自己，我们是从那里过来的，再也不要踏上那个地界。

三、自由和独立的精神气质是我的追求

桫椤：我读《双叶集》，那里面的第五辑“小抗抗的故事”专门记述您小时候的事，有这样细心的父母，您真是非常幸福和幸运。您现在读那些文章是什么感觉？

张抗抗：谢谢你读了那么多有关我的资料。如今重读我父母年轻时每天随手记下的那些小故事，很温馨，很温暖，也很珍贵。我父母在无意间留下了一篇有关我的“纪实文学”，我无法否认其中所有的细节。就连我自己也会觉得惊讶，原来“小抗抗”是那个样子的，她曾经很乖，很可爱，有时候也会干“坏事”。那是我原初的、最真实的“我”。我在字句的每一道缝隙里寻找蛛丝马迹，希望知道我的生命从何时何处被播下了文学的种子？然而，岁月的距离将时间变成空间，我从远处看“我”，我已成为“他者”。

桫椤：父母记述您“从 1957 年至今（1993 年），不停地写作”，按照年龄算起来，您从七岁就开始写作了，第一篇作品发表在《少年文艺》上。那么小就喜欢上了写作，主要受父母的影响？

张抗抗：七岁？有点夸张吧。我第一次发表习作，是 1961 年小学五年级。题目叫《五彩的墙壁》，写我怎样用五彩的颜料去修补被我妹妹张婴音发脾气踢坏的墙壁。上海《少年文艺》编辑认为“很有生活气息”。这篇作文是我母亲辅导的，她喜欢生活中那些细微的美好事物。母亲青年时代在上海，写过一些文笔优美的儿童文学作品，还出版过一本小册子，但新中国成立以后就停笔了，可惜

她天生的文学才华。她和我父亲在家里常常讨论文学，那时我还小，什么也听不懂，记得有一次我们三个人晚餐后去散步，他们一路上都在说“典型”，我听起来就像是“点心”，以为他们马上要去买点心了。可是一直回到家里，什么点心也没见到，我终于忍不住提醒“点心”，他们哈哈大笑起来给我解释，我才模模糊糊明白了另外有一种“典型”。这种潜移默化的家庭文学氛围对于我当然是有益的。进了中学后，我参加了杭州一中的“鲁迅文学兴趣小组”，初三还遇上了很好的语文老师。我父母那一代“进步”知识分子，在四五十年代曾经特别崇仰苏联文学，我很早就开始读普希金和屠格涅夫，所以我的中国古典文学根基较为薄弱，这种状况或许是好坏参半。好的一面，较少受到中国传统文化中那些糟粕的影响，比如愚忠、权谋、欺诈、算计……不好的一面，那些最优秀的古典文学著作，比如《山海经》《诗经》，我至今还只是零碎地读了一部分，这是“老三届”在文化结构上的短板，以至于我常常觉得自己大半生一边在传播文化，一边在努力“补习文化”。直到“文革”中，家里那些苏联文学、俄罗斯文学都被我父亲封存了，我才开始一首首背诵唐诗宋词。去北大荒下乡后，每次回杭州探亲，我母亲都会想办法偷偷帮我借欧美的经典文学作品。她是一个对新鲜事物充满好奇的人，有一年我们在湖州做客，她在大年初一带着我们去宜兴看善卷洞，结果错过了回湖州的班车，饿着肚子在一个小旅馆住了一夜。有一次她听说杭州移栽了南美的橄榄树，带着我坐公交车到留下或是闲林埠那种郊外，去寻找“传说中”的橄榄树，还竟然被她找到了。我们坐在土埂上欣赏那些又瘦又小、一点都不好看的橄榄树，又累又渴，而我母亲无比的开心满足。我父亲是搞新闻工作的，头脑清晰，观察敏锐，性格顽强，我似乎继承了他的性格基因。文学不是手把手“教”出来的，正如你说，是家庭氛围无形的影响。

杪椤：回望童年的阅读记忆，您印象最深的一本书是什么？您是如何接触到这本书的？当时的阅读情境和感触是怎样的？您觉得童年时期的阅读对人一生的成长有什么影响？

张抗抗：我童年阅读中印象最深、对我影响最大一本书是《鲁滨逊漂流记》，鲁滨逊的奇幻漂流和冒险，使我读得入迷入魔。原来独自一个人在远离人迹的荒岛上也能创造奇迹，从此我对个人的胆识无比崇仰。向往大海、森林和远方，知道了自己的生活之外，还有另一个未知的世界。我特别钦佩鲁滨逊的勇敢、顽强、智慧，懂得了一个人只要有克服困难的勇气和力量，在任何情况下都不放弃，就能生存并获救。我童年的阅读经历，特别符合儿童的成长规律，读物内容由浅入深，按年龄依次递进。幼儿园时期听大人讲故事，看图画书，上了小学一年级，识字以后，就慢慢开始自己看东西，包括连环画。最早的一本儿童读物，是苏联的《一年级小学生》，书很薄，封面上有个大眼睛的卷发小姑娘头像，手里拿着一支笔，仰头听讲很专心。我现在还记得那个女孩的名字叫玛露霞。到了寒暑假，父母会给我买书，大多是童话类的。严文井、张天翼、冰心、任大星、任大霖等儿童文学老作家的作品，比如《宝葫芦的秘密》《唐小西和下一次开船港》都有很深印象。再大一点就开始看《安徒生童话》《格林兄弟童话》……我最喜欢《安徒生童话》里的《海的女儿》《拇指姑娘》《丑小鸭》，《格林童话》的《小红帽》《灰姑娘》……整个假期翻来覆去地看，故事都能背出来了。大约小学四五年级，就能看苏联的翻译童书《丘克与盖克》《铁木尔和他的伙伴》，还有维·比安基的《森林报》。凡是当时翻译出版的童话故事，我基本都读过。童话伴随我的童年，童话滋养我长大。除了童话，我还喜欢那些幻想型的儿童读物。到了小学高年级以及上了初中后，最痴迷凡尔纳的科幻小说《海底两万里》《八十天环绕地球》《格兰特船长和他的女儿》等等。进了初中后，我开始读《西游记》，喜欢孙悟空的叛逆，故事情节天马行空的想象力，常常让我神思飞扬。暑假里除了出去看儿童电影专场，没有更多娱乐活动，杭州夏天很热，我们把凉席铺在地上，妈妈为我买来或借来的儿童读物，一摞摞摊开在席子上，我就和书一起午睡。一个孩子的重要成长期就那么几年，最初输入的营养是一生健康的底子。如果过早熟读《三国演义》《水浒传》，我想那个孩子长大后，也许会比较复杂世故、擅长钩心斗角吧？我一直主张，童年读童书，一个人在什么年龄段，就应该读什么样的书。过早“越界”有副作用，会把童心读“老”了。童年少年还是多一些科普知识和情感审美教育，除了那些超年龄的“天才儿童”之外，家长最好不要种植“反季节蔬菜”。

杪椤：我看到您在文章中谈对芥川龙之介、巴别尔的小说，哈·阿乌德尔斯卡的剧本等的阅读。在您的写作之路上，您受到过古今中外哪些经典作品的影响？它们又怎样影响了您的创作？

张抗抗：“文革”结束以后，经典书籍逐渐解禁，优秀的世界文学作品令人眼花缭乱。很快先锋文学和现代主义文学潮流开始进入，一直持续了整个 80 年代。那时候我对现代派文学很有兴趣，从法国的加缪、萨特，到乔伊斯、卡夫卡，一直到马尔克斯、略萨等拉美文学都读过，阅读范围很广。到 20 世纪 90 年代以后，读书进入常态，好书越来越多，包括中国当代作家的作品。青年时代的阅读对一个人的“侵蚀性”是最强的，一个作家最初接触了某一类文学，可能会始终不自觉地陷在那种语境里，小说结构、行文句式都会变成了自己终身无法去除的胎记和烙印。巴别尔的《骑兵军》短篇集迟至21世纪才出版，我读了前后的序、跋以及他的生平介绍，对这位被“掩埋”几十年的苏联作家心生敬仰之情。《盐》《我的第一只鹅》《一匹马的故事》，冲击力很强，觉得巴别尔小说的构思很特异，文字紧密，让人看得透不过气，一段话需要来回“扫描”好几遍。我在读他的《歌谣》时，突然发现，巴别尔打动读者的并非是因为他的“坚硬”或“强硬”，而恰恰是他的文本背后潜藏的“软弱”。用地球来比喻，地壳的表面是泥土而后岩石，岩石坚硬而厚重，包裹了整个地球。但是通过岩石层，钻透地壳到达地层深处，“地心”的岩浆就像生鸡蛋的蛋黄一样，是液态的、流动的。地面上的人看不到地心的岩浆，但是它存在着。滚烫、沸腾，在某个时刻，会从被岩层封锁的地壳中猛然喷发出来。巴别尔始终在用文字，同他性格中的胆怯和优柔寡断进行搏斗。这种状态，有点像女性面对整个“强硬”的男性社会的那种心情——你必须得不断地战胜自己。巴别尔“颠覆”了原有的“现实主义方法”，创造了“另一种现实”，成为文学的一个异数，或是传统现实主义的“叛徒”。我觉得像巴别尔那样的作家，即使没有经历战争和骑兵军，他的作品也会是与众不同的。因为他的灵魂始终动荡不安，作品中所流露的他对哥萨克的钦佩与厌恶——这两种矛盾的心情所构成的极度紧张感，对“现实”与“自我”的质疑，使他的写作与一切的现成秩序都可能发生潜在的心理冲突。（优秀的作家也许大多是这样）很难假设《骑兵军》中的那种“力度”(生命与尊严、死亡与荣誉、文明与野性)，除了记述战争之外，是否能找到更合适的载体来加以发挥，并达到那样的极致。因为文学作品的基本素材——故事本身的“质地”：软硬、疏密、浓淡、险夷等等，就已经决定了小说对“力量”的承受程度。有些故事先天就注定是无法“受力”的。所以，从作家的选材，便可大致窥见写作者的精神取向。为什么有些作家只对庸常的琐碎生活感兴趣，而有的作家，总是钻到历史的深洞里，试图把某种稀有矿石掏出来……并不是布琼尼的“骑兵军”成就了巴别尔，而是巴别尔成就了《骑兵军》。因为巴别尔不是被迫或是无意中撞上了骑兵军的一切，那匹“马”是他自己跨上去的。从这个意义上说，一个写作的人，他选择了“什么”，就会成为“什么”。还有其他很多经典作品，限于篇幅就暂时不谈了吧。

杪椤：您总是有着既能洞察现实，但又颇具前瞻性的敏锐目光，比如初期小说中的启蒙意识、人道主义特征，以及后来的女性叙事。“文革”之后，您很快就捕捉到青年人精神世界的变化。《夏》里那个不符合“三角形”标准的“多边形”岑朗，《北极光》里一心想看见“北极光”的芩芩，最早的长篇小说《分界线》中也有这样的人物，他们是一代人追问人生价值、向往美好生活的写照，也呈现出当时的“时代精神”。从书写“反思”和“伤痕”，到讨论人生的“选择标准”和对理想的追寻，这是一个从“破旧”到“立新”的过程，这一转变是否也意味着您自己在精神上和创作上的“双重转折”？

张抗抗：我的童年、少年，成长环境是明朗和阳光的，尽管那是一个压抑沉闷的时代，但是父母为我选择的书本里，那些人文主义的光芒，对我进行了最早的启蒙教育。我写过一篇文章谈我读书的经历，叫《阅读的暗流》，回顾了“文革”中如何想方设法寻找那些不允许公开阅读的书。大致的轨迹，是从俄罗斯文学逐渐进入了法国文学（雨果、巴尔扎克那个年代的古典法国文学）然后是霍桑、杰克·伦敦、马克·吐温那个时代的美国文学，与英国、德国文学相互交叉。说来好笑，我在小兴安岭山沟里住帐篷的那个冬天，不知从哪里得到残缺不全的半本《浮士德》，费劲地啃了一个冬天也没读懂。《巴黎圣母院》《九三年》都是当年令我极度震撼的书，其中的人性之美、宽恕至爱的人道主义精神，与我们周围残暴冷酷的现实世界，形成了极大的反差。心里由此生出很多疑问，虽然当时意识不到它们究竟撬动了我心灵的哪个暗角。但是真善美的种子一旦播下，迟早是会发芽的。“疑问”积累到了相当的数量，它会在不断的“反刍”中，最终成为体内爆发的能量。正如你所说，从“破旧”到“立新”过程的“双重转折”，我完成得并不艰难，可以说水到渠成。《夏》中的岑朗、《北极光》里的芩芩，其实一直就躲藏在我心里，她们所追问的人生价值，就是我内心对真理的向往。如今，我从事文学写作已近五十年，经历了“文革”前后到改革开放再到商品经济时代，然后是高科技社会，在如此激荡起伏的时代风云社会变革中，我作品中追求自由和独立的精神气质，是始终“一以贯之”恒定不变的。

杪椤：1979 年您调入黑龙江作协，成为一名专业作家，此后的经历和创作读者就很熟悉了。追寻您的脚步，从祖籍广东新会到出生地杭州，再到黑龙江，最后到北京生活，从最南到最北的迁徙，除了直接地反映在您的作品中，我想对您的精神世界有很大影响。

语言就是一个例子，您好像不大会说广东话；我看您接受电视台采访的视频，谈吐间有着优雅的南方味道，但在创作中却很熟悉北京话了，您在《逝去的书信》一文中，回忆北大荒时的生活，说帐篷门口的雪被人踩的“倍儿硬”，“倍儿硬”这显然是一个北京方言。这些不同地域的文化对您的创作产生着怎样的影响？

张抗抗：我说过自己是个“跨地域”的作家，也是一个故乡在远方的“无根”作家。不像莫言、贾平凹、刘震云，拥有自己的“根据地”高密东北乡、陕南商州、河南延津，是一口源源不断的深井，一座挖掘不完的矿井，矗立某处，一开机即可钻井喷油。我不是井，我只是一条河，一条从广东发源，流经江南，一直流向了东北平原，最后辗转回到北京的“运河”。中国当代文学一直到“寻根文学”那个阶段，才开始重新重视、探讨“地域性”的地缘文化因素对作家作品的生成和影响。不同的地理和气候环境产生的文学作品，除了方言俚语之外，真正的差异在于内在气韵，气韵的运行不是通过故事，而是通过文字语言来体现。南方温暖富足，空间相对狭隘，没有巨大的气候压力和紧迫感，情感细腻温婉，语言也因此变得甜腻而琐碎。而北方的旷达与寒冷，使得人们渴望热切的交流，痛快淋漓地宣泄，故语言粗犷豪放，具有天然的幽默品格。20世纪50年代曾有一度语言“大一统”的时期，南北不分的年代就像“男女都一样”。近年来，南北文学的差别逐渐加大，有了更多“只能属于那个地方”的作品。然而，即便是那些地域差别极大的作品，人性的本质不会有根本区别。所以，我这条载着各式人物、载着自己载不动的忧思的“运河”，几十年缓缓流过很多地方，水流经过之处，船头冲开的浪头、船桨划开的水迹，水线其实都嵌留在岸上。

河水继续兜兜转转往前，岸边四时不同的风光景色总是吸引我的视线，使我无法停下来成为一个湖泊、一汪池塘或一口井。我只好安慰自己定下心来做一条宽阔平缓的运河了。由于运河一路补充汇入的水源，气质（水质）有点浑浊不清，就像我的口音。南方人说我已经是个北方佬，而北方人总是很快就发现我不是“永定河”“潮白河”而是来自杭州的运河。若是加上个“大”字，我会有点儿沾沾自喜。枍椤你的眼尖，“倍儿硬”显然是我不自觉运用的北京方言。几十年历练下来，如今我基本可以做到，写江南的故事，就使用带有江南情致的句式，比如《赤彤丹朱》《把灯光调亮》等。而在书写北方人物的时候，使用北方的语气和腔调，例如《作女》《在北京的金山上》等。而《情爱画廊》这类“双城故事”，则两种语言交替。这种切换对于我已经驾轻就熟。在我刚完成的长篇新作里，将有更多展现，可谓来去自如，游刃有余。南北方兼具的“跨地域”写作，带给我莫大的创作乐趣和语言快感。

四、女人需要充分释放自己的智慧和能量

枍椤:《情爱画廊》是新时期以来最重要的爱情小说之一，里面的女主人公水虹对纯粹的爱情审美式的追求让人心动，多年之后，我仍然记得初读时的感觉。这部作品创作于 20 世纪 90 年代中期，当时正值传统社会价值观念裂变最为剧烈的时期，好像当时爱情叙事也多写因金钱、权势而导致的婚变，《情爱画廊》为什么选择了这种反向的处理感情的方式?

张抗抗:《情爱画廊》是 1996 年由“布老虎丛书”出版的，这

部书的写作其实是“突发性”的。20世纪90年代的市场经济冲击力，就把传统文化中有关情爱的禁忌冲出了一个缺口，多年的“禁区”一下子打开了，出现了一大批涉及性爱的小说。然而，几千年的皇权社会和男权社会延续下来的传统，深入于我们的日常意识和文人的审美趣味里。传统文化对男作家的影响太深厚，他们对女人有一种心理上的优越感，无法摆脱那种把女性作为赏玩对象的控制者心态，这种观念浸润在一部分男作家们的骨髓里，他们自己意识不到。在我们这样的一个男权社会，就算是共和国以立法的形式给予男女平等，但其实男女在心理情感上仍然是不平等的。我对男作家没有偏见，我是对中国文化中的性别倾向和审美趣味有看法。中国产生不了像雨果、劳伦斯、小仲马、川端康成那样善写美雅纯正情色小说的作家和作品。此前我对爱情小说并没有多大兴趣，而是受到了当时那种情形的“刺激”，创作冲动活生生被“激发”起来了。我写《情爱画廊》的另一个原因是，90年代中期，市场经济已渐成气候，图书市场也在发育壮大，出版付酬方式开始有了版税，一些畅销书作家可以依靠版税养活自己，有了“自由撰稿人”这个概念，而不是只有领工资的专业作家一条路可走了。我很想尝试一下，我们这些一直被“豢养”的体制内作家，究竟能不能靠版税来养活自己？《情爱画廊》可以试一试市场的号召力，探讨与读者的关系。这部小说和我以往作品最大的不同，就在于小说故事和人物，是独立于意识形态之外的，它超越了这个“政治化”的时代，成为“新经济”时代的一种象征。我们即将进入千辛万苦、千呼万唤而来的自由经济时代，每一个人都不可能把自己排除在外。作家总不能一边在观念上鼓吹商品经济，一边心安理得地享受着计划经济体制的种种好处。我只是做了一次比较勇敢的尝试而已。书中有关绘画的素材积累已久，所以当1994年写完《赤彤丹朱》之后，我很快转入这部书的创作，故事结构和人物确定了之后，几乎是一气呵成，写完后累得大病一场，合同都是在医院里签的。出版后在读者中引起的热烈反响和争议，也是我没有意料到的。《情爱画廊》在市场的表现很出色，很成功，成为我介入市场的一次勇敢实验和实践。这部小说出版后，也遭到了尖锐的批评，焦点就在于如我这般“思考问题”的严肃作家，怎么可以去写“通俗小说”？很少有人明白，这部书恰恰是我“思考问题”的结果。如今回头去看，会觉得当年那些为我痛心疾首的人，多少有点幼稚有点“滞后”。我至今依然坚守着严肃文学的品格，并没有因此而“堕落”。倒是今天的作家们，都已经适应了商品经济时代，学会了计算自己作品的版税、关注市场的销售量了。该书出版已整整二十年，去年由当代中国出版社出版了《情爱画廊》的精装本纪念版。其实我本人最想说的是，在这部作品中，我找到了用绘画的方式来连缀故事、刻画人物，那些绘画语言具有一种可容纳丰富想象、文字难以到达的可视性“参与”。“画廊”建成之后，才有了爱与美的载体。从这个意义上说，我相信这部小说是独一无二的。

桫椤：无论是《赤彤丹朱》还是《情爱画廊》，您的创作在视点的转换中却始终没有改变对人性的关注。这些有关人生问题的小说，让我看到您对“五四”以来文学传统的继承，同时也发展了这个传统。您的目光始终聚焦在“人”身上，一直在探讨人的本体性，具有启蒙主义色彩和基调。《情爱画廊》里的女性形象有超越传统角色的意识。《情爱画廊》中的人没有一个人有恶的人性，所有的人都是善良的，无论是水虹还是舒丽，甚至那个阿秀，她们彼此都小心翼翼地处理与家庭成员、与情感的“竞争对手”之间的关系，不想伤害任何人。这也反映出您的内心深处具有超拔脱俗的大爱。

张抗抗：20世纪90年代，开始进入了市场经济，也进入了一个不相信爱情的物质时代，空气中所有的信息都在刷新（也毁坏）我们原有的价值观念。

经济和商业的浪潮，在冲垮了文学中“性”的禁区的同时，也带来了污浊和低俗的性文化。我写《情爱画廊》这种唯美唯爱的作品，正是因为我不能容忍人的精神萎靡，希望保存一些“劫后余生”的爱情理想主义。而一部作品若是不“矫枉过正”，是很难产生冲击力的。优秀的文学作品不是描写那些已经发生的事，而是书写那些应该发生的事——这是现实主义作家和理想主义作家的区别。所以我有意营造了一个温馨的氛围，在一个俗套的“三角关系”中，剑走偏锋逆向思维，就是不往“俗套”的你死我活的撕扯、阴谋诡计的“宫斗”那个死角钻。被纯真情感点燃的男人和女人，每个人都是清澈坦诚的，相互都是友好善意的，真正的冲突并不是发生在男人与女人、女人与女人之间，而是发生在自己内心深处，每个人都愿意以真情挚爱，战胜自己的软弱与虚伪。只有在这样的叙述语境中，才能传递出大美大善和对情感自由的追求。我很高兴你注意到了这一点。我当然知道现实生活中人际关系的险恶，不可能像《情爱画廊》中所写的那样，但我希望告诉人们：我们应该拥有如此美好的生活，未来社会男人和女人之间的关系就应该是这样的。我只不过带领读者在《情爱画廊》中提前过了一把瘾。

杪椤：您曾说女性的解放真正的障碍在于女性自身，到了《作女》《情爱画廊》里，对真爱的追寻换成了女性在职业选择、自我价值和生活方式中的觉醒。“作”这个字实在是太棒了，现在我们说“不‘作’就不会死”。小说里的卓尔、陶桃、DD 等女性简直就是我们生活中活生生的存在，我周围就有这样的人。是什么因素促使您写出了这样一群人？

张抗抗：《作女》是一部描写当代都市生活的女性小说。进入 21 世纪的自由经济时代，城市女性的境遇发生了深刻变化。物质的极大丰富给女性带来了更多的发展机会，同时也使女性面临着来自外部世界以及女性自身的严峻挑战。商品经济的大背景下，逐渐凸显出来许多新的现象。《作女》的产生也挺有意思的。在我生活过的那一条长长的地理线上，从出生地杭州江浙地区到我下过乡的东北，还有我这三十多年居住的北京，这些地区的民间方言口语中，都有“作”这个字儿。我对“作”字发生了强烈的兴趣，我发现在我们今天的生活中，能“作”、会“作”的女人越来越多了。我周围有很多很多的女朋友，都特别能折腾，她们都有很多精彩的故事，每个人“作”的方式不尽相同，但精神实质是一样的，就是不再被动地接受命运的安排，而希望由自己来选择生活。因为这是中国本土女性在争取自由的成长过程中，带有普遍性的行为特征。女人是感性的、力气也不够，所以只能以“作”的方式来反抗。20 世纪 90 年代中后期到进入 21 世纪，市场经济的迅速发展，给予女性新的自由空间。经济的自由必然会带来一定的社会自由，中国女性的生活方式也随之发生了激烈变化：女性不再满足于因循守旧，女性希望自己变得更像女人，女人需要充分释放自己的智慧和能量……商品经济时代为女人提供了“喜新厌旧”、创造自己新生活的一切机会。当我找到了“作”这个以往约定俗成的方言，反其意而用，以对“作”的重新诠释，来为“作”平反。在我的描述中，“折腾”是一种寻找自我的渴望、是不断地放弃和新的开始、更是女性生命力和创造力的释放过程。描写女性生活的小说，很容易被淹没在那些一般化的言情或苦难诉说之中。而文学要做的事情，是把作品这个肉质丰满、汁液丰盈的果实，让读者在阅读的过程中一点点剥开来，最后看到里面那个坚硬的核，也就是一粒成熟的种子，文学就是要把这粒核，播撒在人的心里，让它自己去发芽。我希望自己能够抓住这个时代表面有违常规，但实际上具有方向性、成长性的那些事物。所以当我找到“作女”这个理念的时候非常兴奋，这个“作”字，恰恰就是我在生活中采到的种子，然后把它培育成《作女》这个果实，最后交给读者去品尝。这是我迄今为止集中表现女性生活的一部小说，可以说是一部真正意义上的“女性小说”。如今“作女”已经成了一个固定的语词。有趣的是台湾版居然也用了这个书名。我说“哎哟，这个词你们台湾人不懂的”，因为“作”的说法是从浙江开始的，浙江往北的江苏、山东、北京，一直到东北，都是有这个词的，但浙江以南就没有了，“作”是方言，具有覆盖范围限制。但台湾的九歌出版社编辑回答说，“你们大陆经常用我们台湾过来的词，那我们为什么就不能用大陆的词呢？”所以后来那么大的“作女”两个字，印在台湾版书的封面上，令我觉得这两个汉字有点怪异。

杪椤：在《作女》中，卓尔这个形象，她不肯接受男性的施舍，一定要通过自己的努力来实现自身的价值。其实您笔下的女性大多有着明显的主体意识，对生活充满热情，不肯屈服于现实的命运，像《作女》中的大部分女性，还有《情爱画廊》中的水虹、舒丽，《永不忏悔》里的“香椰子”、二嫂等等，甚至《钟点人》中的来弟，都是理想主义者的形象。她们顽强、坚毅，但又不乏宽容、善良、温婉的女性特质。这些女性形象启示读者，女性要以主体意识面对生活和自身，而不是一味去做“女汉子”去与男性争高低。女性毕竟有女性的特点，在男权社会里，好像对女性太求全责备了。我想您小说中的这些形象非常值得重新认识。

张抗抗：是的。小说的主人公“卓尔”这个单身女人，从更积极的意义上讲，是一个带有冒险色彩、具有生命活力和创造力的女性形象。中国的女性解放，在新中国建立以后，是以父权赐予女性权利、以立法的形式完成初级阶段的。但是在这种条件下获得的解放，缺少一种女性自发的自觉的要求。我就是想写出一种中国本土自然地逐渐地产生的自由诉求，写出当代女性“自我解放”这棵幼苗，究竟是怎么生长起来的。西方发达国家的女性就已经过了“作”的时期，女人怎么“作”都不足为奇了；而今天的中国现状，商品的不断更新换代、市场的残酷竞争，整个社会都在“作”，这也是诱发女人“作欲”的一个社会条件。中国传统文化中讲三纲五常，君为臣纲，夫为妻纲，父为子纲，那是男权社会的产物。进入现代社会，表面上看起来纲常已经被淡化了，但是传统观念的深厚积淀，实际上已经成为一部分女性的自觉和集体无意识。比如说在家庭里，母亲在年轻时代，比如新文化运动、抗战，或是新中国解放初期，是一个要求进步的新女性。她曾经是很“作”的，但她根据自己的经验，知道女人的“作”，要付出很大的代价，所以她反对自己的女儿去“作”。而经历过那种抹杀性别差异，“男女都一样”

口号下的女人男性化的极端时代，今天的女人一方面渴望自己变成更具女人味、温柔贤良的“淑女”，一方面却是残酷的就业、职位拼搏，还有情感变异带来的竞争，使得女人不得不变成“女汉子”。《作女》正是要写出女性内心深处的这种矛盾，探讨女性源于青春和时间产生的焦虑，再由此产生的那种“作性”被释放的亢奋、与“作欲”被压抑的无奈。我在小学中学都是好学生，太乖了，所以到了青春期，曾经狠狠地叛逆过一次，后遗症至今仍在。但我够不上“作女”的档次，“作女”不是什么人都能当的。如果仅仅为了改变生存条件而折腾，不是我要表现的那种“作女”。“作女”的“核”，是女人在与自己较劲，一生一世的持久战争。

杪椤：您曾说在 1985 年之前，中国没有成型的女性文学，您是怎样做出这个判断的？

张抗抗：如果我没有记错，1985 年我随中国作家代表团去德国参加“地平线艺术节”，我在会上做了题为《我们需要两个世界》的发言，在发言中提到过这句话。今天看来，更确切的表述，应当是“没有成熟的女性主义文学”；这个“1985 年以前”，也不够准确——我当时的意思大概是指新中国成立后一直到 80 年代吧。因为在 20 世纪的新文化运动之后直到三四十年代，中国已经产生了许多优秀的女作家，表达了自己刚刚开始觉醒的女性意识（再往前推就没完了，古代也有啊），那是民国时期的“女性文学”。而“女性主义文学”的定义就要严格得多，在“革命”后实际已经被“女性解放运动”遮蔽了。西方女权主义起始于 20 世纪，其中一个重要主张就是女性的政治权利。到了 21 世纪的今天，全世界范围从欧洲、美国一直到东南亚国家，都产生了那么多杰出的女总统、女总理，我们几乎望尘莫及。中国和西方的国情、时代背景不一样，共和国建立以后，首先以立法的形式解决了男女的权利平等问题，然后是同工同酬、妇女生育的产假等福利待遇。这与马克思主义、社会主义理想中的女性解放是一致的。政府在体制上建立起了基本的男女平等制度，在一定程度上缓解、消除了西方女权主义在70年代激烈争取的那些目标。但是，由于中国生产力发展的落后水平，农村妇女还处于“嫁汉穿衣吃饭”的阶段，经济完全没有独立，谈不上人格的独立。中国女性名义上被赋予了政治权利，也就是投票权吧，但这个权利实际上是看不见的。几千年的男权社会统治之下，女性对于自我、性别与性的认知度，还处于一个很低的水平上，谈何参政议政？当中国处于一种基本的“公民权利”都不能得到保障的前提下，遑论女性权利？例如“文革”，就连人的起码尊严都没有，女性权利从何谈起？如果缺少对“人”的尊重，也就是人权、人和人之间的暴力与奴役问题不解决，女性就不可能获得真正的解放。改革开放之前，男性和女性虽然有一定的“权利平等”，但女性是绝无“自由”可言的。我在90年代初写过一篇《梁山好汉与女性观》的短文，批评中国“四大名著”之一的《水浒传》中对女性的歧视和贬低。《水浒传》这部书里几乎没有一个女性是“好人”，代表了中国男性对女性的基本态度；即使如《梁祝》《西厢记》中的女性，对封建礼教有些许微弱的反抗，那与西方文学的《卡门》《苔丝》《飘》中那些勇敢追求个人幸福的女性形象，完全不在同一层面上。歌德曾在诗歌中发出“永恒的女性，引领我们向上”，他对女性的高度赞叹与尊重，与我们的文化相距何等遥远？“时代不同了，男女都一样”的激进口号，更是从一个极端走向另一个极端：取消性别差异，把女人等同于男人，只强调人的共同性，缺乏性别的差异性。在我们的青年时代，都接受了“男女”应该“一样”的教育，我们这一代人在成长的过程中，所接受的性别教育是很可怜的。就我本人而言，在成年之前，性知识几乎等于零。一直到80年代中后期，女权主义思潮进入中国后，对我逐渐产生了影响，才开始质疑这个“一样”有很多问题。90年代商品经济的竞争机制逐渐形成以后，随着“人”的问题逐步得到缓解，女性意识开始凸显。对此，著名女性主义学者李小江教授曾经帮助我厘清了思路，使我对“女性文学”有了较为自觉的认识。今天的中国女性，仍然需要不断寻求自我解放，因为我们的文化土壤不仅缺钙，还重金属超标。如今我可以认同《作女》是“女性文学”这种说法了，而中国当代文学已经有了比《作女》更成熟更优秀的“女性文学”。（比如王安忆的《天香》。）但我仍然不认为《作女》是“女性主义小说”，因为我没有“主义”。

五、地气之上还有可仰望的星空

杪椤：您笔下的人物身上，“极左”思潮的伤害不止于人物命运，您较早看到了历史的荒谬和人性的复杂。比如《隐形伴侣》中的陈旭和肖潇的遭遇，本来肖潇并不认同陈旭通过欺骗对抗现实的方式，但是到最后肖潇发现自己也正在走陈旭的路，用谎言换取生存的权利；还有如《白罂粟》中的“二劳改”司徒恭的遭遇。《永不忏悔》中也是这样，您在其中说“历史不会把所有的责任都承担起来的”，对苦难的“反思”深入到给人性带来的“伤痕”上。您如何考虑这个问题？在您看来，历史、时代与人性是怎样的一种关系？

张抗抗：历史、时代和人性的关系，始终处于多种纠缠不清的矛盾之中。这个题目有点大，我只能以自己的“反思”（不是伤痕）来回答你：首先，为什么会有《隐形伴侣》这部作品？以我本人在“文革”中的经历，我始终处于一种受害者的处境，我没有做过损人利己的坏事，却遭受了那种政治环境下的种种伤害和打击。在很长一段时间内，我都认为自己没有什么可忏悔的。我心里很难产生类似陀思妥耶夫斯基和托尔斯泰的作品中那种以作者本人为忏悔主体的罪感和耻感。然而，当我认真检讨自己在“文革”中写作长篇处女作《分界线》的经历，我发现自己写作的初衷，虽然仅仅只是出自一个文学青年渴望成长成功的愿望，但我无法否认一个令人痛苦的事实：每一个曾经服从与迎合了那个时代思潮的个体，其实都是那个旧体制不自觉、不同程度的合作者和共谋者——这恰是“文革”得以发生并延续的土壤和原因。在这个意义上，“忏悔”不再是宗教的“专利”，它对于我们每个人都极为沉重、极其必要。在以前我读到的知青文学作品中，“忏悔意识”仅仅是一种隐现的、模糊的表象，是勉强和被动的。虽然我较早开始自我审视并反思知青自身，我仍然不认为自己拥有了自觉的“忏悔意识”。与那些颂扬知青英雄主义和理想主义的主流知青文学不同，我在 1980 年发表的短篇小说《白罂粟》，已经涉及“文革”中知青唯阶级论、不惜残害他人生命的暴力倾向，这个小说在当时被认为是宣扬资产阶级人性论。我发表于 20 世纪 80 年代的短篇《牡丹园》《火的精灵》，都曾描述了知青对自己在“文革”的表现懊丧悔恨的心情。1986 年出版的长篇小说《隐形伴侣》，借助知青生活和人物，我对人的“潜意识”进行了探讨，其中隐含的对自身的批评检审，是潜在的另一主题。90年代前期发表的中篇小说《永不忏悔》(港台版题为《永不言悔》)，曾被一些粗心的批评家误读。那部作品试图解答困扰知青已久的一个心结：即使我愿意忏悔，但谁有资格做我的忏悔神父？即使我曾有错，但神父才是真正有罪的。(神父是真理的化身、是神的意志的代言者、更是教会权力的象征)所以我“不忏悔”只是出于对强权不满和抗议。那是认识的第二个阶段。发表于20世纪90年代的中篇小说《沙暴》，以及1997年发表的中篇小说《残忍》《何以解忧》，可以看作检讨“人与自然”及“他人”关系的第三阶段。知青曾以革命的名义对自然环境造成的破坏、对生命尊严的践踏，使得“忏悔”的主体重新折回知青自身。2003年 发表的中篇小说《请带我走》，较为鲜明自觉地表现了那一代知青“忏悔意识”的苏醒。那个故事有部分真实的原型，在我心里存储多年无法释怀。我好像无意中以小说的形式，为知青这一代人中那些真正应该忏悔而至今没有勇气付诸行动的人，“越俎代庖”做了这件事情。

桫椤：随着中国社会的现代化转型，文学对中国的想象也在发生变化。您的创作在这个角度上显然是有前瞻性的：您并没有沉浸在知青生活中不能自拔，也没有把历史当作包袱，而是很快将视角转向日常经验，较多地通过知识分子的生活状态，明晰地呈现了城市的社会伦理和精神世界；而像《塔》《黄罂粟》《钟点人》等作品，在构思上、写法上都很讲究，有新鲜感和先锋意识。从这一点上看，您作品的形式和内容总是不断在进行自我突破，内在气韵常常具有某种超越性，您自己怎么看这个问题？您好像在不断探索文体形式与主题表达的契合方式，从《隐形伴侣》通过意识流、梦境、幻觉等手法来表现人的自审意识，到《斜厦》《银河》《第四世界》的现实叙事与寓言的情境交替，在很大程度上改变了文本的面貌。您是怎样做到这一点的？

张抗抗：很高兴你注意到我作品的整体架构和细部特征。不敢妄说“先锋”，实验性是较早自觉具备的。在写作上，我倒是真有点儿“作”的——这个“作”的意思，就是不满足现状、不自我重复、不流俗、不从众，每一部作品，都有新鲜的东西给予读者。从20世纪80年代早期的“传统现实主义”到中期的实验文本再到90年代的“市场探索”，然后进入21世纪后的长篇创作，我在探寻新文本、新构思、“有意味的形式”上，几乎从未停滞。比如2000年发表于《收获》的中篇小说《集体记忆》，当真实的历史一次次从遮掩的尘埃中被口述者讲述出来，“对话”成为“假象”的出路，而主人公虚实无定的寻找过程，结果却使得他对历史真相越发迷惑。再如2005年的短篇小说《干涸》（获第二届蒲松龄文学奖），看起来，小说仍然是一个取材于知青生活的老故事。只是，在这个忧伤的故事中，那些被我们忽略的水井与水桶，被托付了生命的全部热量。苦难中的爱情，在寒冷而干涸的土地上生长，缺少足够的水分滋润；人生的陷阱处处密布，等待着失足坠落或是自投罗网。那只俄式的小桶“畏得罗”（音译），只是一个象征，盛着心里残存的微茫希望，照亮黑暗中的自己，支撑着荒凉的岁月，但注定了没有结果，最后变成一种幻觉。故事读到最后，读者也许才恍然大悟，祝排长的那只“畏得罗”，其实根本就不存在，那是他在极度的孤寂与苦闷、渴望与绝望之中，为自己的梦想能够延续下去的一个理由而已。是那个年代的人，情愿以青春和生命去换取的一丝假设的温情与慰藉。我试图用一根白桦杆子的长度，去丈量生活的深度，即便尚未探到水井的底部，至少也拒绝粉饰。虽是浅尝辄止，但毕竟打捞起一份真实的残酷，使人警醒和省悟。那一只亦真亦假的“畏得罗”桶，如同精灵水妖一般，变得略有几分奇异色彩。这些点点滴滴的文本探索，写得很辛苦，也少有人识，但作品每有新意，我心宽慰。

桫椤：尽管小说来自虚构，但看您的作品，感觉它们都“事出有因”。进入您的小说，恍然有阅读“非虚构”作品的真实感。您讲的那个《故事以外的故事》，一位读者将《非红》中的人物与自己亲属的经历对照起来，由此借您的小说还原了真实的人物。虽然这是一个罕见的例子，但它反映了您的小说有着扎实的现实依据和丰富的生活来源。我由此想到，您发表于90年代末期的中篇小说《工作人》，写一个在城里打工的青年对文学和未来生活的向往，后来《工作人》与《钟点人》《寄居人》构成一个系列三部曲。还有您近年的中篇小说《芝麻》和《在北京的金山上》，内容和人物都是描写底层生活的。如今提倡“关注底层”，“文学走进人民”，但您其实很早就开始“关注”了。我不很理解的是，如您这样一位以华丽激情的文字，写出《情爱画廊》《作女》那般时尚华美的都市女性生活小说的女作家，何以有兴趣“关注”并驾驭底层“小人物”的状态？能以朴素地道的底层语言，描述她和他的日常生活和内心生活？对此您是怎样积累，又是怎样完成的呢？

张抗抗：谢谢你读我的作品如此之多又如此认真。先解答你后半部分的问题吧：我觉得你把我想象得太“高高在上”了，我是“知青”出身，具有对底层的“习惯性”关注和同情。但因我对底层的书写都是“自发性”的，只服从自己内心的呼唤，所以我的关注常常不在“点儿”上，很容易被主流评论界忽略。我写《工作人》的时候，根本还没有“底层”这个概念，写生态与人的《沙暴》时间更早，完全没人理会和注意。《芝麻》发表于2003年，有很多选刊转载了。可见作品太超前了，有时候反而会不被理解，当然也可能还是我写得不够好。总之我不是那种讨巧的作家，而是我行我素的那种。我认为，文学走进人民，也就是人民走进文学，文学中的“人民”不是一个政治概念，而是一个个鲜明具体的“个体”。每一个写作者其实无时无刻地在生活中，只是各人看到和撷取的内容不同。我们每天都和周围的人发生着各式各样的联系，甚至是矛盾冲突，怎么会“脱离生活”呢？难道一定非要到某地某处去“体验”生活出来的事情，才算是生活吗？那不就变成“生活在别处”了吗？清洁工绿化工煤气水暖电工卖菜的卖水果的修钟表的送快递的……随时随地都有可能和你的生活发生交集，除非你是一个生活在“网上”的与世隔绝的人。所以，关注“底层”写作，于我是自然而然的事情，我只想说一点“体会”：描写自己生活之外的陌生人群，除了准确传神的生活细节，还得学会使用“他们”的语言，这不是一件容易的事。我读到一些“很有名”的作品，故事不错，人物也很生动，却在通篇口语化的叙事语言中，夹杂了一些书面语，（是作者自己的感受，而不是小说人物的感受）变成了一锅夹生饭，或是像吃饭硌到了一粒沙子，读者不得不把饭团吐出来。这是“底层”写作的禁忌，我不能说自己做得没毛病，但我知道语言会暴露作者与底层生活的“无缝对接”能力还不够，也就“功亏一篑”了。

再来回答你的前半个问题：《赤彤丹朱》以“我”的视角来重

新认识父辈，梳理并反思历史，或多或少有一些我家庭人物的原型素材，然后进行重组和文学修饰，但这并非“传记”，就像我的《隐形伴侣》，也不能看成我的“传记”。虽然历史背景大体真实，但已经按照作品的需要进行了很多改造。《赤彤丹朱》出版前，分成三个部分“非红”“非梦”“非黑”，发表在三家杂志上，《小说月报》转载了“非红”，其中有一章写到抗战时期我母亲的战友贾起牺牲在天目山，这个有关记忆、悔恨和友情的故事基本上是真实的。贾起与青岛的家人离散多年，没想到他的家人竟然读到了这个小说，写信向我询问……后来我母亲和健在的老同志为贾起的牺牲经过写了证言，贾起被青岛民政局追认为烈士，遗物存放于青岛烈士馆，我还专门去祭奠过贾起舅舅……后来就有了《故事以外的故事》这个小说创作的“副产品”，此为特例不足仿效。

桫椤：反思“文革”的作品，您写过像《白罂粟》《淡淡的晨雾》《隐形伴侣》《赤彤丹朱》这样的小说，让读者看到您是一位深具历史感的作家。反映新时期的社会变革，您写过《夏》《北极光》等，直到后来《情爱画廊》和《作女》的问世，您在作品中用两性关系探幽女性的心理和精神世界，写出了时代的进步。但在您的中后期创作中，重点似乎以关注女性的精神生活为主，尽管有例如《残忍》《请带我走》这样的深度知青小说，但总体感觉您作品的批判性较原先减弱了，恕我冒昧地问一句，您是有意识地在创作中消解历史吗？听说您刚刚完成了一部新的大长篇，能给我们“剧透”一些吗？

张抗抗：我很愿意回答这个问题，我相信这也是很多读者和批评家所关心的。然而，“历史”是一个多么浩大的题目啊，我显然没有力量去关注人类史、世界史、军事史……写完《作女》以后，从2006年开始，除了日常工作，我的全部精力都投入了一部新的长篇，这恰恰是一部有关“历史”的鸿篇巨制，也是我一生中最重要的一部作品。十多年前，我的兴趣转移到了对中国“改革史”的研究，由20世纪70年代末开始的改革开放最初十年，往前倒推至“文革”史、建国史、民国史，再追至先秦思想史、文化史……由史及今，弄清楚了我多年疑惑的一些问题。但历史不是文学，文学更不等同于历史，要把梳理过的远史和近史融入自己笔下的小说，成为一部有思想价值的“文学”作品，那是何等艰难、艰辛的创造性劳动。这十年来，我一直在做这件事情，试图用文学表达自己对历史的思考，通过描述并还原80年代那些被长期遮蔽的故事，反思为什么会有80年代那样一个蓬勃的启蒙年代？80年代给后人留下了什么？这是一部思想型的小众作品，今年6月份刚刚把这部三卷本的长篇清样看完，也不知道何时能够出版。所以我直到现在才有时间接受《江南》委托你的访谈。你的提问使我有机会告诉读者：我不但没有“消解”历史，而是始终在以我的方式解读历史。我不赞成把严肃文学视为“不接地气”，“地气”之上还有可仰望的星空。这十年我很辛苦，也很充实，这是我通过写作为自己的心灵“修行”的一个过程。

杪椤：非常期待您的长篇，祝愿您的新作早日出版。除了小说，您还有数量庞大的散文作品，最新出版的书《回忆找到我》就是一本散文旧作精选。我觉得您的散文最大的特点是语言优美和擅长思辨，毫无藻饰地表达真情实感。在您的散文作品中，散文的内在技术规范或许使您对生活的表达顺理成章；当下的散文缺少系统的理论体系，我想请教您对当下散文创作的看法。

张抗抗：相比小说创作需要遵循的某些规律，散文则自由得多，可以直抒胸臆地表达自己的情感与所闻所见所想。小说作者常常是隐身的，也可以说小说是经过“化妆”的，但散文不是，散文素颜直面，是一个里外真实无邪的“我”。若是说小说必须“客观”（甚至有人提倡“零度写作”），但散文却是“主观”的，需要燃烧的热情，还有属于“自己”的声音。我没有学习过散文的系统理论，只是率性而为，尽可能去伪饰、诉真情，也许比别人多一点点思辨色彩，当然散文的文笔应该精美而讲究一些。有关散文的话题，这次就不展开讲了，我们的访谈已经够长了，我已经开始怀疑读者是否有耐心把这篇文章看完。

杪椤：现在是一个碎片化的、缺乏同一性的时代，从社会角度看这是个进步，自由、开放程度在增加，人本意义上的个人的意志得以呈现。但是这也导致年轻一代作家自身缺乏历史的定位，您能否谈谈在文学创作中如何把握时代的特征？您的小说书写当下的、常态化的生活经验，把庸常的生活高度文学化，您怎样建构起文学与生活的价值对应？这对年轻作家有重要的指导意义。

张抗抗：如今已经没有谁能“指导”谁了，每个人都是一个“自媒体”，随时可发布自己的见解。“如何把握时代的特征，建构文学与生活的价值对应”——我觉得即使有时候对应不上，也不必勉强。才能自有高低，只要能够遵从自己内心真实的声音，独立思考，不唯上，不媚俗就好。当下的文学作品，生活的“肉身”即故事和人物的形体肤质毛发内脏，已足够饱满鲜活细腻，但是由于这个民族似乎先天性缺钙，骨质及骨髓发育不全。文学对社会、人性、自然，仍然缺乏某种“骨性的支撑”，缺乏对生活独特的发现与剖析，缺乏超越当下的永久性精神持守。商业时代对文学的消费性需求，并不能成为浮躁的理由，西方的高度物质社会，优秀的文学作品依然坚守良知，给人以精神和灵魂的撞击与启示。尤其是严肃文学写作，需要内心有一种强大的坚守寂寞的定力。写作是脑力劳动，更是体力劳动，尤其是长篇小说，需要连贯的思维和情绪，每天要在电脑前坐好几个小时，几乎就是“重体力劳动”了。我写长篇这十年，除了必要的履职，几乎“自我封闭”，就像是在手机的“静音”状态，我戒掉了自己所有的爱好，比如旅行、出国访问、看美术展览、看戏剧演出、看电影，没人相信我已有十多年没有看过电视连续剧了。这种近乎“自虐”的行为，是因为长篇创作本身的内在动力和吸引力，比其他所有的“享受”都有意思。写作过程的乐趣，超过了对写作结果的期盼。回顾自己大半生的写作，尽管作品还有很多不尽人意之处，但可庆幸的是，我始终不懈地在追求自己理想中的文学品质与思想内涵。

杪椤：在准备这次访谈的过程中，我一直试图找到一套汇集您已发表的主要作品的文集，但目前看到的有1997年的《张抗抗自选集》，还有作家出版社1999年《作家文库》出版的三部长篇合集，似乎都不能反映您的创作全貌。很多作家都出版了自己的文集，有的还是非常年轻的作家。您有没有这个计划呢？

张抗抗：迄今为止，我已经创作并出版了近百种中短篇小说集、散文集、长篇单行本、自选集。也获得多项国家级大奖以及文学刊物奖。但一直没有时间编选我全部作品的文集。前些年，我觉得自己还不算太老，不断有新作出版，出版文集尚早，就没有提上日程。后来总有出版社来联系催促，就觉得应该纳入我的计划了。但由于长篇一改再改，延宕十年之久，也是我先前没有料到的。所以编选文集的事情根本排不进去。几十年的写作，几百万字的作品，需要一一筛选、校订、勘误，那是一个何等浩大的计划，需要很多时间才能完成，就只能一拖再拖。这部长篇消耗了我太多气力，对我的身体有很大损伤，需要慢慢修养调理。估计还需要两三年之后，我才能腾出手做这件事情。你想，一个埋头写作、对编选自己的文集都可以忽略的人，还有什么比写作更让她入迷的呢？

附录：张抗抗著作年表

1981 年

《夏》	黑龙江人民出版社 1981 年版

1982 年

《张抗抗中篇小说集》	中国青年出版社 1982 年版

1983 年

《橄榄》	上海文艺出版社 1983 年版

1985 年

《塔》	四川文艺出版社 1985 年版
《小说创作与艺术感觉》	百花文艺出版社 1985 年版

1986 年

《红罂粟》	北方文艺出版社 1986 年版
《隐形伴侣》	作家出版社 1986 年版

1990 年

《地球人对话》	中国华侨出版公司 1990 年版

1991 年

《张抗抗代表作》 北方文艺出版社 1991 年版

《张抗抗儿童文学作品选》 上海少年儿童出版社 1991 年版

1992 年

《陀罗厦》 华艺出版社 1992 年版

《野味》 百花文艺出版社 1992 年版

1994 年

《你对命运说：不！》 上海知识出版社 1994 年版

《恐惧的平衡》 华艺出版社 1994 年版

《永不忏悔》 香港天地图书出版公司 1994 年版

1995 年

《永不忏悔》 河北教育出版社 1995 年版

《牡丹的拒绝》 春风文艺出版社 1995 年版

《张抗抗散文自选集》 天津百花文艺出版社 1995 年版

《故乡在远方》 四川文艺出版社 1995 年版

《隐形伴侣》 华艺出版社 1995 年版

《赤彤丹朱》 人民文学出版社 1995 年版

1996 年

《银河》 长江文艺出版社 1996 年版

《热石头》 河北少年儿童出版社 1996 年版

《柔弱与柔韧》 湖南文艺出版社 1996 年版

《沙之聚》 吉林人民出版社 1996 年版

《情爱画廊》 春风文艺出版社 1996 年版

《张抗抗自选集》（5 卷） 贵州人民出版社 1996 年版

1997 年

《隐形伴侣》 北京外文局 1997 年版

L'Impitoyable（《残忍》法文版）	法国巴黎蓝色中国出版社 1997 年版

1998 年

《中国当代作家选集丛书·张抗抗卷》	人民文学出版社 1998 年版
《山野现代舞》	陕西人民出版社 1998 年版
《沧浪之水》	江苏文艺出版社 1998 年版
《风过无痕》	江苏人民出版社 1998 年版
《鹦鹉流浪汉》	重庆出版社 1998 年版
《张抗抗影记》	河北教育出版社 1998 年版
《大荒冰河》	吉林人民出版社 1998 年版
《情爱画廊》	台湾业强出版社 1998 年版
《女人的极地》	台湾业强出版社 1998 年版

1999 年

《女人说话》	江苏人民出版社 1999 年版

2000 年

《张抗抗知青作品选》	西苑出版社 2000 年版
《张抗抗散文》	解放军出版社 2000 年版

2001 年

《钟点人》	中国文联出版社 2001 年版
《诗意的触摸》	当代世界出版社 2001 年版
《我的节日》	知识出版社 2001 年版
《我游画海》	西苑出版社 2001 年版
《隐形伴侣》	时代文艺出版社 2001 年版
《情爱画廊》	西苑出版社 2001 年版
《女人向前走》	台湾宏文馆 2001 年版

2002 年

《还有一次机会》	华文出版社 2002 年版

《天然夏威夷》	河南文艺出版社 2002 年版
《你是先锋吗》	文汇出版社 2002 年版
《彼岸的风》	浙江摄影出版社 2002 年版
《作女》	华艺出版社 2002 年版

2003 年

《请带我走》	华艺出版社 2003 年版
《过眼铭心录》	湖北美术出版社 2003 年版
《作女》	台湾九歌出版社 2003 年版
Living With Their Past（《残忍》英文版）	香港中文大学出版社 2003 年版

2004 年

《性情张抗抗》	北京广播学院出版社 2004 年版
《嫁衣之纫》	新华出版社 2004 年版
《作女》	长江文艺出版社 2004 年版

2005 年

《黄罂粟》	江苏文艺出版社 2005 年版
《张抗抗小说》（学生版）	吉林文史出版社 2005 年版
《情爱画廊》绘本	苏州古吴轩出版社 2005 年版
《隐形伴侣》	作家出版社 2005 年版
《情爱画廊》	时代文艺出版社 2005 年版
《请带我走》	台湾九歌出版社 2005 年版

2006 年

《北极光》	人民文学出版社 2006 年版
《张抗抗自选集》	现代出版社 2006 年版
《女儿湖隐喻》	上海三联出版社 2006 年版
《张抗抗随笔》	社会出版社 2006 年版
《张抗抗散文赏析》	上海学林出版社 2006 年版

2007 年

《鸟善走还是善飞》　　上海文艺出版社 2007 年版

《在时间的深处》　　江苏文艺出版社 2007 年版

《悦己》　　中国青年出版社 2007 年版

《白色大鸟的故乡》　　上海人民出版社 2007 年版

《谁有勇气问问自己》　　时代文艺出版社 2007 年版

《赤彤丹朱》　　人民文学出版社 2007 年版

2008 年

《追述中的拷问》　　海关出版社 2008 年版

2009 年

《张抗抗散文》（插图珍藏版）　　人民文学出版社 2009 年版

《赤彤丹朱》　　人民文学出版社 2009 年版

《赤彤丹朱》《情爱画廊》《作女》（共和国文库系列）　　人民文学出版社 2009 年版

2010 年

《张抗抗自述人生》　　时代文艺出版社 2010 年版

《情爱画廊》　　江西教育出版社 2010 年版

2011 年

White Poppies（《白罂粟》英文版）　　美国康奈尔大学出版社 2011 年版

2012 年

《请带我走》　　中国社会出版社 2012 年版

《君子不独乐》（大家书系）　　长春出版社 2012 年版

《问问自己》　　时代出版社 2012 年版

《隐形伴侣》　　武汉大学出版社 2012 年版

《牡丹的拒绝》　　台湾新地文学社 2012 年版

2013 年

《张抗抗作品精选》	长江文艺出版社 2013 年版
《汉语魔方》	中国社会出版社 2013 年版
《赤彤丹朱》	人民文学出版社 2013 年版

2014 年

《张抗抗经典散文》	山东文艺出版社 2014 年版
《作女》	安徽文艺出版社 2014 年版
《作女》	北京联合出版公司 2014 年版

2016 年

《北方》	高等教育出版社 2016 年版
《有女如云》	北方文艺出版社 2016 年版
《情爱画廊》	当代中国出版社 2016 年

2017 年

《白罂粟》	华东师大出版社 2017 年版
《把灯光调亮》	太白出版社 2017 年版
《回忆找到我》	长江文艺出版社 2017 年版
《诗性江南》	华文出版社 2017 年版
《书之书》	河南文艺出版社 2017 年版
《打开自己那间屋的门窗》	山东文艺出版社 2017 年版
《政协委员履职风采・张抗抗卷》	中国文史出版社 2017 年版
《隐形伴侣》	河南文艺出版社 2017 年版

2018 年

《张抗抗文学回忆录》	广东人民出版社 2018 年版

文学回忆录书系

策划 肖风华

主编 陈思和

执行主编 向继东

统筹 段洁 李欣

刘心武文学回忆录	刘心武　著
蒋子龙文学回忆录	蒋子龙　著
张炜文学回忆录	张　炜　著
王跃文文学回忆录	王跃文　著
残雪文学回忆录	残　雪　著
张抗抗文学回忆录	张抗抗　著
叶辛文学回忆录	叶　辛　著
刘醒龙文学回忆录	刘醒龙　著
宗璞文学回忆录	宗　璞　著
陈忠实文学回忆录	陈忠实　著
* 冯骥才文学回忆录	冯骥才　著
* 贾平凹文学回忆录	贾平凹　著
* 王安忆文学回忆录	王安忆　著
* 方方文学回忆录	方　方　著
* 梁晓声文学回忆录	梁晓声　著

* 待出